Les jumeaux d'une sage-femme

*

À force de l'aimer

FIONA McARTHUR

Les jumeaux d'une sage-femme

Traduction française de
GABY GRENAT

BLANCHE

HARLEQUIN

Collection : Blanche

Titre original :
FATHER FOR THE MIDWIFE'S TWINS

HARPERCOLLINS FRANCE
83-85, boulevard Vincent-Auriol, 75646 PARIS CEDEX 13
Service Lectrices — Tél. : 01 45 82 47 47 - www.harlequin.fr
ISBN 978-2-2804-9076-4 — ISSN 0223-5056

Composé et édité par HarperCollins France.
Imprimé en juin 2023 par CPI Black Print (Barcelone)
en utilisant 100% d'électricité renouvelable.
Dépôt légal : juillet 2023.

FSC www.fsc.org MIXTE Papier issu de sources responsables FSC® C159065

Pour limiter l'empreinte environnementale de ses livres, HarperCollins France s'engage à n'utiliser que du papier fabriqué à partir de bois provenant de forêts gérées durablement et de manière responsable.

Prologue

Le taxi que Lisandra Calhoun avait pris à l'aéroport de Coolangatta s'arrêta enfin devant la maison de ses futurs beaux-parents. Elle s'en extirpait avec peine lorsque le grand soleil qui brillait jusque-là se cacha derrière un nuage. De grosses gouttes de pluie commencèrent à tomber, d'abord lentement, puis de plus en plus fort. Elle n'avait pas de parapluie. De toute façon, comment l'aurait-elle tenu étant donné que ses deux mains étaient occupées à transporter ses valises ?

Peu importait. Après tout, ce n'était que de l'eau. Et elle était arrivée.

Avant de partir, elle avait envoyé le numéro de son vol à Josie et Clint en espérant qu'ils viendraient la chercher à l'aéroport. Quand, avec Josie, sa future belle-mère, elles avaient convenu de ce voyage, cette dernière lui avait promis de le faire. En effet, Josie était tout heureuse d'accueillir Lisandra chez eux dès le début de son congé de maternité en attendant que la maison qu'elle était en train d'acheter soit disponible. En ne l'apercevant pas dans le hall d'arrivée, et Clint pas davantage, Lisandra leur avait téléphoné mais personne n'avait répondu. Un malentendu comme il en arrive souvent s'était sans doute produit. Sans s'inquiéter, Lisandra avait donc pris un taxi.

Le vol depuis Melbourne s'était bien passé, même si pour une jeune femme enceinte de sept mois, et de jumeaux de surcroît, il s'était tout de même avéré assez fatigant. Sa décision de quitter la région de Victoria où il faisait très froid pour rejoindre le Queensland au climat tropical n'empêchait pas Lisandra d'éprouver une certaine anxiété. Tout laisser derrière elle pour prendre un nouveau départ dans la petite maison qu'elle avait achetée près de celle des parents de Richard ne se faisait pas sans douleur mais elle avait décidé de tirer un trait sur son passé. Dès que ce petit logement aux allures de maison de poupée s'était présenté sur le marché, elle avait sauté dessus sans hésiter malgré les locataires qui l'occupaient encore car le marché immobilier offrait très peu de possibilités.

Après les six mois horribles qu'elle venait de vivre, son seul désir était d'avoir un toit sur la tête et celle de ses bébés. Bien sûr, quitter tous ses amis de Melbourne lui faisait de la peine mais, au moins, elle serait proche de la seule famille de ses enfants. Ce serait aussi le meilleur moyen de s'éloigner des souvenirs doux-amers de sa vie avec Richard.

Lors de l'enterrement de leur fils, qui demeurait pour Lisandra un souvenir déchirant, Clint, le père de Richard, s'était tenu à l'écart, sans doute paralysé d'émotion. Par contre, Josie l'avait vivement incitée à déménager pour venir s'installer chez eux en attendant de pouvoir disposer de sa maison. Elle pourrait ainsi l'aider à s'occuper du bébé, ce qui laisserait à Lisandra tout le temps de chercher un logement un peu plus grand sur la Gold Coast. Depuis, Lisandra avait appris qu'elle attendait des jumeaux et que les Smythe allaient donc devenir doublement grands-parents.

L'idée de Josie lui avait plu. Elle avait accepté sans trop hésiter la perspective de ce changement d'existence. Mais, maintenant qu'elle gravissait l'escalier du perron en faisant rebondir ses valises sur chacune des marches, un mauvais pressentiment s'emparait d'elle. La pluie dégoulinait dans son cou et le long de son dos. Elle frissonna. Allons… La mère de Richard avait insisté pour l'inviter chez eux, pourquoi s'inquiéter ainsi ?

C'était en effet la meilleure des solutions. Si elle était restée à Melbourne, tout, absolument tout, lui aurait sans cesse rappelé l'homme qu'elle avait si terriblement perdu juste un mois avant leur mariage.

À partir du début de son congé de maternité, qu'aurait-elle pu faire d'autre en attendant le jour de l'accouchement que rester chez elle et pleurer Richard en berçant les bébés lovés dans son ventre ?

Non, mieux valait s'assurer que ses enfants connaissent leurs grands-parents dès le début. Le moment venu, Josie l'aiderait à installer sa maison, et les bébés seraient ici entourés par leur famille.

Un instant après que Lisandra eut actionné la sonnette, la porte d'entrée s'ouvrit pour laisser apparaître le visage bienveillant de la mère de Richard. Comme chaque fois, il lui rappela celui de sa grand-mère qui avait été son refuge et une source d'amour inconditionnel après la mort de ses parents alors qu'elle n'avait que sept ans. Le soulagement intense qu'elle éprouva en l'apercevant lui parut alléger l'humidité qui imbibait son cou et ses épaules.

— Josie ! souffla-t-elle dans un soupir.

Mais Josie ne répondit rien. Elle tourna la tête pour regarder derrière elle en se mordant la lèvre.

— Lisandra… ma petite…

Sa main s'ouvrait et se refermait comme si elle voulait la tendre vers Lisandra sans pouvoir achever son geste.

— Je… je suis… tellement désolée, reprit Josie.

Elle n'ouvrit pas le battant davantage.

La pluie avait redoublé. Bien qu'abritée par la marquise placée au-dessus de la porte, Lisandra sentait les gouttes rebondir sur le sol pour venir lui éclabousser les jambes et tremper ses chaussures. On aurait dit qu'un gouffre était en train de s'ouvrir sous ses pieds.

— Je peux entrer ?

À cc moment-là, la large silhouette du père de Richard apparut derrière Josie. Il avait le visage sombre, les lèvres serrées. Les deux femmes reculèrent d'un pas. Josie disparut dans le hall en se tordant les mains tout en murmurant :

— Heureusement que le taxi est toujours là !

Lisandra se retrouva seule face au visage terrible de Clint Smythe, obligée d'affronter la colère effrayante qui brûlait dans son regard.

— Va-t'en ! Disparais de ma vue. J'ai prévenu Josie que je ne voulais pas te voir ici.

Lisandra eut l'impression qu'il venait de la gifler.

— C'est à cause de toi que notre fils est mort. Tu aurais dû le sauver. Pars d'ici !

Ces mots cruels atteignirent Lisandra de plein fouet. Ils lui parurent aussi violents que la pluie qui lui battait le dos. Aussi durs qu'une volée de grêlons. Sans comprendre cette accusation, elle regarda le visage fermé, inflexible, du père de Richard.

Péniblement, elle s'efforça de faire fonctionner son esprit pour lui répondre :

— Non, vous vous trompez, Clint. J'ai tout fait pour sauver Richard. L'équipe médicale elle aussi a usé de toute sa compétence pour le maintenir en vie. Personne n'a rien pu faire pour lui.

— Nous ne voulons pas de vous sous notre toit !

Josie retint un sanglot. Sa mine défaite et son air affolé n'attendrirent aucunement le père de Richard.

— Pars d'ici et emporte ta progéniture avec toi ! Qui nous dit que ce sont les enfants de notre fils ? Si tu t'imagines que nous allons les prendre en charge, tu te trompes lourdement.

1.

— Malachi Madden, j'en ai assez ! Tu n'arrêtes pas d'annuler nos sorties. Je parle plus souvent à ta secrétaire qu'à toi-même, tu trouves ça normal ?

Tout en écoutant ces reproches, le Dr Malachi Madden regardait les vagues depuis la fenêtre de son bureau au Kirra Beach Maternity Hospital. Au diable les téléphones portables ! Tout au moins, lorsque Grace s'en servait pour se plaindre. Ce qui arrivait trop souvent à son goût.

— Grace, je n'ai pas le choix. Il s'agit d'une césarienne en urgence, particulièrement délicate.

Un coup d'œil jeté à sa montre lui rappela qu'il n'avait que quinze minutes devant lui pour se rendre en salle d'opération.

Sous ses yeux, à une centaine de mètres de la plage, les kitesurfeurs glissaient sur leur planche d'une vague à l'autre, leur voile gonflée par le vent, pareils à de brillants papillons. Malachi hocha la tête. Quelles sensations merveilleuses on devait éprouver quand on voguait ainsi sur la crête des vagues couleur d'émeraude ! Un jour viendrait, peut-être, où il serait à même lui aussi de les éprouver ? Pour l'instant, hélas, ce scénario paraissait assez improbable…

— Lamentable excuse ! reprit Grace sur un ton querelleur. Tu fais toujours passer tes patients avant moi.

— Je n'ai pas le choix, Grace, c'est mon métier qui l'exige.

Un bruit bizarre arriva aux oreilles de Malachi. À l'autre bout de la ligne, Grace devait grogner entre ses dents comme cela lui arrivait de plus en plus souvent. Au départ pourtant, le couple qu'il formait avec Grace lui semblait parfait, malgré les réserves émises par sa grand-mère. Il n'en avait pas tenu compte, persuadé que Grace serait une excellente épouse de médecin. Or, il en avait un peu plus conscience chaque jour, et Grace tout autant, ce n'était pas le cas. Allaient-ils continuer à faire comme si leur relation fonctionnait normalement ? La décision était difficile à prendre.

Car ce n'était pas la faute de Grace. Tout simplement, il n'était pas le genre d'homme destiné à se marier et encore moins à devenir père alors qu'elle ne lui avait pas caché qu'elle souhaitait avoir des enfants.

Finalement, Grace asséna :

— Si tu veux que notre relation dure, il faut que tu y mettes un peu du tien ! Trouve un collègue pour faire cette césarienne à ta place et débrouille-toi pour passer au moins une soirée par semaine avec moi.

Les mots avaient été prononcés sur un ton froid, déterminé. Comme si une décision irrévocable perçait dans la voix de la jeune femme. Malheureusement, Malachi avait déjà entendu cette menace voilée, proférée par d'anciennes fiancées.

Trouver un collègue qui effectuerait cette intervention à sa place ? Sur une patiente dont il avait suivi la grossesse difficile depuis le début ? Au moment où une césarienne en urgence se révélait nécessaire, Grace lui demandait d'abandonner cette jeune femme enceinte au moment le plus délicat…

S'il assurait lui-même l'intervention, il serait retenu très tard ce soir à l'hôpital. À moins qu'il n'ait mal compris, Grace le sommait de la préférer à ses patientes. Et de se défausser de la césarienne pour le bien de leur relation.

Techniquement, une demi-douzaine d'obstétriciens de l'hôpital lui avaient déjà demandé pareil service, qu'il avait accepté de rendre sans hésiter, mais lui-même ne travaillait pas de cette manière.

— Non, Grace, c'est impossible. Je ne peux pas faire ça.

Un soupir excédé lui parvint.

— Écoute, Malachi, la semaine dernière, tu t'es récusé trois fois et cette semaine, c'est déjà la quatrième que tu refuses de dîner avec moi. Tu crois que ça peut durer comme ça ?

Malachi se retint de répondre que ce n'était pas lui qui choisissait de sortir pendant la semaine.

Une pointe de tristesse transparaissait dans la voix de Grace. Une toute petite pointe. En fait, il s'agissait plutôt d'agacement.

— Notre relation n'est qu'une comédie. J'en ai assez ! Demande à ta femme de ménage de rassembler tout ce que j'ai laissé chez toi. Je passerai le prendre. Point final.

Le soupir exhalé à la fin de cette tirade était nettement un soupir de soulagement.

Malachi rangea son téléphone dans la poche de son pantalon en haussant les épaules. Voilà pourquoi il n'entretenait pas de relation suivie. Son cas était désespéré, car il ne comprenait pas comment Grace pouvait lui demander d'abandonner une de ses patientes au moment où celle-ci avait le plus besoin de lui.

Tout en faisant son geste, il se rappela un conseil que lui avait donné son père : ne jamais abîmer la bonne allure de son veston en mettant des objets dans les poches. C'était une des rares fois où ce chirurgien spécialiste du cœur, très occupé et très efficace, lui avait parlé calmement. Malachi n'était pas le fils dont il rêvait. Il lui reprochait d'être trop gentil, trop tendre, trop peu soucieux de marcher sur les traces de son père en faisant une brillante carrière. Bref, il était profondément déçu.

Malachi haussa les épaules pour chasser ce triste souvenir et regagna la réception, qui jouxtait son bureau.

— Avec cette césarienne imprévue, nous aurons probablement une bonne heure de retard pour nos rendez-vous de cet après-midi, Ginny.

Ginny, sa secrétaire, une jeune femme d'une trentaine d'années, toute menue, au visage couvert de taches de rousseur et heureusement mariée à un ambulancier, lui sourit.

— Bien, docteur.

— Je reviendrai dès que j'aurai terminé en salle d'opération. N'oubliez pas de présenter mes excuses aux personnes qui se trouvent dans la salle d'attente.

— Ne vous inquiétez pas !

Ginny avait l'habitude de se livrer à cet exercice. Elle savait excuser le médecin appelé pour une urgence avec tant de gentillesse que personne ne lui en voulait. Et, quand il reviendrait après l'intervention, elle aurait probablement déposé une bouteille de protéines sur son bureau parce qu'elle remarquait toujours quand il n'avait pas eu le temps de manger. Ginny était une perle !

D'ordinaire, Malachi gravissait au pas de charge l'escalier qui menait aux salles d'opération. Aujourd'hui, ce ne fut pas le cas. Il se sentait las. Terriblement las.

Il prit une profonde inspiration, fit rouler ses épaules pour se détendre et appuya sur le bouton de l'ascenseur. Cela lui ferait gagner du temps et économiserait son énergie.

Sa fatigue n'avait rien d'étonnant. L'hôpital l'avait appelé à 3 heures du matin pour un accouchement par le siège. Le bébé avait manifesté un inquiétant problème de rythme cardiaque qui avait été régulé, fort heureusement. La césarienne avait ainsi été évitée mais il n'était rentré chez lui qu'à 6 heures du matin. Pour commencer très vite après une journée harassante.

Il devait se faire vieux… Cinq ans plus tôt, il était capable de passer trois nuits de garde à la suite en s'octroyant seulement quelques courtes siestes pour récupérer. Après tout, il n'avait pas de raison de s'étonner que Grace ait mis fin à leur relation. À cause de son investissement dans son travail, son père n'avait jamais réussi à faire durer une liaison plus de deux mois. Même avec la mère de Malachi, la vie commune avait été de courte durée.

Étant donné cet exemple, il avait décidé depuis longtemps qu'avoir des enfants n'était pas une option envisageable. Personne ne lui demanderait jamais de l'aide pour les devoirs du soir ni de l'accompagner à un entraînement sportif. Et heureusement. Ce n'était pas sa vocation, un point c'est tout.

Les portes de l'ascenseur s'ouvrirent devant lui en faisant un drôle de bruit, et l'appareil ne s'arrêta pas exactement au niveau du sol où il se trouvait. Malachi hésita un instant. Était-ce une bonne idée de monter dedans ?

Il jeta un coup d'œil à l'intérieur. Seule une jeune femme

blonde s'y trouvait et, à voir la large robe verte qu'elle portait, sa grossesse était très avancée. Il lui adressa un sourire tout en hésitant sur la conduite à tenir. Allait-il la laisser seule emprunter cet ascenseur un peu capricieux ? Finalement, il y pénétra lui aussi.

Elle appuya sur le bouton du cinquième étage, où sans aucun doute elle avait rendez-vous avec un gynécologue. Il descendrait là lui aussi et terminerait à pied.

Les portes se refermèrent. L'ascenseur entreprit de monter de manière assez chaotique. Malachi attrapa la rampe en fer, chose qu'il ne faisait jamais afin d'éviter les possibilités de microbes. Cela lui permit toutefois de retrouver son équilibre.

L'ascenseur continua à s'élever pendant quelques secondes, puis, après une secousse brutale, il s'immobilisa. Pour ne pas repartir. Ils étaient coincés dedans.

Il regarda la jeune femme.

— Ne vous inquiétez pas, tout va bien, dit-il en appuyant à nouveau sur le numéro 5.

Rien ne se produisit. Il essaya de redescendre au niveau de l'entrée. Rien encore.

La seule solution était d'utiliser le téléphone de secours pour prévenir l'accueil.

— Je suis le Dr Madden, expliqua-t-il de sa voix la plus calme. L'ascenseur principal vient de s'arrêter entre les étages 4 et 5. Je vous prie de faire le nécessaire pour nous libérer le plus vite possible. Merci !

Il reposa le téléphone dans sa niche et referma la petite porte.

Cela fait, il sortit son propre téléphone de sa poche et appela le niveau des salles d'opération.

— Ici, le Dr Madden. On m'attend en salle 3, dans cinq minutes. En ce moment, je suis coincé dans l'ascenseur principal. On va certainement très vite nous tirer de là mais il serait peut-être souhaitable de prévoir un autre chirurgien pour la césarienne que je dois effectuer.

Il écouta la réponse.

— Oui, bien sûr, je vous rejoins dès que possible.

Une fois le téléphone rangé dans sa poche, il adressa un nouveau sourire à sa compagne d'infortune et lui tendit la main.

— Je me présente : je suis le Dr Malachi Madden.

Mais la jeune femme ne lui répondit pas. Malachi remarqua alors qu'elle respirait difficilement en se cramponnant d'une main à la rampe, si fort que ses doigts étaient devenus tout blancs.

De l'autre main, elle soutenait son ventre.

Malachi eut vite fait de comprendre.

— Vous êtes claustrophobe ou en train d'accoucher ? demanda-t-il d'une voix calme.

C'était sa ligne de conduite.

Même en face d'une femme en pleine crise de nerfs ou d'un chirurgien aussi furieux qu'un taureau de combat, il n'élevait jamais la voix et maintenait son calme olympien.

— Non, je ne suis pas claustrophobe …

Autrement dit, la seconde hypothèse était la bonne : cette jeune femme était en travail. Restait à espérer que ce n'était pas très avancé.

— C'est votre premier bébé ?

Étant donné qu'un premier accouchement est toujours plus long, c'est ce que Malachi espérait.

— Oui.

Il laissait ses épaules retomber de soulagement lorsque la jeune femme ajouta :

— J'attends des jumeaux.

— Des jumeaux ?

Malgré lui, il fronça les sourcils.

— Félicitations ! Il vaudrait tout de même mieux qu'ils ne naissent pas dans l'ascenseur…

Aussitôt, il se mordit la langue. Pourquoi avoir dit une chose pareille ?

Surprise, la jeune femme tourna le visage vers lui. Il remarqua alors ses traits fins, sa bouche pulpeuse et ses yeux du même vert que celui de l'océan qu'il apercevait tout à l'heure depuis sa fenêtre. Turquoise avec des taches bleu indigo. Des yeux magnifiques.

Gêné par la répartie qui lui avait échappé, il ajouta :

— Pardon, je viens de dire quelque chose d'idiot. Vous comprenez… j'ai très peu dormi cette nuit, et me trouver coincé dans cet ascenseur à un moment où on a besoin de moi m'a sans doute un peu dérangé !

La jeune femme expira longuement. Malachi comprit alors que pendant le moment précédent, elle avait respiré en prenant de longues inspirations afin de gérer au mieux cette situation difficile.

Au lieu de plaisanter, il adopta cette fois un ton professionnel.

— Vous avez des contractions régulières ? Douloureuses ?

Le charmant visage se crispa à nouveau. Une nouvelle contraction venait sans doute de se manifester.

— Oui.

Depuis combien de temps se trouvaient-ils là-dedans ? Malachi regarda sa montre. Moins de cinq minutes.

— À quel rythme ?

Elle ne répondit pas tout de suite, prisonnière de sa douleur. Au bout d'un moment, elle souffla :

— Toutes les deux minutes.

Voilà qui n'était pas une bonne nouvelle.

Autant prendre les renseignements d'usage avant la prochaine contraction.

— Depuis combien de temps ? Qui vous accompagne ? Quelle est la date de votre terme ?

— Depuis une demi-heure. Je suis seule. Normalement, je ne dois accoucher que dans trois semaines.

Il avait encore bien d'autres questions à poser : qui dois-je prévenir ? Qui est votre médecin ? Mais en voyant à nouveau sa main se crisper sur la rampe il n'en fit rien.

À ce moment-là, un liquide teinté de rose, visiblement d'origine amniotique, éclaboussa le sol et les parois de l'ascenseur de manière spectaculaire.

2.

Lisandra Calhoun haletait. Elle avait l'impression qu'un crochet posé entre ses jambes s'acharnait à extirper sa vessie de son corps.

Sauf que… il ne s'agissait pas d'un problème d'incontinence mais de l'annonce irréfutable que les bébés étaient sur le point de voir le jour. Dire que l'imbécile qui se tenait en face d'elle venait de lui conseiller de ne pas les faire naître dans l'ascenseur !

Lentement, tout en restant cramponnée à la rampe des deux mains, elle s'accroupit. Le sol paraissait propre mais, étant donné le nombre de chaussures qui l'avaient déjà piétiné, ce n'était qu'une impression. Devant elle, le liquide amniotique formait une petite mare… Elle avait envie de pleurer. Alors que sa seule exigence dans la vie était d'offrir à ses enfants toute la sécurité possible, elle allait accoucher dans cet environnement plein de microbes ?

— Ça va ?

La voix de son compagnon d'infortune la tira de sa triste méditation. Il s'était accroupi à côté d'elle. Ses chaussures étaient bien cirées et l'ourlet de son pantalon gris irréprochable… mais qu'il était bête !

— Non, évidemment, ça ne va pas.

Enfin, il était médecin… Même si elle savait que pas mal de femmes avaient réussi à mettre leur enfant au monde sans aide dans des espaces réduits, elle n'avait jamais rien lu à propos d'un accouchement de jumeaux dans un ascenseur. Malgré sa balourdise, il lui serait probablement utile.

Le balourd en question venait de se relever pour reprendre le téléphone de secours.

— Il faudrait faire accélérer les secours. Je me trouve en compagnie d'une femme en travail. Elle va mettre au monde des jumeaux. Débrouillez-vous pour faire ouvrir les portes de l'ascenseur très rapidement.

Bizarrement, les contractions marquèrent une pause. Lisandra, qui avait travaillé pendant six ans comme sage-femme, espéra qu'il s'agissait d'un véritable répit et non de l'annonce du passage au deuxième stade de l'accouchement. Celui où il lui faudrait pousser pour donner le jour à ses bébés dans une boîte de deux mètres sur deux.

Hélas, c'était une possibilité et ce n'était pas rassurant. Elle était réellement anxieuse. Ce qui expliquait certainement son agressivité à l'égard du Dr Malachi Madden. Tiens, elle se souvenait de son nom…

— Désolée…

Ses doigts se mirent à trembler. Décidément, il ne manquait plus que ça !

— Je… crois que c'est la transition…

Sa voix tremblait autant que ses mains.

Son compagnon la regarda, un peu surpris par ce diagnostic professionnel.

— Ah… je vois que vous avez suivi des cours de préparation à l'accouchement.

Cette constatation parut apaiser quelque peu ce dernier dont le regard brun, intelligent, s'appliquait à évaluer la situation.

— Vous avez envie de pousser ?

— Non. Je… oh non, non !

La pression dans son bas-ventre s'était faite irrésistible. Elle laissa échapper un grognement. Guttural. Un grognement de bête fauve, tout en relevant sa robe pour tenter de retirer sa culotte. Heureusement, pensa-t-elle avec un reste d'humour, il s'agissait d'une bonne vieille culotte en coton blanc, pas d'une de ces petites choses sexy en dentelle comme elle en portait du temps de Richard.

Deux grandes mains vinrent à son secours.

— Essayez de vous mettre debout, conseilla la voix rassurante de son compagnon. Si vous conservez votre sous-vêtement à mi-jambes, il risque de vous gêner tout à l'heure.

Une fois la contraction passée, il aida Lisandra à se redresser. Appuyée contre lui, elle retira sa culotte qu'elle laissa tomber sur le sol. La situation était grotesque mais elle s'en fichait éperdument car la prochaine contraction s'annonçait déjà.

La main gauche de son compagnon la lâcha. Cet appui lui fit cruellement défaut mais elle comprit qu'il retirait sa veste pour l'étaler par terre sous elle afin de lui offrir un espace propre. Elle voulut le remercier de cette attention mais le souffle lui manqua. Une nouvelle poussée d'expulsion la bloqua contre lui.

— Vous préférez vous accroupir ou vous mettre à genoux ?

— Oh…

Quelque chose venait de pousser très fort dans son bas-ventre. Heureusement, la pression s'interrompit sans cesser tout à fait.

— Je vais m'accroupir.

Quand elle était enfant, dans la ferme de Nan et Pop, elle adorait s'accroupir devant la mare pour regarder les poissons. Ses grands-parents avaient été son havre de paix. Maintenant, ils étaient morts alors qu'elle aurait tellement aimé les avoir près d'elle.

— Nous devrions être très vite délivrés maintenant, reprit la voix grave de Malachi, mais si jamais vos bébés arrivent avant, il faut pouvoir les maintenir au chaud. Je retirerai ma chemise pour les envelopper mais je la garde sur moi jusqu'à ce qu'ils soient là pour que le tissu reste à la bonne température.

D'une main, il commença toutefois à la déboutonner. Ses doigts étaient habiles. Ses mains solides. Lisandra serra les lèvres. Elle était folle de remarquer des choses pareilles ?

Ses bébés arrivaient. Prématurés. Ils seraient fragiles, auraient besoin de chaleur, et voilà qu'elle se trouvait dans un ascenseur à air conditionné, sur un sol en marbre.

Son métier lui avait appris que le meilleur endroit pour réchauffer un nouveau-né, c'était la peau de sa mère.

— Nous pourrons relever ma robe pour les sécher et je les poserai sur ma peau si leurs cordons sont assez longs pour arriver à mon ventre. Vous mettrez votre chemise par-dessus. Il faut les garder bien au chaud.

Au-dessus d'elle, elle aperçut le visage surpris de Malachi.

— Je suis sage-femme, expliqua-t-elle. J'ai l'habitude…

Il la fixait de son regard sombre, plein de compassion.

— Je comprends. À voir votre calme, vous deviez être une super sage-femme. Je suis sûr que tout va bien se passer et que vous serez une mère sensationnelle.

Un instant, l'absurdité de la situation dans laquelle elle se trouvait s'effaça aux yeux de Lisandra. Il y avait des semaines que personne ne lui avait dit quelque chose d'aussi gentil. Comme c'était bon de sentir que quelqu'un lui faisait confiance !

Une nouvelle contraction surgit. Elle se cramponna à la main de Malachi. Sans crier. Sans retenir son souffle. En respirant lentement et régulièrement.

— Parfait…, commenta Malachi d'une voix pleine d'assurance. Tout va bien. Vous allez y arriver.

À ce moment-là, un coup frappé à la porte de la cabine les fit sursauter. L'ascenseur eut une secousse. Puis une autre. Leurs regards se rencontrèrent.

— Ne craignez rien, je vous tiens, déclara Malachi.

— Espérons qu'on ne va pas nous ramener en bas…, murmura Lisandra, aux prises avec une nouvelle poussée.

Impossible d'arrêter le train à grande vitesse de ses bébés !

Par chance, l'ascenseur s'éleva au lieu de descendre. Lorsque les portes s'ouvrirent, un infirmier les attendait avec un fauteuil roulant.

Malachi la souleva dans ses bras pour l'y déposer, avec autant de facilité que si elle-même, enceinte de jumeaux, ne pesait pas plus qu'une plume… Elle n'eut toutefois pas le loisir de s'appesantir sur la force de son sauveteur car une nouvelle poussée d'une violence extrême la ramena à son propre corps.

— Si vous pouvez, ce serait bien de faire la respiration du petit chien maintenant, souffla Malachi tout près de son oreille.

Lisandra se raccrocha à ces quelques mots tandis que l'infirmier faisait pivoter le fauteuil roulant. Ces deux inconnus étaient ce qu'il y avait de plus stable dans son monde en décomposition.

— Je reviens dans un instant, poursuivit Malachi. Je vais chercher un endroit où vous serez tranquille et en sécurité.

Un instant ? Mais c'était impossible ! Lisandra serra les cuisses et les lèvres dans l'espoir de retarder un peu l'événement. L'infirmier poussait le fauteuil à toute allure mais la pression dans son ventre était irrésistible.

Une porte s'ouvrit devant eux, on la fit entrer dans une pièce.

— C'est le moment ! dit-elle comme ils arrêtaient le fauteuil près d'un lit.

Lisandra ne pouvait plus se retenir. Arc-boutée dans le fauteuil, elle se mit à pousser.

— Très bien. C'est parfait ! dit la voix de Malachi, tout près d'elle.

Dans ce moment de folie totale, c'est à cette voix qu'elle se cramponna.

— Impeccable, poursuivait Malachi tandis qu'elle poussait de toutes ses forces.

Et brusquement, elle entendit ce qu'elle attendait depuis des mois : les cris d'un bébé. Une délicieuse détente s'empara de son corps. Le temps d'une respiration. Pas davantage.

C'était trop tôt encore pour se reposer.

— Ça recommence ! souffla-t-elle.

Les bras de Malachi l'entourèrent et l'installèrent délicatement sur le lit. C'était plus confortable que d'arquer tout son corps dans un fauteuil comme elle venait de le faire. Elle était à peine allongée qu'une nouvelle poussée la submergea.

— Laissez faire, tout va bien. Détendez-vous !

La voix de Malachi. Les bras de Malachi. Les mains de Malachi…

Les pleurs du second bébé emplirent la pièce. Lisandra sanglota de soulagement. Elle sanglotait aussi à la pensée que ses deux bébés avaient quitté son corps, vide désormais, et que leur père ne les connaîtrait jamais.

En même temps, elle avait envie de rire puisque, finalement, ses enfants n'étaient pas nés dans un ascenseur.

Malachi prit les deux bébés dans ses bras. Les nouveau-nés crispaient leur petit visage fripé et criaient à pleins poumons. Il adressa un sourire à Lisandra.

— Félicitations ! Vos fils sont magnifiques.

Sur ce, il disparut.

Une heure plus tard, les membres du personnel partis s'occuper d'une nouvelle urgence, Lisandra se retrouva seule dans l'unité réservée aux accouchements. Elle regarda autour d'elle. Tout était en ordre.

À son arrivée, chacun des membres s'était préparé au pire, mais elle leur avait offert le meilleur cas de figure : un accouchement facile puisque les bébés s'étaient présentés par la tête, l'un suivant l'autre, comme deux petits phoques pressés de découvrir la vie.

C'était au moins quelque chose de positif dans une situation plutôt compliquée. Ses fils étaient nés avec trois semaines d'avance, sa maison ne serait pas disponible avant une bonne quinzaine de jours et le plan de secours prévu, un séjour chez ses beaux-parents, avait capoté.

Autrement dit, elle pouvait remercier le ciel de lui avoir évité une césarienne ou une déchirure grave au cours de l'accouchement, ce qui aurait considérablement ralenti sa convalescence. Merci, Dr Madden ! même si elle ne comptait pas le revoir puisqu'une fois le calme revenu un autre médecin s'était présenté comme étant le Dr Simon Cohen. Il était le gynécologue avec lequel elle avait rendez-vous à son arrivée. C'est lui qui s'occuperait d'elle désormais.

Médicalement, tout allait donc pour le mieux mais il n'en allait pas de même dans tous les domaines, hélas. Après avoir été rejetée par les parents de Richard, Lisandra avait trouvé une solution d'hébergement temporaire qui ne lui coûtait rien. Il s'agissait de garder un appartement en l'absence de sa propriétaire partie en vacances et de s'occuper du chat et des plantes vertes de cette dernière. Grâce aux conseils qu'elle donnait sur son site de sage-femme, elle n'avait guère à puiser dans l'argent de son congé de maternité.

Hélas, la malchance venait encore une fois de se manifester. La propriétaire s'était cassé une jambe au ski et devait rentrer le lendemain. Impossible pour Lisandra de s'installer chez cette personne. Une invalide, un chat et deux nouveau-nés dans un studio, ce n'était pas envisageable.

Il lui faudrait donc dénicher une colocation en attendant que sa maison soit disponible.

Elle soupira, découragée, puis se ressaisit. Les bébés étaient bien arrivés, c'était l'essentiel. Mais elle avait eu la terreur de sa vie, coincée dans cet ascenseur. Par chance, Malachi Madden s'était trouvé avec elle.

Elle sentit son cœur se serrer en pensant à Richard. Tout serait tellement différent s'il était encore en vie ! Hélas, le sort en avait décidé autrement. À elle maintenant de surmonter son chagrin pour s'occuper le mieux possible de ses jumeaux.

Ce serait difficile, elle en était parfaitement consciente.

Venir s'installer dans le Queensland lui avait paru une excellente idée. La suite démontrait au contraire à quel point on peut se tromper en croyant bien faire.

Si seulement elle avait pu partager un peu plus longtemps sa vie avec Richard ! Ils n'avaient même pas vécu une année ensemble. C'est sans doute pour cette raison que Clint émettait des doutes sur la paternité de son fils. Par moments, elle avait du mal à se souvenir de son visage. Seule la photo qu'elle gardait près de son lit l'empêchait de disparaître dans une sorte de brume. Quand elle serait enfin chez elle, elle mettrait aussi une photo de Richard dans la chambre de ses fils afin qu'ils le connaissent.

Avant de quitter la maternité, son premier souci devait être de s'adresser aux services sociaux afin qu'on l'aide à trouver un logement provisoire.

3.

Malachi n'arrivait pas à oublier les yeux de la jeune femme. On aurait dit deux lacs couleur d'émeraude. Deux lacs qui l'invitaient à y plonger… pourtant, il n'avait jamais été à l'aise avec les femmes. Même avec celles qui prenaient elles-mêmes les initiatives. Même avec Grace, qu'il avait essayé de rendre heureuse.

Lisandra Calhoun lui paraissait différente des autres. Quelque chose en elle parlait directement à son cœur. À sa raison aussi puisqu'en même temps il comprenait qu'il était inutile de chercher à la revoir. Il n'était pas le genre d'homme dont elle avait besoin dans sa vie. Ses enfants méritaient un père. Or, lui-même n'avait aucun talent ni aucune disposition pour tenir ce rôle. Cette faille majeure n'avait d'ailleurs aucune importance puisque ces enfants ne le concernaient pas.

Tout de suite après la naissance des jumeaux, quand l'équipe de la maternité avait pris sa suite, il s'était rapidement changé avant de passer en salle d'opération voir si la mère et l'enfant dont il aurait dû s'occuper allaient bien. Quand il expliqua à sa patiente les raisons de sa défection, elle compatit avec chaleur, ce qui plongea Malachi dans un certain malaise.

Aider Lisandra n'avait pas été une épreuve, plutôt une expérience gratifiante. Sa veste était perdue mais il ne regrettait pas du tout de s'être trouvé en même temps qu'elle dans cet ascenseur défaillant. Cela dit, depuis cet incident, il avait décidé qu'il n'emprunterait plus que l'escalier.

Que se serait-il passé si elle s'y était trouvée toute seule ? Normalement quelqu'un aurait dû l'accompagner. Elle ne devait plus être seule maintenant puisqu'elle avait dit que sa famille devait la rejoindre.

Bref, il avait vécu un épisode un peu fou au cours duquel sa compétence professionnelle avait été utile et appréciée.

Accueillir ces bébés pressés de naître, les voir en aussi bonne santé lui avait apporté une grande joie. Un peu excessive peut-être, mais la situation n'était pas banale. Il avait eu l'occasion de croiser le pédiatre dans les couloirs de l'hôpital et savait que les bébés et leur mère se portaient aussi bien que possible.

Tout de même… étant donné les circonstances il ferait peut-être bien de demander aussi l'avis de Simon, son ami pédiatre. Il secoua la tête. Non, c'était inutile puisque tout allait bien pour les nouveau-nés.

Pour leur mère aussi sans doute, qui devait être fatiguée mais heureuse de recevoir les félicitations de sa famille.

Il consulta sa montre. Sa journée avait été longue. Il était près de 20 heures.

L'heure des visites était passée.

Lisandra devait se reposer maintenant. Dormir, peut-être.

Quoique, avec des jumeaux, il dormirait sûrement mieux qu'elle dans les mois à venir.

Finalement, il décida de s'arrêter au poste des infirmières pour prendre de ses nouvelles avant de rentrer chez lui.

— Comment va Lisandra Calhoun ?

La sage-femme de garde, Molly, lui sourit.

— Lisandra ? Elle va très bien. Ce n'est pas moi qui m'occupe d'elle pendant cette garde, mais tout le monde la connaît grâce à son blog où elle conseille les futures mamans.

Encore une découverte !

— Savez-vous si sa famille est arrivée ?

Molly le considéra d'un air surpris. Presque soucieux.

— Personne n'est venu la voir à part l'assistante sociale. Elle est seule. Savez-vous que son fiancé est mort au début de sa grossesse ?

Mis à part son nom et la date de son accouchement, Malachi

ne savait rien au sujet de Lisandra. Il secoua la tête en espérant que Molly continuerait à parler.

Effectivement, cette dernière reprit à voix plus basse :

— Ses beaux-parents ont refusé de la recevoir, ce qui fait qu'elle n'a aucun soutien familial. Si vous pouviez suggérer au Dr Cohen de la garder ici un jour ou deux de plus, je pense que cela l'aiderait beaucoup.

Lisandra n'avait pas de famille ? Comment avait-on pu rejeter une jeune femme aussi courageuse qu'elle ?

Il plissa les yeux.

— Vous savez si elle est réveillée en ce moment ?

— Oui. Elle donne le sein à ses bébés.

Molly passa devant Malachi et le guida jusqu'à la chambre de Lisandra. Elle frappa à la porte avant d'entrer. Lisandra disposait d'une chambre particulière, ce qui fit plaisir à Malachi. Pour quelle raison était-il ainsi satisfait de savoir qu'elle jouissait de plus de confort, il refusa d'approfondir la question.

Une sage-femme, Ris, tapotait le dos de l'un des bébés tandis que l'autre, calé dans le bras de Lisandra, tétait avec entrain. Tous deux paraissaient vigoureux et heureux de vivre. Rien à voir avec les prématurés habituels.

— Lisandra, le Dr Madden vient vous faire une petite visite ! annonça Molly.

— Bonsoir…, dit Malachi d'une voix incertaine. Simple visite de courtoisie avant de rentrer chez moi.

— Comme c'est gentil ! lança Lisandra.

Son plaisir évident à le revoir fit disparaître la gêne que Malachi éprouvait jusque-là.

Ris se leva.

— Je vais vous laisser bavarder tranquillement, proposa-t-elle en tendant le bébé à Malachi.

Il le saisit avec appréhension, alors que dans son métier il était tout à fait à l'aise avec les nouveau-nés et avec leurs mères. Il s'était trouvé là au moment où elle avait besoin de lui mais Lisandra n'était pas sa patiente. C'est le Dr Cohen qui était son médecin référent.

— Comment allez-vous ? demanda-t-il.

Il remarqua que les yeux clairs de Lisandra brillaient comme deux joyaux. Peut-être un peu trop ? Avait-elle pleuré ?

— Je tiens à vous remercier, dit-elle en lui souriant. Franchement, vous êtes la personne idéale avec laquelle se trouver coincée quand on entre en travail dans un ascenseur en panne !

Malachi décela quelque chose de forcé dans le ton joyeux de sa voix. Heureusement, cela ne le concernait pas.

Certes, mais il en était contrarié.

— J'ai été tout à fait heureux de me trouver là ! assura-t-il.

C'était la stricte vérité.

Et maintenant qu'il découvrait les cernes mauves sous les yeux de Lisandra il éprouvait un violent désir de la protéger. Que lui arrivait-il ? Elle venait de perdre le père de ses bébés et de vivre un accouchement qui aurait pu tourner à la catastrophe. Quant à lui… il n'avait rien d'un héros. Autant rester à sa place de médecin bienveillant.

— Vous avez choisi un prénom pour vos fils ?

— Pas encore, répondit-elle en regardant les berceaux avec attendrissement. Ils sont arrivés en avance, je n'ai pas eu le temps de me décider ! Pour l'instant, je les appelle Bébé 1 et Bébé 2.

— Je suis sûr que vous allez trouver mieux que ça !

Elle se mordilla la lèvre avant de déclarer :

— Je suis désolée pour votre veste.

— Pas de problème. Par chance, nous n'en avons pas eu besoin. Une visite chez le teinturier et il n'y paraîtra plus.

Tout à coup, la requête de Molly lui revint en mémoire.

— Savez-vous que nous pouvons sans difficulté allonger un peu votre séjour ? Vous pouvez rester à la maternité jusqu'à ce que vous puissiez rentrer chez vous.

Lisandra secoua la tête.

— Deux semaines ? C'est impossible !

— Pourquoi deux semaines ?

Elle fit un geste vague en direction de la fenêtre.

— Parce que la petite maison que je suis en train d'acheter ne sera pas disponible plus tôt.

— Où vivez-vous en ce moment ?

— Je gardais un appartement en l'absence de sa propriétaire. J'arrosais les plantes et je m'occupais du chat.

Comme elle mâchonnait à nouveau sa lèvre, Malachi se retint de lui demander d'arrêter. Elle allait sûrement la faire saigner si elle continuait !

— J'ai entendu dire que ce genre d'arrangement devient assez courant.

Tout en parlant, il l'imaginait toute seule dans un appartement en train de donner des croquettes au chat de la maison.

— Malheureusement, reprit Lisandra, la propriétaire va rentrer chez elle parce qu'elle s'est cassé une jambe au ski. Évidemment, il va falloir que je parte.

— Vous avez un hébergement en vue ?

— Pas encore. J'espère que l'assistante sociale va m'aider à trouver un hôtel accessible pour une quinzaine de jours.

— Vous n'avez pas de famille ?

La question paraissait couler de source. N'importe qui la poserait. Pourtant, il se sentait un peu mal à l'aise, comme s'il venait de se mêler de quelque chose qui ne le regardait pas.

— Non, je n'ai pas de famille, répondit-elle tranquillement.

Elle jeta un coup d'œil sur son téléphone.

— Je ne peux même pas appeler mes amis parce que je n'ai pas mon chargeur avec moi. Je venais seulement pour une consultation, pas pour rester à l'hôpital.

Une idée complètement folle vint à l'esprit de Malachi. *J'ai un grand appartement qui reste vide quatre-vingt-dix-neuf pour cent du temps !* Bien sûr, il ne dit rien. Cela ne servirait qu'à mettre Lisandra mal à l'aise.

— Je vais parler avec le Dr Cohen, déclara Malachi en lui tendant le bébé qui s'était endormi dans ses bras.

Mais elle tourna le regard vers les berceaux.

— Ça ne vous ennuierait pas de le déposer dans son lit

pendant que je finis de nourrir Bébé 2 ? C'est plus facile de n'en tenir qu'un à la fois.

— Bien sûr, reconnut Malachi en se maudissant de ne pas y avoir pensé tout seul.

Il s'exécuta donc, en redoutant que le bébé ne se mette à pleurer, mais cela ne se produisit pas. Alors il le borda comme il avait vu tant de sages-femmes le faire devant lui au cours de ses dix ans d'exercice.

Sa main s'attarda un instant sur le duvet du petit crâne. Puis il la leva pour saluer Lisandra.

— Vous avez été sensationnelle aujourd'hui !

Il se dirigea vers la porte mais ne put s'empêcher d'ajouter à voix plus basse :

— Mais j'imagine que vous êtes sensationnelle tous les jours… Bonne nuit maintenant. Vous avez besoin de repos.

— Merci.

Elle jeta un coup d'œil en direction du couloir.

— Vous passerez me voir demain ?

— Si cela vous fait plaisir, volontiers. Mais ce sera tard. Dans le fond, ce n'est pas plus mal, vous me raconterez comment vous avez passé la journée.

Le lendemain soir, vers 19 heures, il frappa à la porte de Lisandra.

Il avait pensé à elle plusieurs fois entre deux interventions. À la boutique de l'hôpital, il lui avait acheté un magazine et un chargeur qu'elle accepta avec plaisir.

— J'aimerais vous rembourser, proposa-t-elle.

— Non, c'est inutile.

Elle ne protesta pas.

— Alors merci, tout simplement. C'est très gentil de votre part. Je ne voulais pas demander ce service aux sages-femmes, elles ont suffisamment d'occupations sans cela.

Le sourire qu'elle lui adressa lui donna envie de courir acheter une dizaine d'autres magazines et chargeurs !

— Je me trompe en pensant que vous êtes une femme qui aime son indépendance ?

— C'est parce que vous me voyez toute seule ici que vous me posez cette question, n'est-ce pas, docteur Madden ?

Dr Madden ?

— Je ne suis pas votre médecin, mais un ami dont vous avez fait la connaissance à la suite d'une circonstance peu banale. Vous avez oublié que, dans l'ascenseur, je me suis présenté comme Malachi ? Alors je vous en prie, utilisez mon prénom, cela me fera plaisir.

Il s'installa dans le fauteuil destiné aux visiteurs.

— Vous avez passé une bonne journée ?

— Oui. J'ai réussi à dormir en même temps qu'eux.

Malgré la pâleur de son visage, elle était jolie comme un cœur avec ses cheveux blonds étalés sur l'oreiller en une auréole dorée.

— Bravo. Vous me paraissez pleine de bon sens.

— Vous croyez ? Alors que j'ai failli accoucher entre deux étages ?

— Bien sûr. Vous avez sagement attendu d'arriver en salle d'accouchement pour le faire.

Elle se mit à rire.

— Vous avez le sens de l'humour.

— Il paraît… en tout cas, c'est ce que disent mes ex-fiancées.

Il haussa les épaules.

— Excusez-moi, je suis souvent un peu trop direct. J'espère que cela ne vous choque pas.

Il reprit un visage sérieux.

— Molly m'a dit que le père de vos fils était décédé. Ce doit être dur pour vous.

— Oui, très dur. Mais le plus dur c'est d'avoir quitté Melbourne en croyant que ses parents seraient heureux d'avoir leurs petits-enfants proches d'eux.

— Ce n'est pas le cas ?

— Non. Leur grand-mère nous aurait accueillis, mais leur

grand-père a changé d'avis. Il a même osé soutenir que mes fils ne sont pas ses petits-enfants.

Voilà qui avait dû être extrêmement blessant, pensa Malachi. Une fois de plus, il avait envie de la prendre dans ses bras.

Elle écarta une mèche de son front.

— Richard était un homme généreux. Je ne comprends pas comment son père peut se montrer si cruel.

— Le chagrin rend parfois les gens méchants, déclara Malachi. C'est peut-être ce qui s'est passé pour votre beau-père.

Il savait de quoi il parlait. Après la mort de sa mère, son propre père était devenu de plus en plus renfermé et froid.

— Vous pensez qu'elle aurait accepté de vous accueillir ?

Lisandra haussa les épaules.

— Oui, mais je pense qu'elle n'a pas eu le choix. C'est une femme soumise à un mari autoritaire. Elle m'a envoyé un message pour s'excuser, me souhaiter d'être heureuse et me demander de ne pas lui téléphoner. Je me contenterai de lui adresser un message de temps en temps et une photo des bébés.

— Tout cela est bien triste, confirma Malachi. Vous êtes donc entièrement livrée à vous-même ?

— Je vais me débrouiller en attendant ma maison. Mon site de conseils aux futures mères marche bien. Il me permettra de tenir financièrement en attendant de reprendre mon travail. J'ai des contacts ici pour retrouver rapidement un emploi.

— Je suis sûr que vous réussirez. Mais prenez d'abord le temps de créer des liens avec vos fils.

Se penchant sur le berceau de Bébé 1, il posa l'index sur le petit nez qui devint orange pâle.

— Ce petit bonhomme me paraît un peu jaune…

— Il a beaucoup dormi aujourd'hui. J'espère qu'il n'a pas besoin de photothérapie.

— Je crois que si. Une jaunisse me paraît tout à fait probable. Pour un jumeau, prématuré, ce serait tout à fait normal, mais rassurez-vous, tout rentrera dans l'ordre d'ici quelques jours.

— Au moins, vous ne mâchez pas vos mots ! Est-ce qu'il vous arrive de faire pleurer vos patientes ?

Malachi laissa échapper un petit rire.

— Non, cela n'est pas dans mes habitudes ! Elles savent que je serai toujours là pour elles.

— Elles ont de la chance.

— Je serai là pour vous aussi, Lisandra. Ma secrétaire, Ginny, qui est une jeune femme adorable, viendra se présenter à vous demain matin. N'hésitez pas à lui demander de faire des courses en ville pour vous, elle s'en chargera volontiers.

Il se mit debout.

— Et n'hésitez pas non plus à me dire si je peux faire quelque chose pour vous. Au fait, est-ce qu'on vous a apporté votre valise ?

— Oui, Molly me l'a amenée ce matin. Les sages-femmes sont vraiment très attentionnées avec moi.

— Parfait. Je suis content qu'on s'occupe bien de vous.

La main posée sur la poignée de la porte, il ajouta :

— Bonne nuit, Lisandra.

— Bonsoir, Malachi.

Une fois dans le couloir, Malachi ne put retenir un sourire de contentement. Elle l'avait appelé Malachi. Cela lui faisait extrêmement plaisir. C'était bête, non ?

4.

Une semaine plus tard, toujours à l'hôpital

Lisandra consulta sa montre. 17 h 30. Malachi devrait arriver dans une heure ou deux.

Les jumeaux avaient maintenant une semaine et, dans la mesure où elle pouvait les nourrir tous les deux en même temps, elle réussissait à dormir suffisamment pour rester présentable. Elle faisait sa toilette, mangeait normalement, s'émerveillait du regard bleu sombre de ses fils et appréciait les visites de Malachi et de Ginny.

Un nouveau message de Josie la remerciant pour les photos et lui en réclamant d'autres lui avait fait aussi extrêmement plaisir.

Depuis deux jours, elle avait grande envie de quitter l'hôpital, de s'installer chez elle, de commencer une vie normale avec ses enfants. Mais elle devait se montrer encore patiente… ce qui commençait à lui coûter beaucoup.

Le soir, elle avait plaisir à partager avec Malachi les menus incidents qui avaient émaillé sa journée, mais elle appréhendait de voir leur timide amitié prendre fin lorsqu'elle quitterait l'hôpital.

La veille, sur le coup de 21 heures, elle n'attendait plus sa visite et se sentait nerveuse. Les bébés lui paraissaient grognons. Elle avait facilement les larmes aux yeux. Bien sûr, cela n'avait rien à voir avec l'absence de Malachi. Rien du tout. *Baby blues*… sans doute.

Pourtant, lorsque le visage de ce dernier apparut dans

l'embrasure de la porte, il lui sembla qu'on lui retirait un poids énorme des épaules, même si, bien sûr, il ne pouvait s'agir que d'une pure coïncidence. Cette fois-ci, Malachi lui apportait en cadeau une pomme rouge et une bouteille d'eau minérale parfumée à la framboise. Mais, mieux encore, il prit dans ses bras Bébé 2 qui pleurnichait depuis un moment.

— Merci, Zorro ! lança Lisandra. Vous arrivez juste au moment où j'allais être débordée par ce bébé grognon.

Elle avala sa salive et retint difficilement les larmes qu'elle sentait perler à ses yeux. Ses hormones lui jouaient des tours… sans doute aussi cette dépression légère la plupart du temps mais bien réelle qui touche les femmes qui viennent de mettre un enfant au monde.

— Bébé 1 ne se nourrit pas normalement. Le Dr Cohen parle de poursuivre la photothérapie si sa jaunisse continue. Il en a déjà eu pendant trois jours.

— Il vaut mieux continuer le traitement et s'en débarrasser, déclara Malachi fort prosaïquement.

Lisandra fit mine de le regarder d'un air fâché.

— Encore une fois, vous ne dorez pas la pilule !

Il lui adressa un large sourire.

— En tant que médecin, je sais quand un bébé qui a la jaunisse a besoin de photothérapie. Par contre, je n'ai jamais prétendu avoir la délicatesse d'un bon père de famille !

Y avait-il dans cette déclaration une ombre de regret ? Elle l'aurait parié.

— Pourquoi pensez-vous ne pas avoir les qualités d'un bon père de famille ? Je trouve que vous vous débrouillez très bien avec mes deux bébés !

— C'est à cause de mon style de vie. Je ne suis pas assez disponible pour avoir une vie de famille.

Il écarta cette éventualité d'un geste de la main.

— Je préfère m'en tenir à mes activités professionnelles.

— Pourtant, vous êtes un merveilleux médecin, je ne vois pas pourquoi vous ne feriez pas un père merveilleux.

Il fronça les sourcils, comme pour montrer qu'il n'était pas du tout d'accord mais ne désirait pas s'étendre sur le sujet, puis reposa le bébé dans son berceau.

— Je repasserai demain, Lisandra. D'ici là, tâchez de bien vous reposer.

Le lundi, comme l'avait prévu Malachi, la jaunisse de Bébé 1 n'était pas guérie, le traitement avait dû reprendre, mais cette fois on ne l'emmena pas sous les spots de la luminothérapie. Après lui avoir protégé les yeux, l'infirmière l'avait enveloppé dans une couverture biliaire qui dispensait le même traitement. Couché dans son berceau, il ressemblait à un petit ver luisant bleuté qui brillait dans la chambre. Bébé 2, qui était plus gros que son frère, était préservé de la jaunisse.

Finalement, ce fut le jeudi que Lisandra se décida sur le choix des prénoms, mais elle voulait que Malachi soit le premier à les entendre.

Elle venait de prendre cette décision lorsqu'elle reçut un message de Beach Realty, l'agence auprès de laquelle elle devait signer pour l'achat de sa maison.

Madame Calhoun, nous avons le regret de vous informer que le propriétaire a décidé de retirer sa maison du marché. Votre dépôt vous sera retourné sous quinzaine. Si un logement susceptible de vous convenir est proposé dans notre agence, nous ne manquerons pas de vous contacter.

Non. Non ! Lisandra s'écroula sur ses oreillers. Tous ses projets s'effondraient. Toutes les démarches qu'elle avait faites pour obtenir son prêt seraient à recommencer. Et maintenant qu'elle était sans emploi, en congé de maternité, elle aurait beaucoup plus de difficulté à en obtenir un. Cette perspective l'effrayait, et pourtant il lui faudrait bien l'entreprendre. Demain. Ou après-demain. Quand elle aurait le courage. Avant de quitter la maternité de toute façon.

Son téléphone sonna. C'était Ginny.

— Je peux passer vous dire bonjour ?

— Oui, bien sûr !

C'est ainsi qu'une heure plus tard, Malachi les trouva toutes les deux dans la chambre de Lisandra. Ginny tendait des mouchoirs jetables à cette dernière en larmes.

Ginny se leva tout de suite pour expliquer la situation.

— Lisandra vient d'apprendre que la maison qu'elle avait prévu d'acheter est retirée du marché. Je vous en prie, dites-lui de ne pas s'inquiéter ! Je vais dès demain me mettre en quête d'une location qui lui convienne.

Le front de Malachi se barra d'un pli contrarié.

— Merci, Ginny. C'est vraiment gentil de votre part.

Puis, se tournant vers Lisandra, il lui posa une main sur le bras.

— Vous avez un quartier préféré ?

— Peu importe. Un toit sur ma tête et celle de mes enfants est tout ce que je demande.

Un silence suivit cette remarque.

Malachi se passa une main dans les cheveux avant de parler.

— Pourquoi ne viendriez-vous pas vous installer dans le loft qui se trouve au-dessus de mon appartement ? Il est indépendant, insonorisé, et vous pouvez bloquer la communication entre les deux sections.

Ginny et Lisandra tournèrent vers lui un même visage stupéfait.

— Pourquoi pas ? insista-t-il. En attendant que Ginny vous trouve une location correcte. C'est bête de vous installer quelque part en sachant que vous n'y resterez que peu de temps.

Il s'interrompit un instant avant de reprendre :

— J'ajoute que mon appartement comporte deux chambres d'amis, ce qui fait que vous ne me dérangerez pas du tout même si je reçois des visites.

Lisandra demeurait figée de surprise.

— Non… je ne peux pas accepter.

Malachi se tourna vers Ginny.

— Ce loft est vide et Lisandra est SDF… Vous entrevoyez une meilleure solution ?

Le mot choqua quelque peu les deux jeunes femmes mais, encore une fois, la vérité toute crue sortait de la bouche de Malachi. Ce n'était pas très agréable à entendre mais c'était la vérité.

Malachi regardait le visage de Lisandra, gonflé par les pleurs, ses yeux rougis par les larmes.

— Vous dites que le plus important pour vous est d'avoir un toit pour vos enfants. C'est ce que je vous propose. Et je vous promets de ne pas vous mettre à la porte si vos bébés pleurent la nuit ! Gardez votre argent pour votre futur achat.

Son téléphone se mit à sonner.

— On me demande en salle d'accouchement. Il faut que je vous laisse. À plus tard !

Ginny secoua la tête en le regardant quitter la chambre.

— Voilà le Dr Madden tout craché ! Il va droit au but et ne s'embarrasse pas de complications inutiles. Le loft qu'il vous propose était le refuge où son père pratiquait son violon. Il comporte deux chambres et il y en a trois dans l'appartement du bas. En plus, le docteur n'est pratiquement jamais chez lui. En tout cas, c'est que Grace m'a raconté.

— Grace ?

— Son ex-amie. Ils ont rompu la semaine dernière.

Lisandra lui adressa un regard désolé.

— Ne vous inquiétez pas, ajouta Ginny. C'est leur choix à tous les deux.

— Quoi qu'il en soit, je ne peux pas m'installer chez lui.

— Réfléchissez bien avant de refuser. Vous serez complètement indépendante. Avec même une kitchenette à votre disposition. En plus, l'ascenseur monte jusqu'à cet étage, ce qui fait que vous n'aurez pas de difficulté avec la poussette.

— Oh là là ! souffla Lisandra. Comment refuser une proposition pareille ?

— Impossible ! Acceptez-la, c'est tout.

Elle prit la main de Lisandra dans les siennes.

— Malachi est quelqu'un de bien. Il a besoin d'amitié. Vous aussi.

— Il a besoin d'une amitié lestée d'une paire de jumeaux ?

— Il a besoin de quelqu'un de courageux, comme vous.

— Mais vous m'avez trouvée en larmes tout à l'heure !

— Et alors ? Vous lui faites beaucoup de bien. Il est moins sombre depuis que vous êtes ici.

— Il est trop généreux… Si j'accepte, il faut que je lui paye un loyer.

— Vous pouvez toujours essayer mais il refusera, c'est sûr. Il n'a pas besoin d'argent.

— Vous croyez que je dois accepter ?

— Ce serait fou de refuser. Allez, je vais faire les papiers pour vous permettre de sortir demain en fin de journée. Ça vous va ? Et comme mon mari est de garde je commanderai un repas que nous prendrons toutes les deux pour fêter votre installation.

5.

Ce n'était peut-être pas très sympa d'avoir taxé Lisandra de SDF…, se reprochait Malachi quelques instants plus tard, mais c'est bien ce qu'elle était en réalité. Maintenant qu'elle n'avait plus à attendre sa maison, elle n'avait aucune raison de rester davantage à l'hôpital.

Ginny l'avait à juste titre incitée à accepter l'appartement qu'il lui proposait. Le loft était totalement indépendant du sien. Ils pourraient très bien ne pas se rencontrer si c'est ce qu'elle souhaitait, mais la savoir en sécurité lui ferait plaisir. Depuis le décès de son père, il n'y était pratiquement jamais monté malgré l'insistance de Grace qui aurait aimé consacrer l'étage inférieur à leur vie mondaine. Une vie mondaine que Malachi ne voulait pas du tout initier et encore moins entretenir. Leur rupture était incontestablement une bonne chose.

Il lui faudrait tout de même prévenir sa grand-mère qu'une pensionnaire allait s'installer au-dessus de chez lui et qu'il ne s'agissait pas de Grace. Cette pensée le fit sourire car la vieille dame, qui rêvait de le voir en couple, ne manquerait pas de se réjouir de cette initiative, mais pour de mauvaises raisons.

Sur le coup de 20 heures, il retourna dans la chambre de Lisandra. En arrivant, il jeta un coup d'œil sur les berceaux. Bébé 2 paraissait sur le point de faire une grosse colère car il faisait toutes sortes de grimaces.

— Alors, Lisandra, avez-vous pris votre décision ?

— J'ai longuement parlé de votre proposition avec Ginny qui a fini par me convaincre de l'accepter. Elle m'a même proposé de m'aider à m'installer demain soir après son travail. Si cela vous convient, bien entendu.

— C'est parfait ! J'en suis ravi. Et maintenant, racontez-moi votre journée.

— Eh bien, c'est un grand jour car j'ai enfin choisi le prénom de mes fils. Bébé 1 sera Bastian et Bébé 2, Bennett. J'ai respecté l'ordre de naissance.

— Ce sont de jolis prénoms, bien masculins. Voilà une bonne chose de faite.

Tout en bavardant, il observait Lisandra. Elle paraissait encore fatiguée mais avait sans doute hâte de changer de cadre de vie.

— Vous vous sentez prête à quitter l'hôpital ?

— Complètement.

— Ma gouvernante, Mme Harris, préparera votre chambre et mettra à votre disposition de quoi commencer votre séjour. Ensuite, vous pourrez commander par Internet tout ce dont vous aurez besoin et vous le faire livrer. C'est comme ça que je fais.

Lisandra le dévisageait d'un air triste.

— Ginny m'a dit que vous avez rompu avec votre amie la semaine dernière…

— Oui. Notre relation n'était pas faite pour durer. Je ne suis pas le genre d'homme à me marier, et cette rupture n'a fait que confirmer ce que j'ai toujours pensé. Nous sommes bien plus heureux l'un sans l'autre.

— Grace n'était peut-être pas la femme qu'il vous fallait ? répliqua Lisandra d'une voix hésitante.

Il secoua la tête.

— Je préfère rester célibataire. Sur ce, bonne nuit, Lisandra.

— Bonsoir, Malachi.

6.

Lisandra le regarda sortir. Il ne se dépêchait pas mais se déplaçait comme un athlète, tête haute, épaules larges, grandes enjambées. Ginny lui avait dit qu'il travaillait deux fois plus que n'importe quel autre médecin et ne refusait jamais de rendre service.

Dans le fond, elle savait fort peu de choses sur lui. Autant il était curieux de découvrir sa vie à elle, autant il demeurait discret sur la sienne. Pourquoi insistait-il toujours sur l'idée qu'il ne pouvait pas faire un bon père de famille ? Était-ce à cause de son métier ? Avait-il d'autres raisons de refuser un tel avenir ? Peut-être les films made in Hollywood l'avaient-ils porté à trop idéaliser sa vision de la famille ?

Elle se souvenait très bien des moments où son père rentrait du travail et des repas qu'ils prenaient ensemble le soir. Ses parents avaient l'air heureux tous les deux, jusqu'au triste jour où ils lui avaient été arrachés. Quelle vie de famille avait connue Malachi ?

Pourquoi s'en soucier ? Ce n'était pas son problème !

Et c'était très bien comme ça.

Il allait devenir son propriétaire, un point c'est tout. Le reste ne la regardait pas. Par contre, elle allait suivre le conseil de Ginny et mettre de côté chaque mois un loyer qu'elle lui verserait le jour où l'occasion se présenterait. Par exemple quand elle aurait trouvé un logement qui lui convienne et qu'elle quitterait celui de Malachi.

Car il avait beau assurer qu'il n'était pas fait pour la vie de famille, un jour viendrait certainement où il tomberait amoureux d'une femme qui n'apprécierait guère d'avoir pour locataire une mère et ses jumeaux.

Quant à elle… inutile de penser à refaire sa vie avec deux bambins pour cortège. De toute façon, elle n'aurait pas le temps de fréquenter qui que ce soit. Ses enfants étaient sa priorité, et cela lui convenait très bien.

Le lendemain soir, après avoir rassemblé ses quelques affaires, Lisandra attendit l'arrivée de Ginny. Elle avait commandé par Internet une poussette double et tout ce qu'il fallait pour aménager la nursery. Tout ce matériel devait déjà être arrivé à l'appartement et réceptionné par la gouvernante de Malachi. Ne restaient que quelques vêtements chez la dame où elle avait logé avant la naissance des jumeaux. Elle aurait vite fait de passer les prendre d'ici quelques jours, quand elle se serait un peu installée.

Elle sentit un frisson de plaisir la parcourir à l'idée d'avoir bientôt son propre espace, la nursery dont elle rêvait depuis le début de sa grossesse et du temps pour se reposer. Enfin.

Elle espérait aussi qu'un jour la grand-mère de ses fils oserait défier son mari et viendrait lui rendre visite. En attendant, elle avait décidé de lui envoyer une photo par semaine tant qu'elle ne lui demanderait pas d'arrêter. Son grand regret était de ne pas avoir de photo de Richard bébé car elle aurait aimé comparer ses fils avec leur père au même âge.

La perspective de sa nouvelle vie l'enchantait. Elle ne souffrirait pas de la solitude car Malachi monterait certainement la voir de temps en temps mais, même s'il ne le faisait pas, elle savait qu'il serait tout près en cas de besoin. Elle pourrait aussi appeler Ginny de temps en temps. Tout cela était pour elle extrêmement rassurant.

Quelques instants plus tard, en compagnie de Ginny, elle fit ses au revoir à l'équipe de sages-femmes et prit l'ascenseur avec cette dernière, Bennett et Bastian.

C'était le même ascenseur que celui de son arrivée, celui grâce auquel elle avait fait la connaissance de Malachi. Finalement, en dépit de sa mésaventure, elle en gardait un bon souvenir.

Une fois les jumeaux installés dans leur siège-auto, elle prit le volant de sa propre voiture pour la première fois depuis presque deux semaines et entreprit de suivre celle de Ginny dans le trafic de la fin de journée. La panique brusquement s'empara d'elle.

Que se passerait-il si elle avait un accident ?

Et si jamais elle mourait brusquement comme c'était arrivé à leur père ?

Elle prit une profonde inspiration pour refouler cette angoisse. Elle avait des amis à Melbourne. Ses enfants ne se retrouveraient pas seuls. Et, de toute façon, il ne lui arriverait rien !

À la suite de Ginny, elle pénétra dans un grand garage où se trouvait déjà une superbe voiture de sport noire. Waouh ! Elle n'avait jamais été fan de voitures mais celle-ci l'impressionna. Il lui faudrait bien prendre garde de ne pas l'érafler en manœuvrant la sienne.

Ce qui lui plaisait le plus toutefois, c'était la proximité de l'océan qu'elle avait aperçu en arrivant. Quelle chance d'avoir à sa disposition pareil logement si bien situé en attendant d'avoir sa propre maison ! Autant considérer cet épisode comme un séjour de vacances et en profiter au maximum !

En ouvrant la portière de sa voiture, elle eut la surprise de découvrir Malachi dans le garage.

— Malachi ?

— Oui, j'ai terminé tôt ce soir. J'ai eu envie de venir voir comment vous vous installiez.

— Oh… merci ! C'est très gentil de votre part.

Une bouffée de bonheur gonfla sa poitrine.

Malachi tendit la main vers le sac qu'elle tenait.

— Je ne peux pas garantir que je ne serai pas appelé mais il m'a semblé que je pourrais être utile pour vous aider à monter les petits meubles de la nursery.

Comme Lisandra le dévisageait d'un air médusé, il ajouta :

— Vous savez, j'adore les puzzles !

— Alors tant mieux, parce que moi je ne suis pas très douée.

Ils montèrent tous ensemble dans l'ascenseur qui les transporta jusqu'au dernier étage. Lisandra ouvrit de grands yeux en regardant Malachi.

— Ce *penthouse* vous appartient ?

— Je l'ai hérité de mon père. J'aime bien la vue qu'on découvre d'ici.

— Ça se comprend facilement ! commenta Ginny en riant.

— Suivez-moi, proposa Malachi en les précédant. Je vais vous faire les honneurs de la maison.

Malachi et Lisandra prirent chacun un siège qui transportait les bébés. Ils dormaient sagement, ce qui rendait la visite encore plus agréable.

— L'ascenseur qui nous a amenés ici ne peut pas être utilisé par d'autres personnes que nous, mis à part le personnel chargé de l'entretien.

Lorsque Malachi poussa la porte, le sol en marbre blanc étincela à leurs yeux. Par la grande fenêtre opposée à l'entrée, la mer de Tasmanie roulait ses vagues couleur émeraude sous le ciel bleu. C'était tout simplement merveilleux.

— Je vous signale aussi la présence de cet escalier extérieur qui donne accès à la petite piscine qui se trouve au niveau de mon appartement. N'hésitez pas à y descendre autant que vous le souhaiterez. Personne ne s'en sert !

— Malachi, merci infiniment de me faire ainsi confiance en me permettant de profiter de votre magnifique appartement. Je vous promets de ne pas abuser de votre amabilité.

— J'en suis bien persuadé.

Il haussa les épaules.

— Il y a aussi un escalier intérieur qui conduit à mon appartement, au cas où vous auriez besoin de moi en urgence. Bien sûr, j'en ai une clé mais je ne m'en servirai pas à moins que vous ne me le demandiez.

Émerveillée, Lisandra refusait de penser à quelque urgence que ce soit. C'était bien plus agréable de regarder le grand tapis bleu placé entre les deux canapés en cuir blanc décorés de coussins brodés de coquillages, les lampes blanches posées sur les petites tables rondes, blanches elles aussi.

Malachi s'avança jusqu'à une porte placée sur la gauche.

— Ici, vous avez une petite cuisine équipée. À côté, une chambre pour vos fils et au fond, votre chambre avec sa salle de bains.

Lisandra déposa sur le sol le siège du bébé et suivit Malachi sur le balcon dont il venait d'ouvrir les grandes portes-fenêtres. Une brise venue de l'océan leur apportait un goût de sel, avec le bruit des vagues et les cris des mouettes. Au-dessous d'eux, des sentiers aménagés bordaient la plage et serpentaient au milieu des palmiers. C'était le paradis, tout simplement.

— Quel bonheur ! Je ne manquerai pas d'endroits où promener mes fils, déclara Lisandra, complètement sous le charme.

Deux heures plus tard, Ginny s'apprêtait à prendre l'ascenseur pour rentrer chez elle. Elle avait déballé les vêtements des bébés pendant que Lisandra leur donnait le sein.

Malachi n'était pas resté sans rien faire lui non plus. Il avait monté la table à langer et les lits pliants livrés en kit. Son téléphone sonna pour le rappeler à l'hôpital comme il venait juste de terminer. Il partit aussitôt, ravi d'avoir eu le temps de se montrer efficace.

Après son départ, Lisandra se retrouva en tête à tête avec ses fils. Tout était calme. Seul le bruit des vagues brisait le silence. Elle s'avança sur le balcon pour contempler le paysage féerique qui s'étalait sous ses yeux. Ce serait sûrement difficile de revenir sur terre après cet épisode princier mais c'était bon d'avoir d'aussi belles vacances pour s'adapter en douceur à sa nouvelle vie avec ses bébés. Pour l'instant, l'urgence était de se détendre et de se laisser imprégner par la douceur de vivre, mais un jour elle trouverait un moyen de remercier Malachi de son immense générosité.

7.

Le samedi matin, un peu avant la sonnerie de son réveil, Malachi s'accorda un moment pour savourer son bonheur. Le fait de savoir Lisandra installée là-haut avec ses enfants le remplissait d'une immense sérénité.

Lorsque ce fut l'heure, il se leva, s'habilla et partit faire son jogging sur la plage. À ses yeux, le principal avantage de son appartement était de lui permettre d'aller chaque jour courir le long de l'océan à l'aube. Il lui arrivait parfois d'être privé de cette mise en jambes lorsque l'hôpital l'appelait de bonne heure mais c'était assez rare et, somme toute, il appréciait encore davantage les matins où c'était possible.

Grace, qui n'aimait pas se lever tôt, se plaignait qu'il la réveillait en sortant du lit pour partir courir. Encore une raison de se féliciter de leur séparation… Cette évocation lui rappela qu'il lui fallait informer sa grand-mère de leur rupture. Peut-être serait-elle soulagée ? Elle n'avait jamais apprécié cette jeune femme trop égoïste à son goût.

Il avait été bien naïf d'imaginer que cette relation ne serait pas un échec. Les rares fois où il avait tenté d'expliquer à Grace que quelque chose n'allait pas entre eux, elle s'était toujours débrouillée pour faire dévier la conversation. De son côté, il préférait ensuite se replonger dans son travail qu'y réfléchir davantage. Jusqu'au jour où ce travail avait suffisamment exaspéré Grace pour qu'elle décide elle-même de leur rupture.

Donc, aujourd'hui, il allait informer sa grand-mère de leur séparation et très vite lui présenter Lisandra et ses jumeaux comme étant ses locataires avant qu'elle ait commencé à échafauder des plans romantiques à sa façon.

À peine de retour de son jogging matinal il entendit sonner à sa porte. Il espéra que c'était Lisandra, mais une autre personne avait une clé, hélas. En fait, il n'avait pas osé obliger sa grand-mère à passer par la réception quand elle avait envie de venir lui rendre visite. C'est ainsi que, au lieu du visage souriant de Lisandra, il se trouva nez à nez avec celui nettement plus austère de sa grand-mère.

Milicent Charles, la mère de sa mère, se tenait devant lui, raide et digne comme toujours. Malgré son air sévère, elle ne l'intimidait pas. Elle était sa seule famille, et il l'adorait.

— Grace m'a dit que vous aviez rompu la semaine dernière ?

Elle toisait son petit-fils, visiblement mécontente. Malachi ne se laissa pas impressionner.

— Entre, Gran, allons nous asseoir ! Nous serons plus à l'aise pour bavarder.

— Merci, répondit-elle assez sèchement.

Malachi comprit qu'une nouvelle fois sa grand-mère était fâchée contre lui et que mieux valait lui fournir très vite quelques explications.

— Tu aurais pu me prévenir toi-même, tu ne crois pas ? reprit la vieille dame, lèvres pincées. Que s'est-il passé avec Grace ?

— Elle trouvait que je travaille trop…

— Tu ne crois pas que n'importe quelle femme à sa place penserait la même chose ?

— Comment savoir, Gran ?

Est-ce que Lisandra trouvait qu'il travaillait trop ?

Allons… la question n'était pas là.

— Gran, je comptais justement t'inviter à déjeuner pour te mettre au courant.

— C'est trop tard. Grace l'a déjà fait.

— Elle m'a battu de vitesse.

Milicent dévisagea son petit-fils.

— Si exceptionnellement tu n'as pas prévu de te sauver tout de suite, est-ce que tu voudrais bien me proposer une tasse de café ?

— Bien sûr, Gran. Avec plaisir.

Il se leva lui aussi.

— Et tu sais, je reste à la maison…

— Tant que ton téléphone ne sonne pas, compléta la vieille dame, qui connaissait fort bien son petit-fils.

— C'est quelque chose qui peut arriver mais je ne suis pas de garde aujourd'hui. Est-ce que tu veux une petite douceur pour accompagner ton café ?

— Une de ces horribles choses congelées ?

— Pas du tout. Un petit gâteau tout juste sorti du four du pâtissier, que j'ai rapporté tout à l'heure en rentrant de mon jogging.

— Alors, je veux bien.

Elle jeta un coup d'œil en direction du balcon.

— Je vais m'asseoir dehors en attendant. La vue qu'on a d'ici m'a toujours enchantée.

Malachi jeta un coup d'œil sur la grande porte-fenêtre en espérant que sa grand-mère ne repérerait pas trop vite la présence de Lisandra et de ses fils. Le choc serait moins rude pour la vieille dame s'il pouvait lui expliquer auparavant leur présence momentanée chez lui à titre de locataires.

Bien sûr, il était chez lui, il pouvait inviter qui lui plaisait, mais il n'aimait pas contrarier sa grand-mère. Et encore moins lui laisser croire des choses fausses.

Une profonde affection les liait l'un à l'autre. Elle avait été la seule à l'aimer inconditionnellement quand son monde s'était écroulé. Plus que tout, elle souhaitait qu'il soit heureux et n'avait de cesse de le voir marié. Hélas, les projets qu'il faisait pour lui-même ne coïncidaient pas avec ceux de la vieille dame. Aujourd'hui, il voulait surtout éviter qu'elle imagine que Lisandra était sa nouvelle petite amie, car elle serait gênée de son erreur. Il aurait pu leur épargner cette situation délicate s'il avait pensé à suivre le conseil que Ginny lui avait donné à deux reprises d'appeler sa grand-mère… Mais tout occupé par le montage des meubles de la nursery, il avait complètement oublié.

Maintenant, il lui fallait expliquer la situation à sa Gran chérie, sans avoir l'air d'un imbécile qui s'était laissé embobiner par une charmante jeune femme. Ce qui n'était pas du tout le cas. D'ailleurs, dès que Gran aurait rencontré Lisandra, elle le comprendrait d'elle-même. Autant donc aborder le sujet avant que des pleurs de bébé viennent lui faire dresser l'oreille.

Or, c'est exactement ce qui se produisit. Un cri de nouveau-né parfaitement reconnaissable leur parvint depuis l'étage supérieur. Malachi serra les lèvres. Hocha la tête. Puis se mit à sourire. Avec le plus grand soin, il prépara le cappuccino comme l'aimait sa grand-mère, puis un café noir allongé pour lui-même. Ensuite, il plaça une pâtisserie sur chacune des petites assiettes en porcelaine et sortit de jolies serviettes à thé. C'est ainsi qu'elle l'avait éduqué quand il allait passer ses fins de semaine chez elle au temps de son adolescence. Bien sûr, elle se plaindrait de ne pas avoir de serviette en tissu, mais un sujet de conversation autrement sérieux les attendait.

Une fois tout cela disposé sur un plateau, il sortit sur le balcon.

— Au fait, Gran, il faut que…

— Dis-moi, Malachi, coupa Milicent d'une voix sèche, il me semble que j'entends un bébé là-haut ? Et une voix de femme ?

— Oui, Gran. C'est Lisandra Calhoun. Elle loge ici avec ses jumeaux. Tu verras, elle est très sympathique.

Pour la première fois de sa vie, Malachi eut le sentiment d'avoir tari le flot de paroles habituel de sa grand-mère.

Sagement, il lui accorda assez de temps pour digérer l'information mais pas suffisamment pour lui permettre de formuler une nouvelle question.

— Figure-toi que la maison qu'elle envisageait d'acheter a été retirée du marché et qu'elle se trouvait à la rue avec ses deux bébés. Je lui ai proposé de la dépanner en lui permettant d'occuper temporairement le loft.

Voilà. C'était dit.

Et, somme toute, cela paraissait tout à fait sensé et raisonnable. Gran ne devrait pas faire de difficulté avec ça.

— Tu lui fais payer un loyer ?

Malachi fronça les sourcils.

— Non. Pourquoi le ferais-je ? Je n'ai pas besoin d'argent.

— C'est pourtant comme ça qu'on fait quand on accepte un inconnu chez soi, précisa Milicent.

Pour se remettre de la nouvelle, elle prit une gorgée de son cappuccino.

Il lui adressa un sourire.

— Pas cette fois-ci, Gran. Et maintenant, si tu me racontais comment s'est passée ta semaine ?

— Taratata, mon petit ! Pas question. Tant que tu ne m'auras pas raconté le reste de l'histoire.

— Il n'y a rien à ajouter, Gran. Lisandra cherchait un logement pour la dépanner momentanément et le loft était vide. C'est tout.

— Ça, tu me l'as déjà dit. Ce que je veux que tu dises, c'est comment vous vous êtes connus et pourquoi tu ne m'as encore jamais parlé de cette amie.

Du bout des doigts, elle attrapa la pâtisserie, l'éleva à la hauteur de sa bouche mais interrompit son geste avant qu'elle atteigne ses lèvres.

— Et aussi comment tu peux avoir suffisamment confiance en elle pour l'héberger chez toi.

La vieille dame fixait Malachi avec insistance. Elle était inquiète. Inquiète pour lui. Comment la rassurer ?

S'il avouait connaître Lisandra depuis une semaine seulement, elle allait s'alarmer encore davantage. Il lui fallait trouver le moyen le plus inoffensif de présenter les choses.

— Je trouve la compagnie de Lisandra plus agréable que celle de Grace.

— Tant mieux. Je n'aimais pas du tout Grace, asséna Milicent.

Malachi cligna des yeux.

— Ah bon ? Tu ne me l'avais jamais dit. Je croyais que tu l'aimais bien.

— J'étais heureuse que tu aies une relation suivie, mais pas particulièrement que ce soit avec Grace. Il me semblait que si jamais vous vous mariiez, elle te donnerait un héritier…

Bing ! Grace avait mentionné les enfants. Dont il ne voulait à aucun prix.

— Est-ce que cette femme va prendre la suite de Grace ? poursuivit Milicent.

— Non. Lisandra est une amie. Une amie précieuse, mais il n'y a aucune autre raison qui l'amène à occuper l'appartement du dessus. Elle partira dès qu'elle aura trouvé un logement qui lui convienne.

À son tour, il attrapa son gâteau.

— Et maintenant, Gran, donne-moi de tes nouvelles.

— Comme tu peux le voir, je vais bien…

Le bébé se remit à pleurer.

Milicent leva les yeux.

— Comment est-ce qu'elle se débrouille toute seule avec des jumeaux ?

Malachi avala sa bouchée un peu difficilement.

— Très bien. Elle est pleine de bon sens. Elle est sage-femme, donc elle sait s'y prendre.

— Tu vas me la faire rencontrer ?

Malachi se mit debout. Après tout, le plus tôt serait le mieux.

— Je ne sais pas comment elle organise sa journée mais je peux toujours lui passer un coup de fil pour lui proposer de descendre nous rejoindre.

8.

En entendant le téléphone sonner, Lisandra reposa sa tasse de café pour aller répondre. Elle avait constaté que si elle n'en prenait pas plus de deux par jour, cela n'interférait pas avec le calme de ses fils. Ce matin, elle se sentait divinement bien. Alors qu'à plusieurs reprises la semaine précédente elle avait eu l'impression que sa vie lui échappait, depuis qu'elle se trouvait chez Malachi, elle avait retrouvé une certaine sérénité.

— Lisandra ? Bonjour, c'est Malachi.

La voix grave et posée qui l'avait si bien rassurée dans les moments difficiles qu'elle avait connus ces derniers temps opéra sa magie une fois de plus. Elle ressentit même un petit frisson de plaisir déroutant. Allons…

C'est parce que je ne m'attendais pas à ce coup de fil, songea-t-elle.

Vraiment ? Menteuse !

En même temps, une poussée de culpabilité lui serra la poitrine. Comment était-il possible qu'à peine un an après la mort de Richard, l'homme qu'elle avait tant aimé et avec lequel elle avait décidé de passer toute sa vie, elle se sente troublée par un autre homme ? Un homme qu'elle connaissait à peine. Allons… c'était seulement parce qu'il était si serviable qu'elle était heureuse d'entendre sa voix. Bien sûr. Inutile de bâtir un roman.

— Vous êtes toujours là ?

— Oui, pardon !

— Vous allez bien ?

— À merveille. J'ai été tellement heureuse de me réveiller dans cet environnement extraordinaire !

— Comment vont les garçons ?

— Très bien eux aussi. Ils ont bien dormi dans leurs nouveaux berceaux. Et je compte étrenner la poussette sans attendre.

— Alors pourquoi ne pas la mettre dans l'ascenseur pour descendre chez moi. Ma grand-mère vient d'arriver et elle serait enchantée de faire votre connaissance.

Sa grand-mère ? Oh là là… la gorge de Lisandra se serra. Elle n'était pas certaine que cette vieille dame serait enchantée de la découvrir. Qu'allait-elle penser ? Quels commentaires allait-elle faire ?

Comme elle ne répondait pas tout de suite, Malachi changea de proposition.

— Sinon, vous pouvez nous rejoindre tout à l'heure pour le déjeuner. Ou un autre jour si vous préférez. Il n'y a pas d'urgence.

Pas d'urgence ? Lisandra pensa que si elle était la grand-mère en question elle aurait hâte de faire la connaissance de la personne recueillie par son petit-fils. Et de ses bébés.

— Je serai ravie de rencontrer votre grand-mère et de prendre une tasse de café sans avoir à la préparer moi-même ! Je suis chez vous dans cinq minutes. Espérons que les garçons dormiront à poings fermés.

— Nous verrons bien… Pardon de vous prévenir à la dernière minute.

— Pas de problème.

— Alors c'est parfait !

Lisandra eut l'impression d'entendre un sourire dans sa voix. Comme toujours, il raccrocha brutalement mais elle ne s'en offusqua pas, elle s'était habituée à ses façons de faire.

Un peu plus tôt, elle avait installé ses fils dans la poussette où ils dormaient calmement. Les sièges étaient placés l'un devant l'autre, celui de l'arrière un peu surélevé, ce qui lui permettait d'apercevoir leurs deux visages.

— Allez, mes bébés, en avant pour notre première promenade !

Avant de sortir, elle fila dans sa chambre se donner un coup de peigne et passer un peu de gloss sur ses lèvres.

Elle n'éprouva pas le besoin de se changer. Le jean et le T-shirt qu'elle avait revêtus ce matin lui parurent tout à fait convenir pour une visite matinale décidée à la dernière minute.

Tout en se disant qu'il n'y avait aucune raison pour qu'elle soit nerveuse, elle sentait tout de même sa respiration s'accélérer. Si sa grand-mère ressemblait à Malachi, elle lui dirait franchement ce qu'elle pensait. Qui sait si la philanthropie dont faisait preuve son petit-fils ne l'horrifiait pas ?

Elle allait être vite fixée.

Deux minutes plus tard, elle se demandait dans quel sens il valait mieux introduire la poussette dans l'ascenseur. En avant ou à reculons ? La dernière solution lui parut plus appropriée. En tout cas, il fallait essayer. Elle n'avait pas fini de découvrir de nouvelles aventures !

Lorsque l'ascenseur arriva à l'étage de Malachi, ce dernier avait déjà ouvert sa porte. Il apparut tout de suite, un sourire chaleureux sur le visage.

— Bonjour ! Ça n'a pas été trop compliqué de vous déplacer avec cette grande poussette ?

— J'apprends, et finalement je ne m'en sors pas si mal.

— Tant mieux.

Elle le suivit dans l'appartement. L'air de la mer entrait à flots par les baies grandes ouvertes. De hauts tabourets étaient disposés devant le bar incurvé qui occupait un côté de la pièce et sur lequel l'assortiment d'alcools exposés n'aurait pas dépareillé le meilleur des bars à la mode.

En voyant le visage éberlué de Lisandra, Malachi se hâta de préciser :

— C'est le bar de mon père. Ça me ferait mal au cœur de jeter toutes ces bonnes bouteilles mais je ne bois pratiquement jamais.

Il se tourna vers la poussette.

— Et maintenant, venez faire la connaissance de ma grand-mère, Milicent.

La pointe de fierté qui perçait dans la voix de Malachi laissait deviner l'affection qui le liait à cette dernière.

— Elle vous attend, et votre café aussi !

— Je suis heureuse de la rencontrer.

C'était vrai. Lisandra éprouvait réellement le désir d'en apprendre davantage sur la famille de son hôte.

Une femme de haute taille, d'un âge respectable mais mince comme un roseau, s'avança alors vers eux depuis le balcon. Elle portait un pantalon de soie verte et une tunique de la même couleur, d'un ton plus clair. Légèrement maquillée, ses cheveux blancs coiffés dans un élégant désordre, elle souriait. D'un sourire agréable mais énigmatique.

— Gran, je te présente Lisandra Calhoun.

Puis, se tournant vers Lisandra, il ajouta :

— Lisandra, voici ma grand-mère, Milicent Charles.

— Je vous en prie, intervint immédiatement la vieille dame, malgré mes quatre-vingts ans, je préfère que vous m'appeliez par mon prénom.

Elle se pencha sur la poussette.

— Malachi m'a dit que vous aviez des jumeaux. Comment les avez-vous prénommés ?

— Bastian et Bennett. Calhoun.

Malachi lui aussi regarda les bébés. Bastian fronçait son petit nez, Bennett faisait la moue. Il leva ensuite le regard sur Lisandra. Son visage laissait transparaître une telle tendresse qu'il en fut profondément ému.

— Incroyable ! lança-t-il. J'ai l'impression qu'ils ont changé en vingt-quatre heures. Ils vous ont laissée dormir cette nuit ?

Lisandra haussa les épaules.

— Un peu… un tout petit peu.

En levant les yeux, elle s'aperçut qu'au lieu de regarder les bébés Milicent les observait, elle et Malachi.

— Ils sont très mignons, dit-elle. Et bien calmes pour le moment. Profitons-en pour aller savourer notre café !

Ils retournèrent donc tous les trois sur le balcon et prirent place devant la table en verre.

— Vous ne devez pas manquer d'occupations avec deux enfants nouveau-nés, déclara Milicent.

— En effet. Je profite au maximum des moments où ils dorment pour faire l'indispensable, mais ces répits ne sont jamais très longs. On dirait que, dès que l'un d'eux se réveille, l'autre en fait autant par peur de rater quelque chose d'intéressant.

Milicent hochait la tête.

— Si vous me racontiez comment vous avez fait la connaissance de Malachi ?

— À l'hôpital.

— Lisandra n'était pas ma patiente, se hâta de préciser Malachi.

— Nous nous sommes rencontrés dans l'ascenseur, ajouta Lisandra.

Son regard rencontra celui de Malachi qui paraissait s'amuser beaucoup.

— J'étais déjà dedans quand Malachi y est monté lui aussi, poursuivit-elle. L'ascenseur est resté bloqué entre deux étages. Et puis… la poche des eaux s'est rompue et… heureusement que je n'étais pas seule dans cette situation délicate.

— Ne me dites pas que les bébés sont nés dans l'ascenseur ! lança Milicent en levant les sourcils, mi-curieuse, mi-inquiète.

— Heureusement non. Nous avons été secourus à temps, mais Malachi m'a aidée à garder mon calme et à me préparer à la suite.

— Tu vois, Gran, je te disais bien que Lisandra est une jeune femme pleine de bon sens. Elle a attendu d'être en salle d'accouchement pour donner le jour à ses jumeaux.

— En effet, approuva Milicent, lèvres serrées. Quelle histoire incroyable !

— Malachi a accueilli Bastian qui est né dans le fauteuil roulant et Bennett sur la table d'accouchement deux minutes plus tard.

— Et dans tout ce maelström, Lisandra est restée d'un calme olympien, compléta Malachi.

— Donc, si je comprends bien, résuma Milicent en reposant sa tasse dans la soucoupe en porcelaine, vous avez fait connaissance à cette occasion. Vous ne vous fréquentiez pas auparavant ?

— Non, répondit Lisandra. Dans mon malheur, j'ai eu la chance de me trouver en compagnie d'un gynécologue chevronné.

L'interrogatoire de Milicent n'était pas achevé pour autant.

— Je comprends, mais qu'est-ce qui a fait que vous êtes venue vous installer ici ?

— Gran ! intervint Malachi d'un ton réprobateur.

Dans son désir de ne pas laisser place à la moindre incompréhension, Lisandra ne tint pas compte de ce reproche.

— Quand Malachi est venu prendre de mes nouvelles, il a découvert que je n'avais pas de famille ici et que mon projet d'achat de maison venait d'échouer. Il a proposé de m'héberger en attendant que Ginny, sa secrétaire, me trouve un nouveau logement. Cette jeune femme si sympathique m'a aidée à m'installer ici hier soir.

Alors que Lisandra ne s'y attendait pas du tout, elle remarqua que le visage de Milicent s'était détendu.

— Ginny est une véritable fée, approuva Milicent. Quant à Malachi, il a toujours éprouvé le besoin de venir en aide aux autres. Sa proposition me paraît tout à fait raisonnable.

Des pleurs exigeants leur parvinrent depuis la poussette. Lisandra se leva.

— Finissez tranquillement votre café, proposa Malachi, je vais voir ce qui se passe.

— Étant donné sa profession, commenta Milicent, j'imagine qu'il doit savoir s'y prendre avec les bébés mais je ne l'ai jamais vu en tenir un dans ses bras.

— Il a eu un certain entraînement la semaine dernière parce que, lors des visites qu'il me faisait le soir avant de rentrer chez lui, il est souvent arrivé qu'une sage-femme lui mette un des bébés dans les bras.

— Vous n'avez pas trouvé étrange qu'il vienne vous rendre visite alors qu'il n'était pas votre médecin attitré ?

— Non, pas du tout. Nous avons vécu des moments si intenses dans l'ascenseur qu'une grande confiance s'est établie entre nous.

Elle s'interrompit un instant. Le bébé s'était calmé.

— Ses visites étaient de très courte durée mais je les attendais avec impatience. Celles de Ginny aussi d'ailleurs. Elle aussi est devenue mon amie.

Milicent afficha un air contrarié.

— Vous n'avez pas de famille ? Pas d'amis ?

— Non, je n'ai pas de famille. Mes amies sont à Melbourne et, alors que son épouse m'avait invitée à venir chez eux, le père de mon défunt fiancé n'a pas voulu nous accueillir.

— Je suis désolée pour vous, déclara Milicent. Le chagrin amène parfois à des conduites incompréhensibles.

En se retournant vers le salon, Lisandra aperçut Malachi qui faisait les cent pas avec Bastian au creux de son bras. Bastian ? Oui, bien sûr. Encore une fois, elle fut surprise de constater que malgré leur immense ressemblance elle était capable de différencier ses fils l'un de l'autre.

Milicent adopta un air heureusement surpris.

— J'ai le plaisir de constater qu'il n'est pas si maladroit que je ne le craignais…

— Tu parles de moi, Gran ?

— Bien sûr, mon chéri. De qui veux-tu que ce soit ?

Lisandra acheva son café, puis se leva.

— Passez-le-moi maintenant.

Malachi était en train de s'exécuter lorsque d'autres pleurs leur parvinrent depuis le salon. Malachi y retourna pour prendre dans ses bras le second bébé.

— Je vois ce que vous vouliez dire tout à l'heure quand vous expliquiez que le second n'aime pas rester endormi quand son frère profite de la vie !

Elle se rapprocha de son petit-fils en regardant Lisandra.

— Lisandra, vous me permettez de prendre ce bébé dans mes bras ?

— Juste un instant, Milicent, car je pense que ce jeune homme a besoin d'être changé. Je remonterai chez moi m'en occuper ensuite.

— Je comprends. Merci infiniment d'être descendue me voir.

— C'est un plaisir pour moi d'avoir fait votre connaissance, Milicent.

— Voulez-vous un coup de main pour la poussette ? demanda Malachi.

— Non, merci. Par contre, si vous pouvez tenir la porte de l'ascenseur ouverte, ce sera parfait.

Malachi s'exécuta.

— Je crois que je vais faire comme tout à l'heure et présenter la poussette à reculons. C'est plus facile pour sortir de l'ascenseur.

— Vous avez vite trouvé le truc ! dit Malachi, amusé.

— Nécessité rend ingénieux, en effet, répondit Lisandra.

Sur ce, elle adressa un sourire à son hôte, persuadée qu'elle ne le verrait plus du week-end.

9.

Une fois les portes de l'ascenseur refermées, Malachi retourna dans son appartement où sa grand-mère l'attendait avec un air qu'il lui connaissait bien.

— Ta petite Lisandra me paraît tout à fait intéressante.

— Gran, ce n'est pas *ma* petite Lisandra ! s'insurgea Malachi.

— Malachi, tu as besoin d'une compagne.

Lisandra ? Une compagne ?

Il n'y avait pas pensé. Surtout après le désastre qu'avait été sa relation avec Grace, c'était le genre de projet qui ne l'effleurait pas. Pourtant, l'idée émise par sa grand-mère ne le rebutait pas. Sauf que… c'était tout à fait impossible. L'estime qu'il éprouvait envers Lisandra l'empêcherait toujours de lui faire subir ce que son père avait imposé à sa mère. Des soirées à l'attendre. Des sorties sans cesse annulées…

— Non, Gran. Je ne cherche pas de compagne. Je n'ai pas envie de me marier. Je te l'ai dit mille fois !

Milicent leva le doigt.

— Mon petit, Lisandra te plaît, c'est clair comme de l'eau de roche. Sans cela, pour quelles raisons lui aurais-tu proposé de l'héberger ?

Pour quelles raisons ? Il n'en savait fichtre rien ! Il avait juste eu envie de l'aider. De la mettre en sécurité.

— Si on appelait ça de *l'altruisme*, Gran ?

— Pfff… normalement, tu oublies aussitôt les personnes que tu rencontres à l'hôpital.

Milicent retourna s'asseoir sur le balcon.

— Je pense que cette jeune femme t'a fait sortir de ta zone de confort. J'aimerais savoir pourquoi.

Une étincelle de malice bienveillante brillait dans le regard de la vieille dame.

— Elle te plaît ?

Comment une femme aussi séduisante pourrait-elle ne pas plaire à un homme normalement constitué ?

— Tu sais, elle a su garder son calme dans des circonstances abracadabrantes. Elle m'a impressionné.

— En tout cas, elle m'a paru bien plus à l'aise avec toi que ne l'a jamais été Grace.

— C'est le moins qu'on puisse dire, Gran, mais si nous passions à autre chose maintenant ? Je t'invite à déjeuner dans un restaurant que je viens de découvrir où l'on sert des fruits de mer délicieux.

Trois heures plus tard, une fois Milicent rentrée chez elle avec sa propre voiture, Malachi se retrouva dans son appartement, impatient d'entendre la sonnerie de son téléphone.

Non, aujourd'hui, il ne travaillait pas. Cela ne lui était pas arrivé depuis quand ? Depuis sa rencontre avec la délicieuse jeune femme qui vivait dans l'appartement du dessus, dont il avait fait la connaissance une semaine auparavant.

Autrement dit, il était fou ! Fou à lier.

Il fallait qu'il sorte prendre l'air.

Tout seul ?

Il sortit son téléphone de sa poche.

Ça vous ennuierait que je vous accompagne pour la promenade des garçons ? Juste au cas où vous auriez besoin d'un petit coup de main.

La réponse arriva tout de suite.

Quelle bonne idée ! À quelle heure ? Pour moi, ce serait parfait tout de suite.

Elle avait donné la tétée aux bébés avant de les installer dans la poussette pour leur sieste. Ils pourraient donc profiter d'une promenade tranquille.

Aussitôt, Malachi monta à l'étage du dessus, frappa à la porte, le cœur battant. Comme s'il ne l'avait pas vue depuis des semaines alors qu'il venait à peine de la quitter ! Les mots de sa grand-mère lui revinrent à l'esprit : *Lisandra te plaît... Tu as besoin d'une compagne...* il le reconnaissait à regret mais ce n'était pas faux. En tout cas, il était hors de question d'affliger Lisandra avec cette remarque. C'était décidé une fois pour toutes.

Elle vint lui ouvrir, un grand sourire aux lèvres.

— C'est une excellente idée de profiter de ce beau temps pour nous aérer tous les quatre.

— Vous êtes prête ?

— Oui, fin prête. Il me semble que je suis restée enfermée pendant des mois !

— Pas tout à fait, mais je vous comprends.

— Merci de m'accompagner. Je vous avoue que j'avais un peu d'appréhension à l'idée de manœuvrer toute seule cette grosse poussette pour la première fois.

— Alors allons-y ! L'aventure nous attend.

Un instant plus tard, l'ascenseur les déposait au rez-de-chaussée.

— Votre façon de vous organiser avec vos fils a vivement impressionné ma grand-mère, déclara Malachi en poussant la porte de l'immeuble.

À vrai dire, il l'était lui-même énormément. Malgré sa fatigue indéniable, Lisandra gardait un visage serein et avenant.

— Ah bon ?

— Oui, vous êtes extraordinaire !

— Le mot me paraît exagéré, mais vous me faites un joli compliment.

Le sourire qu'elle lui adressa était un véritable rayon de soleil.

— À moi de vous en faire un maintenant. Je crois que je n'ai jamais rencontré une personne aussi généreuse que vous. Ce serait facile d'abuser de votre gentillesse, mais je vous promets que ce n'est nullement mon intention.

Malachi haussa les épaules.

— En tout cas, reprit Lisandra, merci mille fois pour votre soutien et toutes vos attentions.

Malachi leva une main de la poignée de la poussette, comme si ces remerciements n'avaient aucune raison d'être, et jeta un coup d'œil à la ronde.

— Lisandra, apprenez au contraire que je suis un monstre d'orgueil ! J'ai envie que tout le monde croie que la vie m'a comblé de jumeaux magnifiques et d'une belle femme à mon bras.

La vérité de cette assertion le stupéfia. Comment lui était-elle venue aux lèvres ? Ce genre d'existence ne manquait sûrement pas de charme, mais il n'était pas fait pour lui, qui était beaucoup trop occupé. Était-ce à cause du souvenir douloureux de sa propre enfance ? De toutes les fois où il avait eu besoin de son père alors que ce dernier était absent ? Pourtant, il avait toujours trouvé du temps pour Lisandra…

Il se ressaisit brusquement. Non, il n'avait pas les talents nécessaires pour devenir père de famille. Quant à des jumeaux, inutile d'y penser !

— Vous aimez plaisanter, commenta Lisandra. Je découvre que vous êtes beaucoup moins sérieux dans la vie qu'à l'hôpital.

— Détrompez-vous, je ne plaisantais pas du tout, répondit-il d'un ton sérieux.

Ils venaient de s'engager dans le sentier aménagé pour les promeneurs. Par chance, il était désert en ce moment, ce qui lui donna l'occasion d'expérimenter la façon de conduire l'imposante poussette.

Lisandra s'approcha de lui d'un air moqueur.

— Si vous me laissiez un peu prendre la direction des opérations ? Il faut que j'apprenne à me sentir à l'aise pour ma prochaine expédition en solitaire.

Malachi recula aussitôt.

— Bien sûr ! Pardon. Je suis désolé… malgré les apparences, je fais entièrement confiance à vos capacités de conductrice d'engins spéciaux.

— On va voir si vous avez raison, répondit Lisandra en posant les mains sur la barre de la poussette.

Elle réussit plutôt bien à faire monter l'engin sur le trottoir et à en descendre. Malachi marchait à côté d'elle, tout étonné d'éprouver autant de plaisir à l'accompagner, à jeter un coup d'œil de temps en temps sur les visages paisibles des bébés endormis. À côté d'eux, le monde continuait sa course, les bicyclettes et les skateboards les dépassaient à vive allure. Eux, ils marchaient, tranquilles et heureux, laissant la brise marine décoiffer leurs cheveux.

Sur leur gauche, les vagues venaient s'écraser sur la plage, les mouettes poussaient des cris rauques et volaient en décrivant des cercles sur un fond de grand ciel bleu et de sable blond.

Le visage de Lisandra rayonnait.

— Quelle belle journée !

Malachi réalisa que ce qui rendait cette journée belle pour lui, c'était la présence de Lisandra. Les senteurs d'iode et le parfum des cheveux de sa compagne agissaient sur lui comme une drogue qui l'incitait à profiter de la vie.

— C'est vrai. C'est presque une découverte pour moi qui ne sors que très rarement les après-midi. Habituellement, je me contente de mon jogging du matin.

Lisandra se tourna vers lui.

— Ah... je vais vous surveiller depuis mon balcon ! C'est très agréable de regarder un sportif athlétique en pleine action.

— Athlétique ? Vous vous moquez de moi ?

— Un tout petit peu. Mais pas beaucoup, ajouta-t-elle en souriant d'un air taquin.

Le cœur de Malachi se mit une nouvelle fois à galoper de plaisir.

La grande voile d'un kitesurf qui caracolait sur la crête des vagues passa devant leurs yeux. D'un bond adroit, la planche passait de l'une à l'autre, apparemment sans le moindre effort.

— J'adorerais essayer un jour de maîtriser ce sport, déclara-t-elle. Ce doit être grisant.

Lui-même avait souvent pensé la même chose mais il ne

s'était jamais donné la peine d'essayer. Ou n'avait pas trouvé le temps de le faire.

— Je pense qu'on ne peut pas se lancer sans préparation.

— Certainement, mais quel bonheur on doit éprouver ensuite ! Un de mes fils aimera peut-être se lancer, qui sait ?

— Je n'en doute pas, assura Malachi.

En tout cas, cela ne le concernait pas. Où que se trouvent Lisandra et ses fils à ce moment-là, lui-même serait à l'hôpital en train de travailler et pas à la plage, occupé à faire ce que font les pères de famille le dimanche. L'homme que Lisandra choisirait pour servir de père à ses jumeaux devrait être capable de leur enseigner la vie et l'amour. Mais aussi le kitesurf et la planche à voile.

Pour Malachi, la vie, ce serait toujours travailler.

10.

Comme Lisandra levait les yeux vers lui à ce moment-là, elle eut la tristesse de découvrir que l'entrain reflété un instant plus tôt sur le visage de Malachi avait disparu. Avait-elle dit quelque chose qui l'avait contrarié ?

Sur ces entrefaites, Bastian se mit à pleurer. Elle le prit dans ses bras.

— Alors, mon poussin, tu as mal au ventre ?

Malachi s'arrêta lui aussi.

— Certainement. Vous préférez que je le porte ou que je mène la poussette ?

Elle jeta un coup d'œil vers un banc.

— Allons nous asseoir un moment. Je pourrai le nourrir tout en profitant de la vue. Son frère ne va pas tarder à rouspéter lui aussi.

Malachi poussa la voiturette sur le gazon plein de bosses jusqu'au banc sur lequel ils s'installèrent. Dès que le balancement s'arrêta, Bennett se mit en effet à pleurer.

— Je peux le prendre dans mes bras ? demanda Malachi.

— Il sera très content !

Il s'assit donc près d'elle en maintenant le bébé bien droit. Leurs bras et leurs cuisses étaient tout proches. Sans le moindre contact, la chaleur de leurs deux corps les réunissait.

Ce fut un instant magique.

Un moment plus tard, ils se levèrent et décidèrent de rentrer. Lisandra sentait la fatigue la gagner. Son pas s'était fait plus lent. Malachi lui passa un bras autour de la taille. Un bras tiède et vigoureux. Elle eut du mal à ne pas se laisser aller contre lui, mais ce n'était pas le genre de leur relation. Il était un ami, pas un amoureux. Elle n'avait nul besoin d'un amoureux, même si, au cas où elle en aurait un, ce serait un homme qui ressemblerait à Malachi.

Une fois de retour dans le loft, Malachi proposa de préparer un café pendant que Lisandra s'occupait de changer les bébés. Cela fait, un cappuccino fumant l'attendait. Ils levèrent ensemble leur tasse.

— Merci, Malachi. Vous m'offrez là le meilleur remède du monde !

— Tant mieux. Et maintenant, racontez-moi comment vous allez vous organiser au quotidien.

— Rien de très original. Tétée, petit déjeuner, tétée, promenade, tétée, sieste pour nous trois, tétée…

Elle se mit à rire.

— Palpitant, non ?

— Vous avez bien fait de prévoir une sieste pour vous aussi. Et ensuite ?

— Ensuite… il faudra caser mes consultations par Internet, quelques courses, tétée, bain des enfants, toilette pour moi…

— Quelles journées harassantes vous attendent !

— C'est vrai, mais avec des jumeaux il ne peut pas en être autrement. Mais dans cette liste j'ai omis le plus important : les sourires, les gazouillis, qui font de beaucoup de ces moments des instants magiques que je ne voudrais manquer pour rien au monde.

— Je comprends. Je ne connais pas ce genre de gratification dans mon travail.

Malachi reposa sa tasse.

— Est-ce que vous accepteriez de déjeuner avec moi samedi prochain ?

Lisandra éclata de rire.

— Vous croyez que ça existe un restaurant qui admet une poussette de deux mètres de long ?

— Bien vu, je n'y avais pas pensé. Je change donc mon

fusil d'épaule. Est-ce que vous accepteriez de venir déjeuner chez moi samedi ? Je me ferai livrer un plateau de fruits de mer, ce sera plus simple que de sortir.

— En effet. Mais vous ne serez pas de garde la semaine prochaine ?

— Non, j'ai refusé. Il y a six mois que je n'ai pas pris un week-end de libre. J'ai aussi demandé qu'on me remplace les quatre fins de semaine prochaines. Sauf auprès de mes patientes, évidemment.

Il savoura une nouvelle gorgée de café d'un air gourmand.

— Je vous assure que j'apprécie ma tranquillité !

— Vous plaisantez, j'imagine ? Ce n'est pas vraiment de la tranquillité que vous avez gagnée en m'invitant à m'installer chez vous avec mes fils.

— Ni vous ni eux ne sont du travail pour moi. Et vous n'êtes pas chez moi mais chez vous !

Il se mit debout.

— D'ailleurs, comme je ne veux pas abuser de votre hospitalité, je me sauve de ce pas.

Il s'arrêta toutefois sur sa lancée.

— Vous pourriez peut-être me rendre un service ?

— Avec plaisir.

— Si je rentre de bonne heure lundi, disons avant 18 heures, est-ce que je peux vous envoyer un message pour vous demander si les grandes manœuvres du bain se préparent ? Au cas où je pourrais être utile…

— Il t'a dit ça ? s'étonnait Ginny, le lundi soir, alors qu'elle venait rendre visite à Lisandra après son travail. J'espère que tu as accepté. Malachi a vraiment besoin d'avoir une vie à lui, pas d'être sans cesse à la merci d'un appel en urgence.

— Je ne suis pas sûre que venir m'aider à baigner mes fils soit vraiment une détente pour qui que ce soit.

Ginny déposa un poinsettia sur la table de la cuisine.

— Il te faut des fleurs dans cette maison ! Et détrompe-toi.

Tu lui fais un vrai cadeau en lui permettant de découvrir qu'il y a autre chose dans la vie que les gardes à l'hôpital.

— Je n'en suis pas sûre. Il adore son travail et tient à être disponible pour les patientes qu'il suit.

— C'est vrai, mais l'hôpital abuse de sa conscience professionnelle. Beaucoup de ses confrères aussi. Il faut qu'il change sous peine d'y laisser sa santé physique aussi bien que mentale.

— En tout cas, ce mois-ci, il a refusé les gardes.

— Je suis au courant, et c'est pour cette raison que je t'apporte des fleurs. Pour te remercier.

Lisandra s'avança pour embrasser Ginny.

— Tu es un amour ! Je ne la mérite pas, mais ton attention me fait grand plaisir. Et puis j'aime que tu te soucies de Malachi. J'espère que nous ne l'encombrons pas trop.

— Tu as eu l'occasion de rencontrer Milicent ?

— Oui, dès le lendemain de mon arrivée.

— Comment ça s'est passé ?

— Très bien.

— Alors c'est que tu lui as plu, autrement, elle te l'aurait clairement signifié. Le moins qu'on puisse dire, c'est qu'elle n'était pas très aimable avec Grace.

11.

À sa grande surprise, Malachi parvint à participer deux fois au bain des jumeaux. Le mardi et le mercredi. De sa part, c'était un véritable record que d'avoir réussi à quitter son travail de bonne heure deux jours d'affilée.

Une fois à l'œuvre, il avait été assez maladroit au moment d'enfiler les petits pieds dans les jambes de pyjama mais il commençait à prendre le coup. Ce qui était sûr et certain en tout cas, c'est qu'il adorait ce moment et que Lisandra appréciait son aide.

Et voilà que tout à coup c'était à nouveau samedi. Il était libre et devait déjeuner avec Lisandra. Il avait attendu ce moment toute la semaine.

Lisandra lui avait demandé de faire simple, mais il avait insisté pour lui offrir un vrai banquet en lui recommandant de prendre un petit déjeuner léger.

En l'attendant, bien décidé à faire de ce repas un moment spécial, il avait mis le couvert sur la grande table de sa terrasse, avec des verres en cristal et une jolie vaisselle. Ensuite, il était allé chercher une soupière de crème de homard et des plateaux de fruits de mer artistiquement arrangés.

Un peu plus tard, au moment où Lisandra frappait à sa porte, son téléphone sonna. Fallait-il aller répondre ou ouvrir ? Il hésita en se disant que ce n'était pas le meilleur des commencements pour une journée qui s'annonçait parfaite.

— Entrez, dit-il en portant le téléphone près de son oreille.

— Docteur Madden ?

C'est à ce moment précis que sa belle organisation capota. Au moment même où Lisandra entrait en souriant. Elle alla installer la poussette au même endroit que la semaine précédente et sortit sur la terrasse.

Ensuite, elle se retourna vers lui, visiblement impressionnée par le décor raffiné qu'il avait préparé.

Urgence. Détresse fœtale.

Il n'avait pas le choix.

Il tourna un visage désolé vers Lisandra.

— Il faut que j'aille à l'hôpital…

Elle lui adressa un petit geste de la main en disant :

— Pas de problème, nous dînerons au lieu de déjeuner, voilà tout.

À ces mots, un poids énorme fut retiré des épaules de Malachi.

Il ne rentra pas dîner. Ni même souper. Ce fut pratiquement un réveillon qu'il savoura bien plus tard dans le loft de Lisandra qui était rentrée chez elle et avait déjà mangé sur son insistance. Il venait de faire la preuve qu'il ne serait jamais un homme sur qui une femme et des enfants pouvaient compter.

Dans les jours qui suivirent, Malachi eut plusieurs fois l'occasion de participer au bain des jumeaux qui avaient déjà six semaines. Lisandra demeurait chez lui depuis trente-neuf jours maintenant.

Ce soir-là, qui était un samedi, il constata qu'il devenait de plus en plus habile pour sécher et habiller les petits. En fait, il était dorénavant presque aussi adroit que Lisandra.

— C'est fou comme vous avez vite fait des progrès, remarqua Lisandra. Qui aurait dit il y a deux mois que vous mettriez des bébés en pyjama les soirs de fin de semaine ?

— Certainement pas moi ! reconnut Malachi.

Deux mois plus tôt en effet, il appréhendait de revenir chez lui pour entendre Grace se plaindre qu'il rentrait trop tard. Cette semaine, il s'était arrangé quatre fois pour quitter l'hôpital de bonne heure. C'était étonnant.

— Je trouve passionnant d'observer les bébés dépasser le stade de nouveau-nés qui est celui où je m'en tiens normalement.

Mais il se doutait bien que ce n'était pas là la raison principale de sa nouvelle attitude. La véritable raison, c'était le visage plein de douceur, les longs cheveux dénoués et le rayon de bonheur qui brillait dans les yeux de la jeune femme qui se tenait près de lui.

— Je vois que pour les gynécologues c'est la même chose que pour les sages-femmes. Ils voient les bébés les trois premiers jours et puis plus du tout avant la visite des six semaines.

— C'est tout à fait cela. Nous manquons beaucoup d'étapes de leur développement.

Lisandra sortit Bastian de la baignoire et le déposa sur la table à langer. Ensuite, elle prit Bennett, que Malachi avait déshabillé, et l'immergea. Malachi enveloppa Bastian dans la serviette de bain qui l'attendait, tamponna délicatement les plis sous les petits bras et, ce faisant, reçut en pleine poitrine un vigoureux jet d'urine dont il ne sut se protéger.

Lisandra eut beau jeu de se moquer de lui.

— Ah, le grand médecin bardé de diplômes n'a pas su rabattre la serviette devant lui à temps !

Malachi lui adressa un regard faussement furieux.

— On ne se moque pas des assistants pleins de bonne volonté !

Ils se sourirent, complices. Les yeux de Lisandra étaient deux océans dans lesquels il se noyait. Il perdait la tête. Il avait envie de prendre son visage entre ses mains. De poser ses lèvres sur les siennes. Son imagination s'emballait et lui donnait des idées que Lisandra n'était pas prête à suivre.

Pourtant, l'étincelle moqueuse qui brillait tout à l'heure dans ses yeux verts venait de laisser place à un regard ardent et sérieux.

Il hocha la tête.

Non. Je n'ai pas le droit. Je ne serai jamais l'homme qu'il lui faut. Ni le père dont ces enfants ont besoin.

Alors il secoua la tête et prit Bastian dans ses bras.

— Allez, jeune homme, viens que je t'habille…

Tout en s'affairant, il évitait de croiser le regard de Lisandra.

— Si tu veux, je peux mettre les pizzas que j'ai rapportées à chauffer pendant que tu donnes la tétée…

Le tutoiement lui était monté aux lèvres spontanément.

Elle le regarda en souriant à nouveau.

— Bonne idée. Si ça ne t'ennuie pas.

Il n'y avait aucune gêne dans la voix de Lisandra. Il était sans doute le seul à éprouver du désir et de la frustration.

— Tu veux qu'on s'installe sur le balcon ?

— Si tu veux. On peut aussi descendre chez moi où il y a plus de place sur la terrasse. Je me changerai et je mettrai la table pendant que tu leur donneras le sein.

— Bonne idée.

Elle installa donc Bennett dans la poussette et entreprit d'habiller Bastian.

— Descends le premier, je te rejoins dès que je les ai installés tous les deux dans la poussette.

12.

En regardant Malachi s'en aller, Lisandra trouva qu'il marchait plus vite que d'habitude. Elle ne s'était pas trompée. Il avait eu envie de l'embrasser tout à l'heure et se dépêchait de partir pour chasser ce désir.

De toute évidence, pareille idée le terrifiait. Pour quelle raison, elle n'en avait pas la moindre idée. Terrifiée, c'est elle qui aurait dû l'être ! Et pourtant, ce n'était pas le cas. L'émotion qu'elle ressentait était plutôt la déception qu'il n'ait pas suivi ce que son corps lui suggérait.

Qu'éprouverait-elle en étant embrassée par un autre homme que Richard ? Ayant eu très peu de petits amis, elle avait peu d'expérience en la matière mais, ce qui était certain, c'est qu'échanger des baisers avec un amoureux ne faisait pas partie de ses projets sept semaines après avoir mis au monde des jumeaux. Elle verrait plus tard, dans trois ou quatre ans.

Sauf que… c'est de Malachi qu'il était question. L'harmonie du corps de son hôte ne lui avait pas échappé. Et, lorsqu'elle l'avait regardé le matin courir le long de la plage, elle n'avait pas pu empêcher son cœur de battre plus vite en le voyant dérouler ses longues foulées. Ce spectacle était même devenu son premier bonheur du jour quand, installée sur le balcon, elle donnait le sein à ses bébés.

Échanger un baiser avec Malachi, cet homme si aimable, si séduisant et si vieux jeu par certains côtés, serait sans doute une expérience intéressante. À cette pensée, une émotion profonde naissait en elle. Profonde et extrêmement troublante.

Est-ce que ce baiser serait chaste ? La flamme qu'elle avait vue brûler dans le regard de Malachi lui permettait d'en douter. Serait-il maladroit ? Peut-être, car elle l'avait souvent vu timide et gêné devant elle. À moins que la connexion qui existait entre eux, un peu plus forte chaque fois qu'ils étaient ensemble, ne se trouve renforcée au point de les engager dans une relation dangereuse. Dangereuse parce que c'était complètement insensé d'imaginer un futur possible avec lui.

C'était clair, inévitable. Pas de futur commun envisageable pour eux deux. Elle savait que le moment de la séparation arriverait. Déjà, elle anticipait le sentiment de perte qu'elle éprouverait quand il lui faudrait déménager et le quitter. En même temps, elle imaginait sans peine les hauts cris que pousserait sa grand-mère à l'idée que la petite sage-femme SDF, la locataire que son petit-fils adoré avait si généreusement invitée chez lui, s'était fait une place dans son lit.

Quelle audace tout de même de penser au sexe alors que son ventre était encore déformé par la grossesse et ses seins voués à nourrir ses fils ! Cette image lui donna envie de rire. Non, franchement, quelle douce folie s'était emparée d'elle ? Comment faire l'amour sans être dérangés par l'un ou l'autre des bébés ?

Allons… il était grand temps de quitter le loft puisqu'elle commençait à délirer à propos de son hôte. Le moment était venu de faire de nouveaux projets.

Par conséquent, elle allait demander à Ginny de s'activer dans la recherche de son nouveau logement. Elle soupçonnait cette dernière d'avoir un peu ralenti ses prospections depuis quelque temps.

Brusquement, elle réalisa qu'elle avait habillé le bébé qu'elle tenait entre ses mains de manière totalement automatique.

— Désolée, Bennett ! Je n'ai pas fait attention à toi. Tu vois, je ne suis pas une très bonne maman, pardon !

Voilà une raison supplémentaire de ne pas se laisser aller à des rêveries de gamine à propos d'un prince charmant qui ne faisait que lui rendre service. Toute son attention devait se concentrer sur ses fils privés de père et qui avaient donc d'autant plus besoin de tout l'amour de leur mère.

Elle s'installa pour leur donner le sein. Elle avait remarqué dernièrement que, si elle les nourrissait chaque fois qu'ils se réveillaient, ils tétaient plus longuement et l'espacement entre chaque tétée s'allongeait. Ils pleuraient rarement, et elle réussissait à avoir six heures de sommeil sans qu'ils réclament. De ce fait, l'épuisement qu'elle avait connu dans les semaines suivant la naissance se résorbait peu à peu. Autrement dit, tout en reconnaissant que les visites de Malachi contribuaient grandement à lui maintenir la tête hors de l'eau, elle commençait à régler les besoins de ses fils et à revivre pour elle-même.

En réalité, ce que cet homme lui apportait, c'était la possibilité de rester une femme normale, saine d'esprit. C'était beaucoup. Et c'était tout, rien de plus.

Dix minutes plus tard, après avoir installé les bébés dans leur poussette et pris l'ascenseur, elle arriva chez Malachi qui réchauffait les pizzas.

Il évita de croiser son regard.

— On mange dehors, d'accord ?

— Avec plaisir.

Elle plaça la poussette à son endroit habituel, près de la fenêtre mais à l'abri de l'air du soir, et suivit son hôte sur la terrasse.

Les rayons du soleil avaient disparu, mais il y avait encore suffisamment de lumière pour apercevoir les derniers kitesurfeurs qui jouaient sur les vagues. Ils venaient à peine de s'asseoir que le téléphone de Malachi se mit à sonner.

Elle rentra dans le salon pour le laisser parler tranquillement mais entendit néanmoins la phrase fatidique.

— Je serai là dans dix minutes…

Pauvre Malachi.

Il rangea son téléphone et vint vers elle.

— C'est une alerte cardiaque chez un fœtus. Il faut que j'aille voir.

Lisandra lui sourit.

— Je suis heureuse de voir qu'on n'hésite pas à t'appeler à quelque heure que ce soit. En tant que sage-femme, je sais que les médecins mal embouchés sont une des plaies du métier. Je te mets une part de pizza de côté et je remonte chez moi.

— Tu peux rester manger ici. Tout est installé. Je rentrerai peut-être rapidement.

Elle jeta un coup d'œil sur les jolis verres, les condiments, les jus de fruits. C'était dommage de ne pas faire honneur à son travail.

— Si tu veux. Mais c'est seulement parce que tu as dressé une si jolie table. Je remonterai quand j'aurai fini de manger.

— Ne ferme pas la porte à clé au cas où je rentrerais rapidement.

— Pas de problème.

Une fois seule, elle resta à contempler la mer et dévora trois morceaux de pizza. Son appétit était devenu impressionnant depuis la naissance des jumeaux. Elle venait de se lever pour ranger son assiette lorsqu'on frappa à la porte.

Malachi lui ayant dit que personne n'avait la clé de l'ascenseur, elle pensa qu'il s'agissait d'un homme d'entretien. La question était de savoir si elle devait ouvrir ou pas.

Comme s'il avait senti le dilemme de sa mère, Bastian se mit à pleurer très fort. Cela l'aida à prendre sa décision. La personne qui se trouvait derrière la porte savait maintenant que la maison n'était pas vide.

Elle prit son fils dans ses bras et alla ouvrir. Milicent, très élégante dans son pantalon clair et son chemisier fleuri en soie, se tenait devant elle.

La grand-mère de Malachi rentrait de croisière. Les deux femmes ne s'étaient donc pas vues depuis plusieurs jours.

— Oh ! Milicent, bonsoir ! J'allais justement remonter chez moi. Malachi a été appelé à l'hôpital.

— J'espère que ce n'est pas moi qui vous fais partir.

— Pas du tout, répondit Lisandra, qui s'efforçait de garder le sourire malgré le regard inquisiteur de la vieille dame.

— Je peux entrer ?

Lisandra réalisa alors qu'elle bloquait la porte et se hâta d'ouvrir en faisant un grand pas en arrière.

— Vous êtes chez vous bien plus que moi !

Milicent haussa les sourcils.

— Je n'en crois pas un mot, ma petite, mais peu importe. Aïe !

Milicent s'avança.

— Il me semble reconnaître une odeur de pizza ?

— En effet. J'ai rangé la part de Malachi dans le réfrigérateur mais je suppose qu'il serait heureux de la partager avec vous si le cœur vous en dit.

Comme Milicent continuait son inspection sans rien ajouter, Lisandra précisa :

— Il m'a proposé de terminer mon repas ici quand l'hôpital l'a appelé.

— Très bonne idée, commenta Milicent en s'avançant vers la porte-fenêtre. Ce doit être difficile de trouver un moment pour manger avec des jumeaux. Comment vous débrouillez-vous ?

— Pas trop mal.

Milicent se pencha sur la poussette d'où Bennett fixait quelque chose de brillant de ses yeux grands ouverts.

— Comme ils ont changé en si peu de temps ! Ils doivent vous donner énormément de travail.

Lisandra hésita un instant à raconter que Malachi venait plusieurs fois par semaine l'aider à leur donner le bain. Finalement, elle estima plus prudent de n'en souffler mot.

— Nous avons réussi à nous organiser, pas vrai, mon bonhomme ? lança-t-elle en s'adressant à Bennett, qu'elle avait pris dans ses bras.

— Dites-moi un peu où en est votre recherche de logement…

Voilà qui était direct !

— Ginny vient me voir demain pour me faire part de quelques propositions. J'espère trouver quelque chose à ma convenance dans le lot.

Ce n'était pas vraiment un mensonge car un peu plus tôt elle avait envoyé un message à Ginny pour lui proposer cette conversation. Il était grand temps qu'elle vole de ses propres ailes et arrête de se reposer sur la gentillesse et la disponibilité des autres.

La visite de Milicent lui faisait aussi comprendre qu'en restant davantage chez Malachi elle ne pouvait que prêter le flanc à des interprétations erronées.

— Milicent, je suis très heureuse de vous retrouver en si bonne forme. Si vous voulez bien m'excuser, je vais rentrer chez moi avec mes fils. Malachi m'a demandé de simplement tirer la porte derrière moi, je vous passe donc la consigne !

— À quelle heure est-il parti ?

Lisandra jeta un coup d'œil à sa montre.

— Il y a une demi-heure à peu près.

— Dans ce cas, je vais aussi rentrer chez moi. Il ne sera pas de retour avant des heures. Je le connais bien, c'est toujours ce qui se passe quand il est appelé à l'hôpital.

Elle n'avait même pas terminé sa phrase que Malachi poussa la porte d'entrée.

Lisandra retint une exclamation de surprise. Qu'il était donc séduisant dans son costume bien ajusté ! Même si tout était indiscutablement viril chez lui, elle retrouvait sur son visage certains des traits de sa grand-mère.

En découvrant cette dernière, il eut un sourire étonné.

— Gran ! Je ne m'attendais pas à te trouver ici.

Il adressa en même temps un coup d'œil gêné à Lisandra, un peu comme s'il s'excusait. Il avait donc pensé que ce pouvait être embarrassant pour elle que sa grand-mère l'ait découverte seule dans son appartement.

— J'espère que c'est une bonne surprise ! lança Milicent.

— Délicieuse, affirma Malachi.

— C'est ce que j'ai éprouvé en découvrant Lisandra chez toi.

Lisandra ne savait pas si elle devait mettre la pizza de Malachi à chauffer ou poser Bastian dans la poussette et partir.

Malachi régla le problème.

— Est-ce que tu veux un morceau de pizza, Gran ?

— Non, tu sais bien que je n'en mange jamais.

— Qu'est-ce que je peux te proposer d'autre ?

En s'adressant à sa grand-mère, Malachi n'avait plus rien de l'homme un peu maladroit dans ses relations. Il était tout à fait à son aise au contraire.

— Rien du tout, je te remercie. J'ai juste eu envie de passer dire bonjour à mon petit-fils préféré.

— Je suis le seul et unique, Gran !

— Pour le moment… j'espère bien qu'un jour ou l'autre il y aura des arrière-petits-enfants.

Lisandra fit la grimace. La conversation prenait un tour délicat.

— Je vous souhaite une bonne fin de soirée, dit-elle. Il est temps que j'aille coucher mes fils.

Sa phrase tomba au milieu d'un silence embarrassant.

— Comme tu voudras, répondit Malachi. À demain.

Elle lui adressa un signe de tête et se dépêcha de rejoindre l'ascenseur. Dans sa hâte de disparaître, elle aurait volontiers appuyé plusieurs fois sur le bouton d'appel ! Enfin, l'ascenseur arriva. Elle s'y engouffra avec la poussette.

13.

Après avoir refermé la porte sur Lisandra, il s'avança d'un pas décidé vers Milicent.

— Grand-mère, je ne te permets pas de mettre Lisandra dans une situation gênante !

Milicent leva les sourcils d'un air surpris.

— Il y a bien longtemps que tu ne m'as pas appelée « grand-mère »…

— J'en éprouve rarement le besoin, mais cette fois…

— Cette fois, tu es en colère contre moi parce que j'ai trouvé ta locataire dans ton appartement ? En train d'attendre ton retour de tes visites à l'hôpital, ce qui normalement te prend des heures ?

Malachi n'avait aucune envie de connaître son avis sur la question. Rien de tout cela ne la concernait.

— Je ne te dois aucune explication à ce sujet. Par contre, j'aimerais bien que tu m'expliques les raisons de ta visite.

Milicent ne se laissa pas émouvoir pour autant. Tranquillement, elle alla s'asseoir sur le canapé tandis que Malachi, qui avait grand faim, pensait à la pizza qui l'attendait.

— Tu veux que je me justifie, c'est ça ?

— Disons que j'ai envie de savoir pourquoi tu as éprouvé le besoin de passer chez moi sans me laisser la possibilité de me préparer à ta visite.

Tout en parlant, il alla chercher le morceau de pizza que Lisandra avait mis de côté pour lui. Posé sur le papier d'aluminium qui l'enveloppait, il découvrit le petit mot que Lisandra y avait placé.

J'espère que tu te régaleras autant que moi. Cette pizza était un délice. Bon appétit !

Avec un sourire, il glissa le bout de papier dans sa poche et déposa son repas dans le four.

— Autrement dit, reprit Milicent, tu peux aussi bien m'informer clairement que je ne suis pas la bienvenue chez toi maintenant que tu héberges cette locataire.

— Non, c'est faux, et tu le sais très bien, répliqua Malachi, qui se reprochait maintenant d'avoir fait preuve d'insolence. Tu sais très bien que je t'aime de tout mon cœur !

Milicent pinça les lèvres.

— Sans doute, mais moins tout de même que la jeune femme qui habite là-haut avec ses deux bébés.

Malachi décida de ne pas répondre à la provocation mais il se demanda si sa grand-mère n'était pas en train de lui faire une scène de jalousie, purement et simplement. Pour quelle raison ? Parce que quelqu'un d'autre qu'elle occupait une place importante dans sa vie ? Non, il y en avait beaucoup d'autres, Ginny et Simon, entre autres.

— Tu as quelque chose contre Lisandra ? Elle te déplaît ?

Milicent laissa échapper un soupir mécontent.

— Tout est allé trop vite. Un jour tu fréquentes Grace, le lendemain, tu héberges Lisandra dans le loft, peut-être même ici, dans ton propre appartement.

— Gran, c'est seulement la deuxième fois qu'elle vient chez moi depuis que tu l'as rencontrée ici avant ta croisière.

Milicent parut surprise de cette réponse. Et pas tellement contrariée.

— Ah ! je suis peut-être allée un peu vite dans mes assertions.

Malachi se sentit pourtant obligé de lui en dire davantage.

— De mon côté, je suis monté chez elle de temps en temps. Histoire de lui donner un coup de main avec le bain des petits, quand je rentre avant 18 heures.

Pourquoi avait-il éprouvé le besoin de lui dire cela ? C'était évident qu'elle ne se priverait pas d'en tirer les conclusions les plus fantaisistes. Peut-être avait-il envie de connaître son avis sur ce comportement ? Ou simplement envie de la contredire ?

Cette fois, Milicent le dévisageait, les yeux arrondis par la surprise, mais elle réussit à tenir sa langue. Son petit-fils venait de la surprendre, ce qui arrivait rarement.

Devant son silence médusé, il reprit la parole.

— Je sais que tu me souhaites tout le bonheur du monde mais, en dépit du temps que je peux passer avec Lisandra, je sais qu'aucun futur n'est envisageable avec elle.

Milicent se redressa.

— Et pourquoi donc ?

Malachi haussa les épaules, s'efforçant de garder un visage dénué d'expression.

— Pourquoi ? Parce que ses fils ont besoin d'un père et que je suis nul dans ce domaine. Il est hors de question que j'inflige à qui que ce soit ce que mon propre père m'a fait subir quand j'étais enfant.

L'air désolé, Milicent se leva brusquement pour venir s'asseoir à côté de lui.

— Tu dis n'importe quoi ! Tu feras un père sensationnel quand le moment sera venu.

Ce fut au tour de Malachi de se sentir désolé.

— Tu oublies que je ne suis jamais chez moi et que mon père m'a donné le pire des exemples ?

Milicent posa une main apaisante sur le bras de son petit-fils.

— Je remarque que tu as réussi ce soir à faire un aller-retour à l'hôpital en une demi-heure. De ta part, c'est un record, n'est-ce pas ?

— Sans doute, reconnut Malachi, mais ce soir le problème à régler n'était pas compliqué.

— Pff…, souffla Milicent. En temps normal, avant de rentrer chez toi, tu aurais fait le tour de ton unité pour voir si tout se passait bien, et cela t'aurait pris un temps fou.

— Peut-être…, admit Malachi.

— Mais ce soir tu avais hâte de rentrer pour terminer ton repas avec la jeune femme du dessus.

— Tu n'as peut-être pas tort, Gran.

— Est-ce que tu sais que Ginny vient demain parler avec Lisandra de son futur logement ?

Il n'avait jamais entendu parler de ce projet.

— Non. Comment as-tu appris ça ?

— Lisandra l'a mentionné tout à l'heure.

— Ah bon ?

Exposer ses projets sans être sollicitée ne ressemblait pas du tout à Lisandra.

En voyant sa grand-mère faire la petite moue qu'il connaissait bien, il devina qu'elle avait quelque chose à se reprocher.

— Je me souviens tout de même de lui avoir demandé où en était sa recherche d'appartement.

Sachant qu'il la regretterait tout de suite après l'avoir dite, Malachi retint une réplique bien sentie. Tout de même, au diable les grands-mères qui se mêlent de ce qui ne les regarde pas ! De quel droit Milicent mettait-elle des idées pareilles dans la tête de Lisandra ?

Sa contrariété devait être bien visible car Milicent poursuivit sur un ton penaud :

— C'était... juste pour faire la conversation. Je n'avais pas compris que tu tenais autant à elle.

Malachi arbora un air furieux.

— Gran, qu'est-ce que c'est que cette nouvelle idée ?

— Allons, Malachi ! Il n'y a qu'à observer ton visage quand tu la regardes. Quand tu parles d'elle ou de ses fils. Et il me semble que tu ne lui es pas indifférent...

Un silence s'installa entre eux.

— J'espère seulement qu'elle n'est pas intéressée par ton argent.

Malachi se leva brusquement.

— Grand-mère, je préfère oublier que tu viens de dire une chose pareille !

Par chance, le four se mit à sonner pour signaler que la pizza était prête.

— Je vais manger, Gran. Est-ce que tu veux partager avec moi ?

— Non, je te remercie. Je vais rentrer.

Elle s'interrompit, attrapa sa canne.

— Tu comprends, Malachi, je voudrais tellement que tu sois heureux !

— Je sais, Gran, je sais.

14.

Lisandra se glissa entre les draps en satin de coton lavé et posa la tête sur l'oreiller le plus moelleux qu'elle ait jamais connu. Dès que l'occasion se présenterait, elle achèterait les mêmes pour son futur logement.

Il était encore tôt. Depuis la naissance des jumeaux, elle avait pris l'habitude d'aller au lit de bonne heure, mais ce soir, au lieu de sombrer tout de suite dans un sommeil sans rêve, elle ne cessait de tourner et de se retourner dans son lit.

Un reproche la hantait : elle utilisait les gens. Malachi, évidemment, mais aussi Ginny dont elle allait déranger le week-end à cause de sa recherche d'un logement. Dire que pendant sa vie avec Richard elle était si indépendante !

En même temps, partir juste six semaines après la naissance des jumeaux, au moment où elle était en train de régler leurs habitudes, n'était sans doute pas une bonne idée. Elle courrait le risque de devoir tout recommencer à zéro.

Plus honnêtement, finit-elle par s'avouer, elle n'avait pas envie d'abandonner la vie confortable qu'elle menait ici, même si elle le savait parfaitement, il lui faudrait bien un jour ou l'autre ne plus compter que sur elle-même.

Ici, tout était facile. Elle n'avait même pas à se soucier du gros ménage puisque la gouvernante de Malachi, Mme Harris, faisait passer chaque lundi une équipe de nettoyage redoutablement efficace pendant qu'elle promenait ses enfants sur le sentier de la plage.

Toutes ses provisions lui étaient livrées. Elle avait à sa disposition toutes sortes de robots flambant neufs, une vue magnifique qui lui permettait de se détendre. Et Malachi.

Malachi sous-estimait l'aide qu'il lui apportait et que personne d'autre n'aurait pu lui proposer. Le simple fait qu'il vive à l'étage du dessous, à portée d'un simple coup de fil, la sécurisait énormément. Et chaque fois qu'il pénétrait chez elle, calme et disponible, elle se sentait vraiment apaisée.

Ce soir en particulier, au moment du bain des petits, il avait été particulièrement adorable. Avec eux et avec elle. Oui, il fallait qu'elle s'en aille sinon elle allait tomber amoureuse de lui, chose qu'elle n'aurait jamais crue possible six semaines plus tôt.

Peut-être serait-il malheureux quand elle partirait en emportant les bébés auxquels il s'était attaché ?

Mieux valait ne pas se poser pareille question. Milicent avait raison : elle abusait de la gentillesse des gens. Elle devait partir.

Bennett poussa un cri aigu qui résonna en elle comme une pointe de glace. C'était un cri de peur et d'angoisse qui la tira vivement de son lit. Elle rejeta les draps dans lesquels elle était enroulée et se précipita dans leur chambre.

En courant vers le berceau de Bennett, elle jeta un coup d'œil dans celui de Bastian qui lui parut très pâle. Elle s'approcha. Il ne bougeait pas. Ce calme n'était pas normal. Elle le prit dans ses bras et se précipita sur le balcon en lui tapant dans le dos et en appelant Malachi.

Une minute plus tard, il était auprès d'elle.

— Bastian… il ne respire plus !

— Allonge-le sur la table de la salle à manger, je vais lui faire un massage cardiaque, tu feras les insufflations.

Vite, elle installa le bébé sur la table à langer. Elle connaissait la manœuvre. Trente compressions et deux insufflations. Elle plaça la tête de son fils dans une position neutre, de manière à ce que son regard soit perpendiculaire au sol. Une fois les voies respiratoires ainsi dégagées, elle regarda Malachi presser rythmiquement le thorax de son fils avec l'index et le majeur avec la juste pression nécessaire.

En regardant le petit thorax se soulever et s'abaisser, Lisandra sentait les sanglots obstruer sa gorge.

— Prépare-toi pour deux insufflations, demanda Malachi. Allez, c'est le moment.

Elle engloba la bouche et le nez de son fils et en effectua deux. À chacune d'elles, elle vit la petite poitrine retomber et se soulever.

Malachi reprit les compressions en comptant à haute voix.

— Appelle une ambulance.

Elle se précipita dans sa chambre pour prendre son téléphone, revint à temps pour les deux insufflations suivantes, forma le numéro de secours, donna leur adresse, fit deux nouvelles insufflations. Cette fois Bastian respira. Gémit.

Malachi interrompit les compressions. Bastian se mit à pleurer. Lisandra aussi.

Elle prit son bébé et le serra contre sa poitrine. Malachi les enveloppa tous les deux de son grand bras tiède. Elle se lova contre sa poitrine nue, contre sa peau chaude et se mit à sangloter.

15.

Tout en maintenant Lisandra contre lui, Malachi veillait à ne pas trop serrer le bébé entre eux deux. Il aurait dû prendre du recul pour observer la couleur du visage de Bastian. En même temps, il n'avait pas envie de lâcher Lisandra.

Le cri poussé par le second bébé l'aida à abandonner son étreinte.

— Je vais chercher Bennett.

Il recula d'un pas.

— Compte ses respirations !

Heureusement, ils savaient tous les deux comment agir dans ces circonstances.

Quand il pénétra dans la chambre des enfants, il aperçut tout de suite Bennett qui s'arc-boutait dans son lit en agitant ses petits poings comme s'il avait envie de bondir au-dehors.

Le cœur de Malachi se serra. Il comprenait. Il avait conscience que le bébé savait.

— Ton frère va bien, Bennett !

Il prit le bébé agité dans ses bras et l'appuya contre sa poitrine nue.

— Tout va bien, mon bébé, calme-toi. Bastian respire normalement maintenant.

Par-dessus son épaule, il jeta un coup d'œil vers le salon. Lisandra s'était écroulée sur le canapé, Bastian dans les bras. Des larmes coulaient sur ses joues. Ses jambes tremblaient. Dieu soit loué, il était là quand elle avait eu besoin de lui !

Contre sa peau nue, il sentait la joue toute douce de Bennett. Jamais encore il n'avait tenu un bébé peau à peau comme il le faisait en ce moment. Ce n'était pas surprenant que parents et bébés aiment autant les uns que les autres cette complicité physique.

Le téléphone de Lisandra sonna.

— Ce doit être l'équipe des urgences, dit Malachi, qui alla prendre la communication.

Visiblement, Lisandra n'était pas en état de se mettre debout.

— Ce sont les urgences, docteur Madden. L'ambulance sera là dans deux minutes. Est-ce que le bébé respire ?

— Oui. Son état est stable maintenant.

— Y aura-t-il quelqu'un pour ouvrir à l'équipe médicale à son arrivée ?

— Oui. Je descends tout de suite. Je laisse ce téléphone à Mlle Calhoun mais, si vous avez besoin de nous joindre avant mon arrivée à l'hôpital, appelez sur le mien, je vous prie.

— Je te laisse seule un instant, ça ira ?

Lisandra essuya ses larmes et se redressa.

— Bien sûr.

Sa voix tremblait.

— J'ai eu tellement peur, Malachi. J'ai failli le perdre !

— Je sais.

Bravement, elle essaya de lui sourire, mais ce ne fut qu'une ébauche à peine esquissée.

Quel courage ! pensa Malachi. Il avait envie de l'embrasser.

— Je vais vite enfiler une chemise…

Il cala Bennett avec un coussin sur le canapé, à côté de Lisandra. Le petit avait arrêté de pleurer et ne cessait de fixer son frère.

Elle murmura à Bastian :

— C'est Bennett qui t'a sauvé. C'est parce qu'il a crié que je t'ai découvert.

Malachi caressa la joue de Bennett.

— Brave petit bonhomme !

Sur ce, il descendit deux à deux les marches qui conduisaient à son appartement, enfila une chemise, prit son téléphone, chaussa ses tongs et jeta un coup d'œil sur la terrasse. S'il ne s'était pas trouvé là en train de prendre le frais, il n'aurait pas entendu l'appel de Lisandra et serait arrivé trop tard.

Vingt minutes plus tard, au volant de la voiture de Lisandra, Malachi suivait l'ambulance qui emportait Bastian. Bennett était installé à l'arrière dans son petit siège, Lisandra à côté de lui.

— Désolé, mais c'est impossible d'installer les sièges pour bébé dans ma voiture de sport.

— Ça n'est pas le genre, tout simplement..., déclara Lisandra.

Le ton sur lequel elle avait parlé glaça Malachi jusqu'à la moelle. Cela revenait à dire que leurs mondes étaient incompatibles.

Après tout, pourquoi ne pas acheter un autre style de voiture ? pensa-t-il.

Voilà une idée folle entre toutes. Comment exprimer plus clairement le fait qu'il était complètement impliqué dans la vie de Lisandra et de ses fils ? Alors que la raison qui rendait incompatibles leurs avenirs n'avait pas changé. Elle avait besoin d'un homme qui serait là pour elle dans les moments difficiles. S'il s'était trouvé à sa disposition ce soir, c'était seulement une affaire de chance. Le bon sens lui conseillait de prendre du recul. Peut-être pas ce soir, certes, mais rapidement.

— Tu sais, j'aurais très bien pu conduire moi-même, affirma Lisandra, comme si elle avait deviné ses pensées.

Pourtant, sa voix tremblait encore.

— Pas aussi tranquillement que toi mais j'y serais arrivée.

— C'est Bennett qui m'a demandé de prendre le volant, déclara Malachi pour détendre un peu la tension qui régnait entre eux.

Les urgentistes lui avaient proposé de monter dans l'ambulance mais il avait décliné leur offre, persuadé qu'ils étaient tout à fait à même de s'occuper de Bastian si c'était nécessaire. Son souci avait été de ne pas laisser Lisandra prendre le risque de conduire étant donné l'état de choc dans lequel elle se trouvait.

Le soulagement affiché sur le visage de cette dernière à la suite de sa proposition lui avait prouvé à quel point il avait eu raison.

Ils se rapprochaient maintenant de l'hôpital. L'ambulance alla se garer devant l'entrée réservée aux urgences tandis que lui gagnait sa place de parking attitrée. Avant de descendre de voiture, il appela son ami Simon, pédiatre, et lui donna rendez-vous aux urgences.

— Cette nuit est la pire de toute mon existence, murmura Lisandra. En fait, non, celle où Richard a eu son malaise a été pire car il n'est pas revenu à lui.

Elle passa la main sur son front.

— Tu crois que Bastian a hérité de son père une fragilité cardiaque ?

— Les médecins vont vérifier tout cela, ne t'inquiète pas.

Il s'interrompit un instant.

— Tu étais présente quand Richard a eu son arrêt cardiaque ? Est-ce que tu as essayé de le faire revenir à lui ?

— Oui. L'ambulance a mis vingt minutes avant d'arriver, mais à ce moment-là je savais qu'il était perdu. Le caillot était trop important pour qu'il ait la moindre chance de survie.

À cette évocation, sa voix s'était brisée.

— Ce n'est pas ce qui est arrivé à Bastian, Lisandra. Il a repris conscience rapidement. Maintenant, entrons vite pour que Bennett voie que son frère va bien. Je vais le sortir de la voiture et je te le passerai.

Il comprenait qu'elle avait besoin de tenir son enfant contre elle.

Au moment où la lumière s'alluma pour indiquer l'ouverture des portières, il découvrit à quel point elle avait les traits tirés. Il lui prit la main. Elle tremblait. Ses doigts étaient glacés.

— Sois assurée que si j'avais eu la moindre inquiétude au sujet de Bastian je l'aurais accompagné.

— Oui, bien sûr. Merci.

Mais elle ne lâcha pas la main de Malachi pendant qu'ils s'avançaient vers les grandes portes.

À l'accueil, il se présenta, présenta Lisandra comme la mère du bébé Bastian Calhoun et demanda le Dr Simon Purdy.

— Il est dans l'unité de soins avec Bastian. Vous pouvez aller le rejoindre.

Puis elle regarda Lisandra.

— Je suis désolée mais avant de vous admettre je dois accomplir quelques formalités.

— Je reviens vers toi dès que j'ai des nouvelles, assura Malachi avant de pousser les portes tournantes qui amenaient au couloir intérieur.

Simon Purdy leva la tête du petit brancard où se trouvait Bastian. Conformément à sa réputation de pédiatre-magicien, il avait réussi à calmer les pleurs du bébé. Tout l'hôpital savait que comme certains ont le don de murmurer à l'oreille des chevaux, le Dr Simon Purdy avait celui de murmurer à l'oreille des bébés.

Avec soulagement, Malachi constata que le visage de Bastian avait repris ses couleurs et qu'il n'avait pas besoin d'un supplément d'oxygène. Son cœur battait normalement. La seule urgence désormais était de permettre à Lisandra de venir le plus vite possible constater tout cela elle-même.

Simon leva le nez vers son collègue.

— Salut, Malachi. Il paraît que ce petit jeune homme habite chez toi ?

La curiosité perçait dans la voix du médecin habituellement réservé. Il était l'une des rares personnes dont Malachi appréciait la compagnie lors des quelques événements mondains auxquels il assistait.

— Pas exactement. Ils habitent le logement au-dessus du mien. Je les connais depuis qu'ils sont nés.

— Et leur mère aussi ?

— Leur mère aussi, bien sûr.

— C'est la jeune femme qui s'était retrouvée coincée dans l'ascenseur ?

— Exactement.

Tout en parlant, Simon avait continué à examiner Bastian.

— Tout me paraît normal. Les urgentistes m'ont dit qu'il avait repris conscience après deux ou trois minutes de massage cardiaque, c'est bien ça ?

— Oui. Si tu peux attendre un petit instant, sa mère va arriver. Elle t'expliquera comment elle l'a trouvé.

— Elle est en train de remplir la paperasserie ?

— Oui, bien sûr. Je reviens avec elle tout de suite.

16.

Pourquoi Malachi tardait-il autant ? Lisandra n'en pouvait plus d'impatience. Lorsque, enfin, il fit son apparition, elle laissa échapper un soupir de soulagement.

— Tout va bien. Bastian est en pleine forme, annonça aussitôt Malachi.

— Est-ce que le pédiatre a dit quelque chose de précis ?

Tous deux se hâtaient dans le couloir où circulait le personnel des urgences.

— Non, il attend que tu sois présente. Il te posera sûrement quelques questions puisque c'est toi qui l'as découvert.

Au souvenir de cet instant abominable, Lisandra sentit ses jambes se dérober sous elle. C'était idiot, mais elle n'y pouvait rien. Sa volonté était parfaitement impuissante. Malachi dut s'en rendre compte car il la prit par le bras.

— Je t'assure que Bastian va bien. Veux-tu que je porte Bennett ?

Lisandra resserra son étreinte sur son fils.

— Non.

— Suis-moi par ici, conseilla Malachi.

Elle aperçut Bastian relié à l'appareil qui affichait des nombres tout à fait rassurants. Ensuite, elle considéra l'homme de haute taille qui portait un stéthoscope autour du cou.

— Lisandra, je te présente le Dr Simon Purdy. Simon, Lisandra, la mère de Bastian, est sage-femme.

Le médecin s'avança pour tendre la main à la nouvelle venue.

— J'aurais préféré faire votre connaissance dans des circonstances moins dramatiques mais je puis vous assurer que tout va bien pour votre fils. Il ne gardera aucune séquelle de cet épisode.

Lisandra comprenait tout cela.

— Pour l'instant, poursuivit Simon, je n'ai rien trouvé d'anormal chez lui mais, bien sûr, nous allons effectuer des examens complémentaires. Peut-être pouvez-vous me donner des détails sur ce qui vous a alertée ?

Lisandra prit une profonde inspiration avant de revenir sur ce moment traumatisant.

— J'étais couchée lorsque j'ai entendu Bennett, elle désigna du regard le bébé qu'elle tenait dans les bras, pousser un cri qui m'a glacé les sangs. Je ne l'avais jamais entendu crier comme ça et j'espère ne plus jamais l'entendre de ma vie.

Elle jeta un coup d'œil sur Malachi.

— Je me suis précipitée pour voir ce qui n'allait pas, et c'est en passant devant Bastian que j'ai remarqué sa pâleur. J'ai crié moi aussi.

Elle ferma les yeux, comme pour demander à Malachi de prendre le relais. Ce qu'il fit aussitôt.

— Tu as mentionné des examens complémentaires ? demanda Malachi pour terminer.

— Oui. Des tests sanguins et un scanner du thorax.

— Faites tout ce que vous jugerez utile, reprit Lisandra. Leur père est mort subitement d'un caillot dans le cœur. Vous comprenez que je m'inquiète de savoir si les enfants n'ont pas hérité de sa fragilité.

— Je ne le pense pas mais nous ferons tout pour le vérifier.

— Je vous remercie infiniment.

— Il nous faut le garder hospitalisé cette nuit. Est-ce que vous le nourrissez ?

— Oui. Complètement.

— Bravo ! C'est toute une aventure de nourrir des jumeaux au sein, mais je comprends pourquoi malgré cette mésaventure ils paraissent tous les deux si vigoureux. Il n'y a aucune raison pour que Bastian ne reprenne pas le sein quand il aura faim. Nous allons vous mettre dans une chambre où vous pourrez vous installer avec Bastian et son frère et vous occuper d'eux confortablement.

— Son frère s'appelle Bennett, précisa Lisandra.

Le Dr Purdy inclina la tête en souriant.

— Avec Bastian et Bennett, donc.

Deux heures plus tard, Lisandra se trouvait dans une chambre particulière en train de nourrir Bennett pendant que Bastian était resté aux urgences sous surveillance cardiaque et respiratoire pour la nuit.

Malachi l'avait quittée une heure plus tôt pour répondre à un appel de la maternité. Elle se frotta les tempes en se demandant comment elle aurait fait si elle s'était trouvée seule. Ce qui lui arrivait était un pur cauchemar.

Bennett lâcha le sein, tourna la tête vers elle en fronçant les sourcils avant de se mettre à gazouiller. Lisandra sentit son cœur fondre de tendresse.

— Tu sais que tu es mon petit héros ?

Bennett recommença à gazouiller. Elle lui sourit avec reconnaissance. La tension dans son cou s'était allégée. Elle le prit contre elle et lui frotta le dos pour qu'il fasse son renvoi.

— Écoute, mon bébé, ta maman a besoin de dormir maintenant pour mettre un point final à cette journée abominable.

À ce moment-là, on tapa à la porte. Malachi passa la tête par l'entrebâillement, et tout à coup le monde de Lisandra se remit d'aplomb.

— Je suis réveillée, entre, je t'en prie.

Cher, très cher Malachi. Elle ne devrait pas être aussi heureuse de le voir arriver, mais cette réaction était incontrôlable. Il tenait à la main une tasse de chocolat chaud.

— Il m'a semblé que ce serait une meilleure idée qu'un comprimé de somnifère pour t'aider à t'endormir.

— Et comment ! C'est exactement ce qu'il me faut.

— Tu veux que je tienne un peu Bennett pendant que tu bois ?

— Si tu veux, répondit-elle en le lui tendant. J'étais sur le point de le remettre dans son lit.

— Tu ferais bien d'y aller toi aussi, constata Malachi en voyant les traits tirés de Lisandra.

Elle jeta un regard sur sa tenue.

— Je suis déjà en pyjama. Tu as eu une bonne idée de me faire prendre quelques affaires pendant que les urgentistes s'occupaient de Bastian. Au moins, j'ai le chargeur de mon téléphone et quelques affaires confortables pour dormir.

— Tu as besoin d'autre chose ?

— Non, merci. J'ai tout ce qu'il me faut.

Brusquement, sa gorge se mit à picoter et des larmes lui montèrent aux yeux.

— Je ne sais pas ce que j'aurais fait sans toi.

Malachi vint s'asseoir sur le lit à côté d'elle. Il lui prit la main tout en continuant de l'autre à tapoter le dos de Bennett.

— N'y pense pas, je suis près de toi.

Aujourd'hui. Encore quelques semaines peut-être. Et après ?

Comme elle tournait le visage vers lui, Malachi le caressa doucement de sa main libre.

— Je ne sais pas ce que ma grand-mère t'a dit aujourd'hui mais tu n'as pas à te presser pour aller vivre ailleurs. Je suis content que tu habites le loft.

C'était comme s'il avait deviné ce qui était le gros souci qui la préoccupait depuis quelque temps.

— Comment est-ce que je saurai à partir de quel moment j'abuse de ton hospitalité ?

Il secoua la tête.

— Tu n'en abuseras jamais. Sans vous, ma maison ne serait qu'une coquille vide.

Il se pencha, frôla la joue de Lisandra de ses lèvres. Elle reçut cette caresse comme une bénédiction.

— Tu as été très courageuse aujourd'hui. Essaye de dormir entre les tétées. Je viendrai demain au moment où Simon fera sa visite.

— Non, ne te dérange pas, tu as assez de travail comme ça.

Il la regarda d'un air sérieux.

— Lisandra, je viendrai. Sauf si tu me demandes de ne pas le faire.

— Non, je serai contente de te voir demain.

Demain, oui.

Et les jours suivants aussi…

17.

La nuit suivante, Malachi dormit très mal. Les événements de la veille l'avaient bouleversé lui aussi. En arrivant à l'hôpital, il trouva Lisandra dans l'aile des soins intensifs, le regard fixé sur Bastian. Bennett était à côté d'elle dans sa poussette. Il resta un moment à observer la jeune femme, attendri par sa nuque délicate et ses cheveux clairs relevés en chignon souple.

Il avait compris que, depuis qu'elle était installée chez lui, elle était devenue plus qu'une amie. De cela, il était sûr maintenant. Mais c'était autre chose qui l'avait empêché de trouver le sommeil. Quelque chose de bien plus compliqué à analyser. À l'idée que quelque chose de grave aurait pu arriver à Bastian ou Bennett, il perdait la tête. La détresse que l'alerte avait suscitée chez Lisandra lui brisait le cœur. Il se souciait d'eux. Leur bonheur à tous les trois le préoccupait. Énormément.

Son rêve désormais était de lui demander de venir vivre dans son propre appartement et d'y rester pour toujours. Hélas, c'était un rêve ridicule. Il ne se faisait aucune illusion sur sa valeur en tant qu'époux et père. Lisandra méritait un compagnon disponible alors que lui-même serait souvent absent et risquait d'être appelé à tout moment. Quant aux garçons, il leur fallait un père digne de ce nom. Capable de partager leurs jeux et leurs activités sportives. Autrement dit, pas lui qui n'y connaissait rien.

Il devait impérativement se mettre en retrait. Tout de suite. Pour se préparer au jour où Lisandra rencontrerait le compagnon qu'il lui fallait, ce qui serait la plus grande douleur de sa vie.

Comme si elle avait deviné sa présence dans son dos, Lisandra se tourna vers lui.

Il s'avança aussitôt vers elle.

— Bonjour, Lisandra. Tu as bien dormi ?

— Étonnamment bien. Bastian n'a pas eu de nouveau problème cette nuit.

— Excellente nouvelle !

Elle l'observait. Il avait mauvaise mine.

— Et toi ? Je trouve que tu as l'air fatigué. L'hôpital t'a appelé hier soir après ton départ d'ici ?

Le rire de Simon derrière lui le fit se retourner tout en le dispensant de répondre. En même temps, il était surpris de la remarque de Lisandra. Elle se souciait donc de lui ?

En remarquant que Bennett commençait à s'impatienter parce qu'on ne lui prêtait pas suffisamment attention, il se baissa, le prit dans ses bras et le cala contre sa poitrine.

— Chhh, mon bébé… Ta maman est en train de parler avec le médecin, laisse-la tranquille.

Simon parut tout étonné de ce comportement.

— Dis donc, Malachi, en cas de jumeaux, tu es quelqu'un de précieux à avoir sous la main ! C'est bon à savoir.

Malachi leva vers lui un regard malicieux.

— Ah bon… Tu as l'intention d'en avoir ?

Simon éclata de rire.

— Mon vieux, toi et moi, nous ne sommes pas du genre à fonder une famille. Nous n'avons pas le temps, tout simplement. Notre boulot, c'est de veiller sur la santé des enfants des autres, point barre.

Deux mois plus tôt, Malachi aurait été complètement d'accord avec cette affirmation. Aujourd'hui, en regardant le petit visage rose et les yeux bleus de Bennett, il n'en était plus aussi sûr. Il sentit un énorme trou se creuser dans sa poitrine à l'idée que Lisandra et ses enfants partiraient un jour.

— Est-ce que Bastian a bien pris sa tétée ? demanda Simon après s'être tourné vers Lisandra.

— Oui. Franchement, je le retrouve comme s'il n'avait rien eu. Un peu plus affamé, peut-être.

— C'est parfait. Bien que ce soit dimanche, nous allons

procéder aux examens prévus et si tout va bien, ce qui me paraît très probable, vous pourrez rentrer chez vous avec lui dès cet après-midi.

Il plaça son stéthoscope sur la poitrine de Bastian.

— Le cœur fonctionne tout à fait normalement. Le monitoring de cette nuit n'a pas détecté d'apnée. Ni aucune anomalie ou signe inquiétant.

— Merci infiniment pour votre sollicitude et vos bons soins, dit Lisandra, très soulagée par cette déclaration.

Simon lui adressa un sourire amical puis se tourna vers Malachi auquel il adressa un clin d'œil.

— Il faudra qu'on se retrouve pour dîner ensemble un de ces soirs, d'accord ? Ça me fera plaisir d'avoir de vos nouvelles.

— Quelles nouvelles ? demanda Malachi, qui ne comprenait pas le clin d'œil.

— Savoir où vous en êtes, c'est tout… À bientôt.

Sur ce, il partit continuer ses visites.

— Quel homme charmant ! déclara Lisandra en le regardant s'éloigner.

Malachi se contenta d'émettre un petit grognement. Il avait trouvé son ami un peu trop curieux ce matin.

— Je le connais depuis longtemps, nous avons fait nos études ensemble. C'est un excellent pédiatre. C'est à lui que nous amènerons Bastian et Bennett en cas de problème.

Comme on l'attendait en salle d'accouchement, il déposa Bennett, qui s'était endormi, dans la poussette. Le bébé ne protesta pas. Décidément, il était devenu d'une efficacité redoutable !

Cela fait, il sortit de sa poche les clés de la voiture de Lisandra.

— Hier soir, j'ai amené ta voiture dans le parking de l'hôpital et j'ai pris un taxi pour rentrer chez moi, ce qui fait que j'ai ma voiture moi aussi.

— Merci infiniment pour cette attention.

Il regarda sa montre.

— Si jamais tu as besoin de quoi que ce soit, appelle Ginny. D'ailleurs, je suis persuadé qu'elle t'appellera dès qu'elle saura que tu te trouves ici.

Il pivota sur lui-même.

— Bon, je te laisse. J'ai deux césariennes à faire ce matin. Je ne rentrerai certainement qu'après le déjeuner mais Simon me tiendra au courant des résultats des examens. Si jamais tu as besoin de moi, n'hésite pas à me laisser un message, je te répondrai dès que possible.

Pour la première fois de sa vie, il regrettait d'être attendu en salle d'opération. Il aurait aimé pouvoir rentrer avec Lisandra et passer la journée avec elle et les petits. Histoire de s'assurer que tout allait vraiment bien.

18.

Lisandra regardait Malachi s'éloigner. Le sentiment de solitude et de vulnérabilité qui s'empara d'elle à ce moment-là la terrassa. Elle fit un effort pour réagir. Allons, c'était ridicule ! Ses fils étaient avec elle, tout allait bien.

Comme elle réinstallait Bastian dans le berceau de l'hôpital une infirmière arriva pour remettre en place le dispositif de surveillance.

— Je retourne dans ma chambre faire ma toilette et préparer mes affaires. Je reviendrai ensuite auprès de Bastian.

L'infirmière lui sourit.

— Ne vous inquiétez pas, nous vous appellerons si jamais il se réveille avant que vous ayez terminé.

Elle jeta un regard sur les bébés.

— On ne doit pas manquer d'occupation avec des jumeaux ! dit-elle sur un ton admiratif.

Lisandra eut un sourire attendri.

— Moins que si c'étaient des triplés ! Mais j'avoue qu'ils me font vivre des aventures inédites.

À ces mots, son cœur se serra. La nuit dernière, elle avait failli perdre son fils. Une nausée d'angoisse lui souleva l'estomac. Si Malachi n'avait pas été là…

— Le Dr Madden a été d'un grand secours, poursuivit l'infirmière.

La panique éprouvée par Lisandra s'apaisa. Oui, Malachi était son roc. Que deviendrait-elle dans quelque temps, quand elle l'aurait quitté ?

Lorsqu'elle retrouva Bastian, Lisandra eut la surprise de découvrir Ginny près de lui, le front soucieux, les yeux fixés sur l'appareil de contrôle.

— Ginny, qu'est-ce que tu fais ici ?

Ginny se retourna, prit son amie dans ses bras et la serra très fort.

— Malachi m'a prévenue de ce qui est arrivé. Pauvre bébé ! Et pauvre Lisandra ! Tu as dû avoir la peur de ta vie…

— C'est bien vrai, mais tout va bien maintenant. Merci pour ton soutien. Il y a longtemps qu'on ne m'a pas si bien réconfortée.

À l'instant même où elle prononçait ces mots, Lisandra savait qu'elle ne disait pas la vérité. Malachi l'avait apaisée la veille en la tenant contre sa poitrine nue, mais elle ne voulait pas penser à cette scène intime. Elle préférait la réserver pour plus tard, quand elle serait seule et disponible pour analyser les émotions qu'elle avait éprouvées à ce moment-là.

— Malachi m'a demandé de passer te voir pour te donner un coup de main avec Bennett pendant que tu accompagneras Bastian à ses examens.

— Mais est-ce que cela ne te…

— Pas du tout, coupa Ginny. J'adore m'occuper d'un bébé. Et même de deux s'il le faut ! ajouta-t-elle en riant.

Ce coup de main était le bienvenu, mais encore une fois Lisandra avait le sentiment d'abuser de la gentillesse de ses amis.

— Il ne m'a pas prévenue qu'il allait te demander ce service.

— Normal ! Il s'arrange toujours pour faire en sorte qu'on n'ait pas à le remercier.

Comme elle ne comprenait pas trop l'expression contrariée de Lisandra, elle ajouta en guise d'excuse :

— J'espère que tu ne nous en voudras pas pour ce complot amical ?

Lisandra sourit.

— Impossible d'imaginer pour Bennett meilleure baby-sitter

que toi, mais Malachi n'aurait pas dû te déranger. Tu as droit à une vie privée !

Certes, mais avec sa recherche d'appartement elle-même n'avait pas hésité à déranger Ginny pendant son week-end. Difficile de reprocher aux autres ce que l'on fait soi-même, non ?

Néanmoins, avec le drame qu'elle venait de vivre, son déménagement était repoussé. Malgré les paroles rassurantes de Simon, elle préférait rester à proximité du secours médical que Malachi était toujours susceptible de lui apporter. Elle redoutait encore que Bastian n'ait hérité des problèmes cardiaques de son père. Cette angoisse l'enveloppait comme un ample vêtement qu'elle s'efforçait d'oublier mais qui demeurait là, sombre et menaçant. Restait à espérer que la compagnie de Ginny allégerait son inquiétude et que le résultat des tests la rassurerait.

À 11 heures, Bastian avait hurlé quand on lui avait fait la prise de sang et pleurnichait pendant qu'on lui faisait les radios destinées à voir si ses poumons étaient clairs ou si son cœur présentait quelque anomalie. Elle lui donna la tétée avant l'électrocardiogramme et eut le grand bonheur d'apprendre très vite que son cœur ne présentait aucune déficience.

Enfin, une fois toute la batterie de tests effectuée, Ginny lui apporta une bonne tasse de café. Restait à espérer que, malgré sa charge de travail, Malachi serait présent lorsque Simon viendrait lui rendre compte avec précision de tous les résultats.

— Merci infiniment pour ton aide, Ginny. Maintenant que tout est terminé, tu peux rentrer chez toi.

— Pas du tout, je suis contente de rester avec toi.

— C'est dimanche, Ginny ! Tu as travaillé toute la semaine, rentre te reposer maintenant. Je te promets de t'appeler dès que Simon aura fait son compte rendu.

Elle tapota l'appui de la poussette.

— Bennett et moi allons faire une petite sieste en l'attendant.

Ginny rentra donc chez elle pendant que Lisandra regagnait sa chambre. On lui apporta son repas, puis on la prévint par téléphone que Bastian venait de se réveiller. Elle partit alors le retrouver et eut la surprise de découvrir Milicent dans le couloir.

— Lisandra, l'interpella la grand-mère de Malachi, quelle triste histoire ! Malachi m'a tout raconté. Je suis vraiment désolée pour vous, vous avez dû vous faire beaucoup de souci.

Lisandra demeura un instant sous le coup de la surprise. Milicent était bien la dernière personne au monde dont elle attendait de la compassion. Et pourtant, celle-ci paraissait on ne peut plus sincère.

— Qu'ont dit les médecins ? s'enquit Milicent.

— J'attends des informations plus complètes de la part du Dr Purdy, mais apparemment les tests effectués ce matin permettent de penser que tout est normal. J'attends le feu vert pour rentrer à la maison.

À la maison ?

Zut !

C'était bien le mot qu'elle n'aurait pas dû prononcer devant cette personne qui souhaitait qu'elle quitte au plus vite l'appartement de son petit-fils.

Effectivement, ce mot provoqua bien une réaction de la part de Milicent, mais pas celle que Lisandra attendait.

— Il faut que je vous présente des excuses pour mon attitude d'hier.

— Mais… pourquoi ? demanda Lisandra, fort surprise de cette répartie.

— Pardonnez-moi d'avoir fourré le nez dans quelque chose qui ne me regarde absolument pas. Mon petit-fils me l'a bien fait comprendre, et la leçon a porté ses fruits.

Elle leva la main pour interrompre Lisandra avant que celle-ci ait commencé à parler.

— Depuis qu'il vous fréquente, j'ai observé beaucoup de changements chez Malachi, et ils sont tous positifs.

De plus en plus surprise, Lisandra cligna des yeux.

— Que voulez-vous dire par là ?

— Je le trouve beaucoup plus détendu. Jamais je ne l'ai vu ainsi avec aucune de ses précédentes fréquentations. C'est une longue histoire que je vous raconterai un de ces prochains jours. En tout cas, c'est un vrai bonheur pour moi de le voir s'occuper de vos fils. Je vous remercie infiniment de lui offrir cette possibilité.

— Inutile de me remercier. Malachi a été tout simplement merveilleux avec nous.

Le regard de Milicent se mit à briller étrangement. Lisandra se demanda si elle n'était pas en train de retenir ses larmes.

— Vous savez, Lisandra, il n'a pas eu une enfance heureuse. Il a été élevé par un père qui n'avait de cesse de le rabaisser et qui l'abandonnait aux mains de nounous peu consciencieuses. Je crains terriblement que mon petit-fils ne trouve jamais le bonheur.

Lisandra eut un mouvement de recul. Qu'est-ce que Milicent sous-entendait par ces mots ?

— Le bonheur de Malachi n'a rien à voir avec moi, Milicent. Nous sommes seulement amis, rien de plus.

— Je sais, je sais…

Elle leva une main dans un geste apaisant.

— Mais c'est le début dont il avait besoin. J'espère que vous allez rester amis très longtemps. Et pardon encore une fois si vous trouvez que je me mêle de ce qui ne me regarde pas.

Elle fit un pas en arrière.

— Maintenant, je vous laisse tranquille. Bon courage !

Sans trop comprendre le revirement de la vieille dame, Lisandra voyait qu'elle était bouleversée. Il était clair qu'elle était venue avec les meilleures intentions.

— Non, Milicent, ne partez pas si vite. Si vous avez une minute, venez voir Bastian.

Le visage de Milicent s'illumina. Puis s'assombrit à nouveau.

— Si Malachi me trouve ici, il va encore me faire des reproches.

Cette remarque fit rire Lisandra.

— Malachi vous adore. Je ne pense pas que vous ayez à vous inquiéter de lui.

— J'espère que vous avez raison. En tout cas, si cela ne vous contrarie pas, je serai contente de voir comment se porte le petit bonhomme qui vous a fait pareille émotion.

Elles s'avancèrent donc ensemble et se lavèrent les mains avant de s'approcher de Bastian, qui dormait à poings fermés.

Milicent se pencha sur le berceau, et cette fois c'est une lueur de tendresse que Lisandra aperçut dans le regard de la vieille dame.

— Il me paraît vraiment bien et paisible, déclara-t-elle tranquillement. Je suis heureuse d'avoir pu le constater de mes propres yeux. J'imagine votre angoisse…

— Malachi m'a été d'une grande aide et d'un grand soutien.

— Tant mieux. Cela me fait plaisir.

Sur ce, elle se pencha et embrassa Lisandra sur la joue en déposant un morceau de papier dans sa main.

Une fois seule, Lisandra le déplia. Un petit mot y était écrit, suivi d'un numéro de téléphone.

N'hésitez pas à m'appeler ! disait la belle écriture élégante.

Voilà qui était on ne peut plus inattendu.

— Quelle visite surprenante ! déclara Simon Purdy dans le dos de Lisandra. Milicent n'est pas une habituée des démonstrations d'affection, que je sache.

Lisandra se tourna vers lui.

— Docteur Purdy, comment savez-vous autant de choses sur la famille de Malachi ?

— Pour commencer, appelez-moi Simon. Ensuite, apprenez que Malachi et moi avons fait nos études de médecine ensemble.

— Il me l'avait dit.

— Lorsque mon épouse est décédée, il a été mon meilleur soutien. J'ai longtemps désespéré de le voir rencontrer une femme aussi merveilleuse que l'était la mienne.

Il s'interrompit, considéra Lisandra.

— Depuis quelque temps, je suis devenu optimiste.

Lisandra fronça les sourcils.

— Vous parlez par énigmes ?

Simon eut un large sourire.

— Il paraît qu'il a refusé d'être de garde pendant quatre week-ends à la suite.

Simon la taquinait mais elle ne saisissait pas tout. Sans doute parce que son esprit était encore essentiellement préoccupé par la santé de Bastian.

— Tiens, dit-il tout à coup en regardant le bout du couloir, justement le voici qui arrive.

19.

Deux césariennes compliquées suivies d'un accouchement par forceps avaient retenu Malachi toute la matinée. Entre chacune de ces interventions, il avait espéré trouver le temps d'aller voir comment allaient Lisandra et Bastian mais il n'avait même pas eu celui de leur envoyer un message. Dans le fond, le moment était peut-être venu pour lui d'engager un interne pour alléger sa charge de travail ? Pour la première fois, cette perspective ne le contrariait pas.

Cela faisait longtemps déjà que Ginny et Simon le lui suggéraient mais il avait toujours refusé. Aujourd'hui, il ne comprenait vraiment pas pourquoi.

Par chance, il trouva Simon en conversation avec Lisandra. Tous deux avaient l'air détendus, c'était bon signe. Ils paraissaient avoir sympathisé, tant mieux. Malheureusement, Simon n'était pas plus que lui-même un parti possible pour Lisandra, et pour les mêmes raisons : trop de travail, pas de disponibilité, conscience professionnelle quasi-obsessionnelle…

Il entendit la voix de Simon annoncer sa venue.

Bennett, le petit héros, dormait tranquillement dans sa poussette, un poing dans la bouche.

— Vous avez les résultats ? demanda-t-il.

— Pas officiellement, déclara Simon, mais tout paraît normal. Rien ne laisse supposer que cet épisode d'apnée risque de se reproduire.

— Autrement dit, il s'agit juste d'un accident malheureux ? demanda Lisandra.

— Exactement. Vous pouvez emmener Bastian avec vous

dès que vous serez prêts. Bonne chance à vous deux pour la suite ! ajouta-t-il avec un clin d'œil à l'adresse de Malachi.

— C'est-à-dire ? demanda ce dernier.

— Rien de plus…

L'attitude bizarre de son ami commençait à agacer Malachi. Heureusement, son manège avait échappé à Lisandra, qui ne quittait pas Bastian des yeux.

Simon poursuivit :

— Toutefois, pendant les quarante-huit heures qui viennent, il vaut mieux que Lisandra ne reste pas seule au cas où elle aurait une cause d'inquiétude.

Malachi y avait déjà pensé.

— Mme Harris restera comme d'habitude à la maison toute la journée lundi, je m'assurerai de sa présence mardi et je ferai en sorte d'être de retour à la maison avant son départ.

Il regarda Lisandra.

— Si tu laisses ouverte la porte du loft, est-ce que cela te convient comme solution ?

— Bien sûr. Mais si jamais Mme Harris ne peut pas venir mardi comment ferons-nous ?

Malachi haussa les épaules.

— C'est très simple, Ginny ou moi aurons un souci de santé ce jour-là, voilà tout.

À ces mots, Simon fut pris d'une quinte de toux spectaculaire. Visiblement, il se forçait pour impressionner son auditoire.

— Qu'est-ce qui te prend tout d'un coup ? demanda Malachi, assez agacé par ce cinéma.

— Rien du tout. C'est juste l'idée du Dr Madden en congé maladie qui m'étrangle ! Désolé, mon vieux…

Cela dit, il éclata de rire et se hâta d'ajouter :

— Voilà un arrangement impeccable, je n'ai rien à redire.

Puis il tendit à Lisandra sa carte professionnelle.

— En cas d'inquiétude, n'hésitez pas à m'appeler sur mon portable.

— Merci beaucoup, Simon. Cela me rassure de savoir que je peux vous joindre.

— Moi aussi, je te remercie, Simon, renchérit Malachi. Tu es un vrai pote.

Simon lui asséna une grande tape dans le dos, accompagnée d'un nouveau clin d'œil. Et, lorsqu'il s'éloigna avec un signe de la main et un grand sourire, Malachi comprenait de moins en moins.

— Simon est vraiment serviable, commenta Lisandra.

— C'est vrai, mais beaucoup moins jovial en temps ordinaire, poursuivit Malachi.

Comme Lisandra partait dans sa chambre chercher ses affaires, il ajouta :

— Chacun de nous a sa voiture mais je vais pouvoir rentrer en même temps que toi puisque mon travail à l'hôpital est terminé.

Il brûlait du désir de savoir Lisandra et ses fils réinstallés dans le loft. Sans leur présence, l'appartement n'était qu'un désert inhospitalier.

Une demi-heure plus tard, Lisandra était pieds nus, assise sur le canapé du salon, en train de nourrir Bastian et Bennett pendant que Malachi préparait un plateau avec des tasses et une théière.

Il le posa devant elle sur la table basse.

— Tu veux un biscuit pour accompagner le thé ?

— Non, merci. Je ne suis pas encore remise de ma frayeur.

— Je comprends. C'est pour cette raison que je t'ai proposé de venir d'abord passer un moment chez moi. Détends-toi, repose-toi, parle tant que tu veux... Quand on est seul, on a tendance à ressasser, ce n'est pas très bon.

Elle leva le visage vers lui.

— C'est quelque chose qui t'arrive, de ressasser tout seul dans ton coin ?

— Pas souvent. Uniquement quand quelque chose ne s'est pas passé comme nous nous y attendions. Par exemple lorsqu'un bébé ne respire pas. Tu sais, le plus souvent, l'obstétrique est un métier merveilleux mais il peut aussi nous plonger, nous médecins, dans le plus grand désarroi. Perdre un enfant est toujours une épreuve terrible.

— Je n'en doute pas !

— Dans ces cas-là, on cherche toujours ce qu'on aurait pu faire autrement, on se demande si cela aurait changé quelque chose au résultat…

La tétée terminée, elle plaçait Bennett sur son épaule lorsque Malachi tendit les mains vers elle.

— Passe-le-moi, tu auras une main libre pour boire ton thé.

— Merci !

Elle cala donc Bastian contre elle pour l'aider à faire son renvoi.

— Je comprends tout à fait ce que tu viens de dire. Heureusement, c'est un événement très rare. Dans ma carrière de sage-femme, cela n'est arrivé qu'à deux reprises, et chaque fois il a été prouvé que le bébé n'avait aucune chance de vivre hors de l'utérus. Rien n'aurait pu changer cette triste issue.

Malachi était heureux de se sentir compris. Heureux mais pas surpris puisque le métier de Lisandra et le sien se complétaient d'un bout à l'autre d'une grossesse.

— Tu vois, reprit-il, ça me fait du bien de parler avec toi parce qu'à part mes collègues je n'ai jamais eu d'amie capable de comprendre les enjeux de ma profession.

À ce moment-là, Bennett émit un énorme renvoi qui fit sourire Malachi.

— Tu vois, je deviens pro dans le domaine des rototos ! dit-il avec un large sourire en reposant le bébé dans sa poussette. Ou alors, c'est Bennett qui s'améliore ?

— Vous faites sûrement des progrès tous les deux, expliqua Lisandra.

Bastian ne tarda pas à imiter son frère, et de façon tout aussi remarquable.

Malachi se leva aussitôt.

— Reste assise, Lisandra. Je vais l'installer lui aussi.

Une fois le bébé dans les mains, il réalisa avec émotion

que c'était la première fois qu'il le tenait depuis le massage cardiaque.

À cette idée, il sentit sa gorge se serrer et il resta un moment incapable de parler.

— Tu n'as jamais pensé à te reconvertir en assistante maternelle ? demanda Lisandra en riant.

— Non, mais par contre ce serait peut-être une bonne idée qu'on en cherche une pour te seconder.

— C'est inutile, laissons-les aux personnes qui en ont vraiment besoin. Finalement, je ne m'en sors pas si mal toute seule. Ou presque…, termina-t-elle en adressant un sourire à Malachi.

Elle prit une gorgée de thé.

— Tu crois que je devrais me procurer une alarme qui me préviendrait en cas de nouvelle apnée ? Ou un coussin respiratoire ? Je ne sais pas… quelque chose qui le garderait en sécurité ?

— Je comprends ton besoin d'être rassurée. Si tu y tiens, nous pouvons installer une alarme pendant quelques jours mais pas pour le long terme. Ce genre d'appareil finit par causer plus d'angoisse qu'il n'en soulage.

Lisandra laissa échapper un soupir.

— C'est ce que nous disons aux mères, nous aussi. Mais tout de même… Tu crois que Bastian est un enfant normal ou à risque ?

— Simon a assuré qu'aucun de tes fils ne présente un risque de refaire une apnée du sommeil.

— Oui, je l'ai bien entendu.

— En plus, les pauses normales de la respiration déclenchent l'alarme, ce qui cause beaucoup de stress inutile.

— Tout de même… il aurait pu mourir !

— Oui, c'est vrai.

Il aurait fallu avoir un cœur de pierre pour laisser Lisandra supporter seule sa douleur. Malachi n'y tint plus. Il écarta la table qui les séparait, vint s'asseoir à côté d'elle et passa un bras autour de ses épaules. Elle appuya la tête contre l'épaule qu'il lui offrait. Tout de suite après, elle se mit à sangloter.

Malachi était désolé de se sentir aussi impuissant face à cet énorme chagrin.

— Qu'est-ce que je peux faire pour t'aider ?

— Tu as déjà tellement fait !

Comme elle hochait la tête en parlant, les cheveux soyeux de Lisandra effleurèrent ses lèvres. Elle sentait le lilas, le talc pour bébé et… Lisandra. Pour lui, c'était le plus enivrant parfum du monde.

— Tu sais, avoua Malachi, j'aime bien l'idée de laisser la porte ouverte entre le loft et mon appartement. Jusqu'à ce que tu aies à nouveau envie de la fermer.

— Et si cette envie n'arrive jamais ?

Le cœur de Malachi fit un bond dans sa poitrine.

— Alors… alors je serai le plus heureux des hommes.

20.

C'était peut-être une erreur d'avoir émis cette suggestion mais Lisandra avait parlé en toute sincérité. Les vingt-quatre heures précédentes l'avaient réellement traumatisée. Elle voulait savoir Malachi à portée de voix pour qu'il la rassure si besoin était.

Il lui offrait une sécurité merveilleuse. Bastian était hors de danger, elle n'était pas seule, les bébés dormaient paisiblement, et Malachi la tenait dans ses bras.

Peu à peu, son anxiété diminuait. Elle respirait son parfum, ce subtil after-shave un peu épicé qu'elle lui avait définitivement associé. Elle sentait contre sa joue la poitrine solide. Sa chaleur. Sa tendresse.

Et sa bouche tiède dans ses cheveux.

Elle se retint de sursauter. Allons ! Cette tendresse n'était qu'une manifestation de sympathie. Rien de plus. Oui, sans doute… mais autant en faire provision tant que c'était possible.

Et elle se sentait si bien contre lui. Si bien…

Elle avait réellement envie de garder la porte ouverte. Plus encore. Elle avait envie de dormir ici en bas, chez Malachi. Et, s'il lui offrait son lit, elle n'hésiterait pas une minute à venir se blottir contre lui.

— Ça te rassurerait de dormir en bas cette nuit ?

— Tu as lu dans mon esprit ? demanda-t-elle en se redressant.

Il haussa les épaules.

— C'est peut-être toi qui lis dans le mien. J'étais en train de penser que je n'arriverai pas à m'endormir ce soir si je sais que tu te fais du souci.

— Si je descends, ni toi ni moi ne dormirons parce que les garçons nous réveilleront pour la tétée.

— Comme tu es la seule à pouvoir les contenter dans ce domaine, je ne me sentirai pas concerné. Par contre, si on m'appelle depuis l'hôpital, c'est moi qui devrai réagir pendant que tu resteras tranquillement au lit. Tu vois, à chacun ses responsabilités.

Lisandra se mit à rire.

— Je vais y réfléchir.

— En attendant, il me semble que c'est bientôt à notre tour de déjeuner. Et ensuite, après le café, nouvelle tétée, sieste, promenade…

— Bravo ! Je vois que tu sais par cœur le programme du film : *Une journée dans la vie des jumeaux de Lisandra.*

— Et je n'en sauterai pas un épisode !

— Petit changement au programme aujourd'hui toutefois : je ferais volontiers une petite sieste avant de manger. D'ailleurs, ça ne te ferait pas de mal à toi non plus, qu'est-ce que tu en penses ?

— Oui, c'est une bonne idée. Allons nous allonger un moment sur mon lit pour somnoler en attendant la prochaine étape du programme.

Maintenant que l'alerte était passée, maintenant qu'elle était lovée dans les bras rassurants de Malachi, Lisandra sentait son corps s'alourdir de fatigue de minute en minute.

— Tu n'as pas bien dormi la nuit dernière ? demanda-t-elle en réprimant un bâillement.

— Pas vraiment. Je me faisais du souci pour toi et pour Bastian. Je m'inquiétais même pour Bennett, qui a dû ressentir la détresse de son jumeau.

Au fond du cœur de Lisandra, une fleur fragile et précieuse commençait à ouvrir lentement ses pétales avides de soleil. Et ce soleil, c'était l'homme assis à côté d'elle.

— Tu as raison, allons nous allonger et dormir un petit moment.

Si tu veux, tu pourras me tenir dans tes bras.

Cela, elle ne le dit pas à voix haute.

Malachi s'écarta un peu de Lisandra dont la tête s'était faite très lourde. Elle avait l'impression d'avoir absorbé un calmant puissant. Ses idées flottaient dans une brume confuse mais elle savait que le réconfort reçu était bien plus efficace : quelqu'un, Malachi, avait partagé avec elle le poids de son inquiétude.

La main dans celle de Malachi, elle allait se mettre debout mais il ne lui en laissa pas le temps. Il lui passa un bras sous les jambes et la souleva de terre.

— Super-héros, pas vrai ? lança-t-elle pour le taquiner.

— Je vois avec plaisir que mes heures passées à faire de la muscu n'ont pas été inutiles !

Blottie contre lui, Lisandra ferma les yeux.

Il n'y avait pas de doute, elle était en train de vivre un rêve.

21.

Tenir Lisandra dans ses bras était incroyablement délicieux. Malachi pencha la tête pour découvrir sur le visage de sa captive un sourire timide. Elle gardait ses longs cils noirs baissés, mais son corps était maintenant détendu et confiant.

Il la déposa sur le lit, du côté qu'il n'occupait pas habituellement, et prit grand plaisir à la contempler un moment. Lorsqu'elle ouvrit les yeux, il remarqua une fois de plus à quel point ils avaient les mêmes couleurs que l'océan, vert et bleu, avec des paillettes dorées.

— Allonge-toi toi aussi puisque nous avons prévu une sieste en duo…, proposa-t-elle d'une voix déjà somnolente.

— Oui, un instant.

Avant de la rejoindre, Malachi alla chercher la poussette qu'il roula près du lit afin qu'elle puisse regarder les bébés sans se lever. Ensuite, il ouvrit sa penderie et en sortit une couverture en coton léger. Il en étendit la moitié sur elle et laissa l'autre moitié repliée afin de la mettre sur lui lorsqu'il aurait retiré ses chaussures.

Cela fait, il s'allongea près de Lisandra et la fit se tourner de manière à ce qu'elle ait le dos plaqué contre sa propre poitrine.

— Allez, dodo, maintenant ! dit-il sur un ton faussement autoritaire.

Le frémissement de Lisandra lui fit comprendre qu'elle riait. Il se détendit lui aussi.

Un instant plus tard, ils dormaient tous les deux.

Malachi rêvait qu'il dormait en tenant une femme dans ses bras mais, en ouvrant les yeux, il aperçut Lisandra, blottie contre lui. Donc, il n'était pas en train de rêver…

Le côté négatif de la chose était qu'elle était tout habillée. Le positif, qu'elle était parfaitement détendue dans son sommeil. Le parfum de ses cheveux dénoués, celui de sa nuque le grisaient de bonheur. Sans qu'il l'ait décidé, il posa la main sous l'un des seins de Lisandra pour l'attirer encore plus près de lui.

Sans s'éveiller, elle cala davantage ses fesses contre lui. C'était donc cela qu'on éprouve quand on tient très fort à quelqu'un qui dort entre vos bras ? Cette douceur grisante et délicieuse ? Il aurait voulu que jamais rien ne vienne rompre leur étreinte. Se réveiller chaque matin avec Lisandra, douce et tiède contre lui, d'une chaleur pas seulement physique mais faite aussi de complicité émotionnelle.

Si seulement il était différent…

Si seulement il se sentait capable d'être un père meilleur que celui qui avait été le sien…

Si seulement…

Comme Lisandra commençait à s'étirer, il fit un effort pour la laisser s'écarter de lui. Elle se tourna pour revenir face à lui.

— Il me semble que c'est la première fois depuis des semaines que je me réveille de moi-même, sans être tirée du sommeil par les pleurs de mes bébés à demi morts de faim !

— C'est peut-être moi qui t'ai servi de réveille-matin ?

Elle laissa échapper un petit grognement. Le même que celui de tout à l'heure quand il l'avait portée dans la chambre.

— Malachi, il n'y a pas au monde deux hommes comme toi !

— Et moi, je pense qu'il n'y a pas tellement de femmes dans ton genre, Lisandra.

Il avait murmuré ces mots tout près de l'oreille de Lisandra. Si près qu'il n'eut qu'à se baisser un tout petit peu pour l'embrasser.

22.

En s'éveillant dans les bras de Malachi, Lisandra se sentit fraîche et reposée comme cela ne lui était pas arrivé depuis la naissance des jumeaux. Pour la première fois depuis des semaines, elle s'était abandonnée au sommeil sans retenue, rassurée par le fait que, au cas où elle ne les entendrait pas pleurer, Malachi se réveillerait. Rassurée aussi par le contact sécurisant de ses bras autour d'elle. Tout cela lui donnait l'impression merveilleuse d'une nouvelle naissance.

Lorsqu'elle roula sur le côté pour le regarder, elle découvrit qu'il l'observait intensément. Même si elle n'avait pas senti contre elle la manifestation physique de son trouble, elle l'aurait lu dans ses yeux.

Un monde merveilleux, qu'elle avait cru perdu à jamais, s'ouvrit devant elle. En dépit du fait qu'elle le connaissait depuis peu, Malachi Madden avait pris dans sa vie une importance essentielle.

Qu'il soit très riche alors qu'elle-même, sans être pauvre, n'avait pas beaucoup d'argent ne l'avait jamais gênée jusque-là, même si elle avait toujours eu l'intention de le remercier pour sa générosité envers elle.

Mais tout était différent maintenant qu'elle n'avait plus envie de le quitter. Elle voulait s'allonger dans ce lit chaque nuit, s'y réveiller chaque matin, y faire des siestes comme celle de maintenant, avec les bras de Malachi autour d'elle.

En voyant les iris noisette de Malachi devenir presque noirs, elle devina qu'il avait décidé de l'embrasser. Elle-même, bouche entrouverte, le souffle court tout à coup, regarda le visage de Malachi s'approcher du sien, jusqu'à ce que leurs lèvres se rencontrent.

Il lui mordilla doucement la lèvre inférieure, frotta délicatement sa bouche contre la sienne, tant et si bien qu'elle se pencha sur lui, avide de recevoir un vrai baiser. Un baiser qu'elle accueillit avec tout son être lorsque la langue de Malachi se glissa entre ses dents.

Sa douceur et en même temps sa fermeté balayèrent les derniers scrupules qu'elle aurait pu avoir. Un tourbillon de plaisir, de désir, de désespoir et d'amour explosa en elle avec la violence d'un feu d'artifice tiré dans un bois sombre. Malachi la comprenait. Malachi l'aimait, mais la tristesse et le désespoir étaient aussi au rendez-vous car il n'avait pas foi en l'avenir.

En même temps que l'ivresse du plaisir, elle sentait dans ce baiser ardent le fond de mélancolie qui ne le quittait jamais. Pourquoi était-il triste ainsi ?

Cet abattement provenait de quelque profond recoin de son âme. C'était un sujet qu'ils ne pouvaient aborder à la légère. Elle y réfléchirait, avec d'autant plus de soin qu'elle savait maintenant qu'il l'aimait et qu'elle l'aimait aussi.

Un des bébés se mit à pleurer. Malachi s'écarta d'elle pour se lever tandis qu'elle se laissait retomber sur le dos. Dire qu'elle s'était demandé ce qu'elle ressentirait si jamais Malachi l'embrassait ! Il embrassait comme un dieu.

Oui, elle pouvait bien se le dire sans détour. Elle était amoureuse de cet homme maladroit, au franc-parler parfois un peu embarrassant, mais foncièrement généreux et qui embrassait comme un ange. Un ange plein de sensualité qu'elle voulait libérer de sa tristesse. Ou en tout cas, ne jamais laisser seul avec elle.

Le comportement un peu étrange de Simon lui revint en mémoire. « Ce sera peut-être à toi de prendre les initiatives », avait-il dit… Lesquelles ? Comment un homme qui les avait vus ensemble si peu de temps aurait-il décelé quelque chose que ni elle ni Malachi n'avaient encore compris ? Est-ce que

Simon avait deviné que les choses se passeraient de cette manière ?

À son tour, elle quitta le lit pour se rapprocher de Malachi, qui tenait Bennett contre sa poitrine tout en lui tapotant le dos. Elle mourait d'envie de l'enlacer par-derrière comme lui-même l'avait fait tout à l'heure. Elle s'en abstint. Quelque chose dans la posture de Malachi, une certaine raideur, une façon de détourner le regard lui disait qu'il venait de dresser une barrière entre eux et qu'il valait mieux la respecter. Tout au moins, pour l'instant.

Elle se contenta de se rapprocher d'eux.

— Donne-le-moi… il a sûrement faim.

Elle passa dans le salon, s'assit sur le canapé et ouvrit son chemisier pour donner la tétée à Bennett.

— Pendant ce temps, je vais faire du thé, proposa Malachi en passant à la cuisine.

Elle contemplait en chuchotant le petit visage de son fils qui la fixait intensément.

— Et toi, mon bébé, tu sais pourquoi Malachi est triste ?

Bennett s'arrêta de téter pour regarder sa mère d'un air sérieux.

— Il trouve peut-être que notre relation évolue trop vite… ou que je suis trop envahissante ? poursuivit Lisandra. C'est peut-être plus sage que nous retournions dans le loft ce soir en laissant la porte ouverte ? Qu'est-ce que tu en penses ?

Ce fut Bastian qui répondit en se mettant à pleurer à son tour. Malachi alla le chercher.

En revenant dans le salon, il lui parlait de sa voix apaisante.

— Petit curieux, tu as peur de rater quelque chose, pas vrai ? Ne t'inquiète pas, tout va bien, je t'amène retrouver ton frère et ta maman.

Lisandra lui sourit en le voyant arriver.

— Tu parles aux bébés maintenant ?

— Eh oui… il me semble que tu le fais toi aussi, non ?

Une fois Bastian installé au sein à son tour, il proposa du thé à Lisandra.

— Earl Gray, ça te va ? Ou tu préfères autre chose ?
— Tu me gâtes…
— C'est dimanche, j'ai le temps.
— Alors j'en profite. Je préfère du thé à la menthe cette fois.

23.

Le lundi matin, Malachi gravit une fois de plus l'escalier qui menait au loft. Il l'avait fait plusieurs fois depuis que Lisandra était remontée chez elle la veille au soir, afin de s'assurer qu'elle était sereine. Il voulait lui souhaiter une bonne journée et vérifier qu'elle n'avait besoin de rien.

Mme Harris n'allait pas tarder à arriver, une heure en avance par rapport à son emploi du temps habituel, mais même pour un quart d'heure il n'avait pas envie de laisser Lisandra toute seule alors qu'il lui avait promis qu'elle aurait quelqu'un avec elle pendant quarante-huit heures.

C'est le cœur un peu serré qu'il monta dans l'ascenseur et les laissa tous les trois dans le loft.

Comment sa vie avait-elle pu changer autant si rapidement ?

Le baiser de la veille avait tout fait basculer. Jamais il n'aurait dû prendre cette initiative dont il payait maintenant les conséquences. Mais comment aurait-il pu résister au désir qui l'avait envahi ? La sensation de la bouche de Lisandra contre la sienne, sa douceur et sa tendresse l'avaient bouleversé. Il avait éprouvé un sentiment de plénitude, de paix, qu'aucune femme ne lui avait procuré jusqu'à présent. Depuis, il ne supportait plus l'idée de ne pas garder Lisandra près de lui pour le restant de sa vie.

Son erreur, sa folie avait été de laisser s'exprimer des besoins dont il s'était toujours dit qu'ils ne devaient pas être les siens.

Car ce baiser qui avait fait remonter Lisandra chez elle confirmait tristement ce qu'il redoutait depuis le début. Il la désirait avec chacune des fibres de son corps mais il n'était pas assez bon pour elle. Ni pour ses fils. Et il ne le serait jamais.

Il lui restait à espérer que le fait qu'elle soit retournée dans le loft permettrait à leur relation de se maintenir. Il aurait la sagesse de s'en contenter car jamais sa vie n'avait été aussi riche que depuis qu'elle était là.

Il regrettait amèrement que ses avances lui aient donné envie de le fuir.

Tout ce qu'il demandait maintenant, c'était que soit restaurée l'amitié pleine de confiance qu'il avait si maladroitement détruite la veille.

Parce que, plus que tout au monde, il voulait qu'elle reste chez lui. Avec ses fils.

Quand il arriva à l'étage de son bureau, Ginny l'attendait dans le couloir.

— Comment vont-ils ? demanda-t-elle avant même de lui dire bonjour.

Chère Ginny…

— Très bien. Mme Harris va arriver en avance et je pourrai quitter l'hôpital avant 17 heures, ce qui fait que Lisandra ne restera pas seule aujourd'hui.

— Très bien, approuva Ginny.

Avec un geste de la tête, elle l'invita à pénétrer dans son bureau.

— Simon Purdy vous attend.

La gorge de Malachi se serra.

— Pour quelle raison ?

Aussitôt, une foule de questions surgirent dans son esprit. Y avait-il une anomalie passée inaperçue à propos de Bastian ?

— Il ne m'a rien dit, répondit Ginny.

— S'il te plaît, Ginny, bloque mes appels téléphoniques jusqu'à nouvel ordre.

— Très bien.

— Sauf ceux de Lisandra, évidemment.

— Oui, bien sûr.

En même temps, il tapota la poche qui contenait son téléphone portable. Autant il avait maudit cette invention du temps de Grace, autant depuis qu'il avait fait la connaissance de Lisandra il trouvait que c'était l'invention la plus merveilleuse du monde.

Il lui sembla que Ginny retenait un petit sourire. Les gens étaient franchement bizarres en ce moment…

Il poussa la porte de son bureau. Debout devant la fenêtre, Simon contemplait l'océan.

— Salut, Simon. Je ne pensais pas te voir ce matin. Il y a un problème pour Bastian ?

— Mais non ! Tu penses bien que je t'aurais téléphoné s'il y avait eu quoi que ce soit.

— Dans ce cas, qu'est-ce que je peux faire pour toi ?

— Me donner un conseil.

Malachi était en train de se demander si Mme Harris était bien arrivée comme prévu et comment il pourrait gagner du temps pour rentrer le plus vite possible chez lui.

— Ohé, Malachi ! Tu m'écoutes ?

— Ah, excuse-moi… j'étais en train de voir comment m'organiser pour rentrer chez moi de bonne heure.

Simon s'appuya contre la porte-fenêtre.

— Dis donc ! C'est la première fois que je te vois te conduire comme ça. En tout cas pour une femme.

— Bon, eh bien, maintenant que tu as pu observer ce phénomène, tu peux repartir ! répliqua Malachi, un peu vexé par la remarque de son ami.

— Pas si vite ! Je me demandais si tu n'avais pas besoin d'un petit coup de main.

— Un petit coup de main pour quoi faire ? Si tu m'expliquais ?

— Lisandra…

— Lisandra est une excellente amie, coupa Malachi, un point c'est tout. Et, un de ces prochains jours, elle partira de chez moi et rencontrera un homme bien qu'elle épousera.

Simon se planta face à son ami.

— Malachi, tu es un homme bien. Tu es un homme sensationnel. Demande-lui de t'épouser !

Malachi fit une grimace et jeta un coup d'œil sur le document qui l'attendait sur son bureau.

— Par « homme bien », je veux parler d'un homme qui sera un père correct pour ses enfants. Toi et moi, mon vieux, nous allons comme tu l'as si bien exprimé, continuer à veiller sur les familles des autres.

Simon leva les mains en un geste de défense.

— Je regrette d'avoir dit ça. Ce n'est pas vrai. Je suis sûr que tu aimerais ces enfants. D'ailleurs, tu les aimes déjà. Un enfant n'a besoin de rien d'autre que de l'amour d'un père.

Un silence. Puis il ajouta :

— D'un père qui aime leur mère.

— Ce n'est pas mon point fort.

— Erreur. Je trouve que Lisandra et toi allez très bien ensemble.

— Pas possible ! Tu as des hallucinations ? C'est ton observation attentive de nous deux pendant dix minutes qui te permet de tirer pareille déduction ?

— Mais, mon vieux, ça crève les yeux ! Même ta grand-mère est d'accord avec moi.

Malachi sursauta, comme piqué au vif.

— Qu'est-ce qui te permet de dire ça ?

— Figure-toi que Milicent est venue à l'hôpital hier et qu'elle a serré Lisandra dans ses bras. Je n'avais jamais vu ça non plus !

Malachi cligna des yeux, incrédule.

— Quoi ? Ma grand-mère est venue ici ? Hier ?

Et il était le dernier à l'apprendre !

— C'est la première fois qu'elle remet les pieds à l'hôpital depuis la mort de mon grand-père.

— Elle l'a fait.

Là, c'en était vraiment trop pour Malachi.

— Maintenant, Simon, dis-moi franchement ce que tu es venu faire ici.

Simon se mit à rire en se dirigeant vers la porte. Puis, par-dessus son épaule, il lança :

— Pour te dire que tu risques de passer à côté de la chance de ta vie et que je n'ai pas envie que ça arrive.

Il se retourna pour ajouter :

— Et si jamais tu vois que ça part en vrille, viens me voir, d'accord ? Parce qu'elle s'intéresse à toi aussi, mon vieux.

Sur ce, parfaitement indifférent à la confusion dans laquelle il venait de plonger son ami, Simon tourna les talons.

Malachi consulta son emploi du temps de la journée, les interventions qu'il devait faire, puis il plia soigneusement la feuille de papier avant de la glisser dans sa poche.

— Ginny, vous voulez bien reprogrammer les derniers rendez-vous prévus pour aujourd'hui et demain ?

— Pas de problème, docteur Madden. C'est ce que je fais déjà depuis quelques jours.

— Merci infiniment, Ginny. Et merci d'être venue soutenir Lisandra hier. Elle a énormément apprécié votre présence.

— J'en suis très heureuse. Et maintenant, on vous attend en salle d'opération.

Malachi hocha la tête et partit commencer sa journée.

24.

Lisandra avait regardé Malachi disparaître dans l'escalier. Une minute plus tard, elle avait entendu la porte de son appartement se refermer derrière lui.

Autrefois, lorsque la porte du loft demeurait ouverte entre leurs deux espaces de vie, les bruits qui parvenaient jusqu'à elle lui permettaient de deviner ce que faisait Malachi.

C'était un peu étrange mais très rassurant.

Mais, depuis la nuit dernière où elle était remontée dans le loft, il était venu si souvent vérifier que tout allait bien qu'elle aurait mieux fait de rester en bas chez lui.

En réalité, le seul remède susceptible d'apaiser son anxiété, c'était de sentir les bras de Malachi autour d'elle. Elle était amoureuse de lui… Comment était-ce possible ?

Un sentiment de culpabilité s'empara d'elle.

Et Richard ?

Il n'y avait même pas un an qu'il était mort, et elle était tombée amoureuse d'un autre homme ? Déjà ?

Ils étaient si différents l'un de l'autre, ces deux hommes ! Pourtant, ce qu'elle éprouvait pour Malachi n'amoindrissait en rien le passé qui restait présent dans un coin de son cœur.

Cela lui rappela qu'elle devait envoyer une nouvelle photo des enfants à la mère de Richard. Pendant un instant, elle se demanda s'il était opportun de lui faire part de l'alerte qu'avait connue Bastian, puis elle décida que c'était inutile. Si un jour elles avaient l'occasion de se parler, ce serait différent.

Au cours des semaines précédentes, elle avait reçu plusieurs messages de celle-ci. Elle avait l'impression que grâce à la ressemblance évidente entre ses fils et Richard quand il était enfant, Josie avait réussi à amadouer Clint.

Josie lui avait même envoyé sur son téléphone une photo de Richard bébé, ce qui permettait à Lisandra d'apercevoir nettement elle aussi cette ressemblance. Cela lui donnait le sentiment que ses fils faisaient davantage partie de la famille de leur père, aussi distante soit-elle. Un jour peut-être, même si Malachi était entré dans sa vie, elle serait invitée à revoir Josie et Clint.

Toujours, elle serait reconnaissante à Richard de lui avoir offert ces deux enfants dont elle espérait néanmoins qu'ils deviendraient réellement les fils de Malachi. Si cela arrivait un jour, elle ne se priverait pas de leur assurer qu'ils avaient la chance d'avoir deux pères merveilleux.

Aujourd'hui, le moment était arrivé pour elle de regarder vers le futur.

Le moment d'oublier toute culpabilité, tout déni de la réalité heureuse qu'elle était en train de vivre. Quelque chose d'extraordinaire était né du deuil et de la peine qu'elle avait endurés. Une vie nouvelle s'ouvrait à elle.

Malachi était un homme merveilleux. Il n'y a pas de durée correcte pour vivre un deuil. Que ce soit une année, une décade, une vie entière, tout cela était juste. Mais il était juste aussi d'apprécier le cadeau inattendu que lui faisait la vie en lui permettant de ne pas rester seule.

Oui, aujourd'hui, elle venait de dire au revoir à Richard et de décider de se battre pour garder Malachi.

Ce qu'elle éprouvait pour lui n'avait rien à voir avec un coup de foudre aveugle, ou un peu fou, comme ce qui s'était sans doute passé entre elle et Richard. Cette fois elle savait que, pas plus qu'elle-même, Malachi n'était parfait, mais elle l'acceptait avec ses défauts et ses qualités. Elle avait eu la chance de nouer une relation avec un homme exceptionnel. Restait à espérer que ce qui retenait Malachi de se donner tout à fait s'atténuerait et qu'ils pourraient se rencontrer pleinement. Son but désormais était de comprendre les peurs qui le paralysaient et de l'aider à les affronter.

À plusieurs reprises, Malachi lui avait assuré ne pas avoir les qualités nécessaires pour se marier et avoir des enfants. Étant donné la manière qu'il avait de s'occuper des jumeaux, c'était totalement ridicule, mais ses réticences étaient clairement liées à son père. Milicent le lui avait dit à demi-mot.

Qui d'autre d'ailleurs, mieux que cette vieille dame, pouvait détenir la clé du mystère ?

Milicent, qui était venue la voir à l'hôpital, bouleversée à la pensée que Bastian avait failli mourir.

Milicent, qui lui avait donné son numéro de téléphone en lui assurant qu'elle pouvait l'appeler quand elle le souhaiterait.

Lisandra passa la main dans ses cheveux.

Pourquoi pas aujourd'hui ?

Une heure plus tard, après s'être douchée et habillée pendant que les bébés dormaient calmement, elle appela Milicent.

— Milicent, je voulais vous remercier de vous être dérangée pour venir nous voir à l'hôpital.

— Lisandra, je suis tellement contente que tu appelles enfin ! Comment va Bastian ? Et comment va Bennett, bien sûr ?

Dans la voix de la vieille dame transparaissait une réelle préoccupation. Un peu de la tension qui pesait sur les épaules de Lisandra disparut.

— Ils vont très bien tous les deux. Malachi a insisté pour que la porte du loft reste ouverte au cas où j'aurais besoin d'aide.

— Excellente idée. Il est avec toi ?

— Non, il est à l'hôpital mais Mme Harris reste à l'appartement jusqu'à son retour.

— Voilà qui est sûrement rassurant pour toi.

— Oui, vraiment.

Un instant, Lisandra se demanda si elle aurait le cran d'aller jusqu'au bout de son idée. Puis, prenant son courage à deux mains, pour l'amour de Malachi, elle poursuivit :

— Je me demandais si vous accepteriez de venir déjeuner avec moi aujourd'hui, si vous êtes disponible.

Le cœur de Lisandra battait la chamade tandis qu'elle attendait la réponse.

— Avec grand plaisir ! dit Milicent. Je suis libre et je te remercie de penser à moi. Que veux-tu que j'apporte ?

Vous-même... et tous les souvenirs que vous avez de Malachi, eut envie de répondre Lisandra. Elle n'en fit rien.

— Ne vous dérangez pas, j'ai une quiche dans le congélateur. Je ferai une petite salade verte pour l'accompagner, et nous boirons du thé.

— C'est parfait. À quelle heure souhaites-tu que j'arrive ? Et où ? Au loft ou chez Malachi ?

La pointe de taquinerie qui perçait dans sa voix n'échappa pas à Lisandra.

— Venez vers midi. Au loft. Et, au cas où vous vous tromperiez de porte, je suis juste à l'étage au-dessus...

Milicent se mit à rire.

— Excellente répartie ! À tout à l'heure.

Milicent arriva un peu après midi avec deux bouteilles de cidre sans alcool et des pâtisseries.

— Bienvenue sur mon perchoir ! lui dit Lisandra en lui faisant signe d'entrer.

— Ton invitation m'a fait un immense plaisir. Où sont tes bébés ?

— Ils dorment en ce moment.

Lisandra entrouvrit la porte de leur chambre.

— Deux petits anges ! lança Milicent, tout attendrie en apercevant les petits dormir à poings fermés dans leur berceau.

Les deux femmes échangèrent un sourire, puis Lisandra attira sa visiteuse vers le balcon.

— Nous serons bien ici pour manger, à l'ombre du voile de protection.

— Quelle vue splendide ! s'extasia Milicent pendant que

Lisandra leur servait à chacune un verre de cidre. Tu as pu profiter de la piscine de Malachi ?

— Mon Dieu, non ! C'est tout juste si j'ai le temps de prendre une douche, alors vous imaginez, me prélasser dans une piscine…

— Le rythme devrait se calmer un peu maintenant ?

— Oui. Mis à part l'alerte d'hier, chaque jour apporte une amélioration. Les jumeaux ne me réveillent plus aussi souvent la nuit, sans doute parce que je les nourris abondamment dans la journée.

— Tant mieux pour vous. Malachi m'a vraiment surprise quand il m'a dit qu'il lui arrivait de t'aider pour le bain. Cela ne lui ressemble pas du tout.

Voilà ce que Lisandra avait envie de comprendre.

— À votre avis, pourquoi est-ce que cela ne lui ressemble pas ? Il exerce tout de même un métier qui le met sans cesse au contact de bébés !

Milicent reposa délicatement son verre sur la table.

— Il a toujours assuré qu'il n'avait pas l'étoffe d'un père. J'espère que l'expérience qu'il acquiert auprès de toi et de tes fils le fera changer d'avis dans un futur proche.

— Vous savez, il se débrouille très bien avec eux. Il les encourage même à gigoter pendant qu'il les habille.

— Voilà qui m'enchante ! J'aime beaucoup les changements qui se sont opérés en lui depuis qu'il vous connaît tous les trois.

Lisandra se sentit rosir sous le compliment. Et encore davantage quand elle constata que Milicent la fixait de son regard noisette, si semblable à celui de son petit-fils.

— Franchement, Lisandra, crois-tu un futur possible pour toi et Malachi ?

La question n'aurait pas dû surprendre Lisandra. Dans le fond, c'était précisément pour sonder la vieille dame à ce sujet qu'elle l'avait invitée. Et pour lui demander conseil également.

— Vous, Milicent, qu'en pensez-vous ?

Cette dernière haussa les sourcils.

— J'ai quatre-vingt-quatre ans, ma petite, et plus de temps

à perdre en ronds de jambe. Je souhaite voir mon petit-fils heureux avant de mourir.

— Vous croyez qu'il serait heureux avec moi ?

— C'est un peu tôt pour l'affirmer mais je le crois. Et toi, penses-tu pouvoir l'aimer ?

— Je l'aime déjà. Ce qui me gêne, c'est l'impression qu'il n'ose pas laisser libre cours à ses sentiments. Quelque chose le retient, et je ne sais pas quoi.

— C'est pour le comprendre que tu m'as invitée ?

Encore une fois, Milicent allait droit au but.

— Oui. Malachi m'a assuré qu'il ne se marierait jamais et n'aurait pas d'enfants. Pourtant, il a toutes les qualités qui feraient de lui un père excellent et un mari modèle.

Milicent se redressa avant de plonger le regard dans celui de Lisandra.

— L'histoire de son enfance est assez tragique. La mère de Malachi, c'est-à-dire ma fille, a toujours eu un caractère impétueux. Sur un coup de foudre, elle a épousé un homme au caractère difficile, impossible à supporter au quotidien. À un moment donné, pour préserver sa propre santé mentale, elle a décidé de le quitter. Mais, quand elle lui a fait part de cette décision, le père de Malachi lui a interdit d'emmener son fils avec elle.

— C'est abominable ! s'écria Lisandra.

— Cela peut se comprendre car ils étaient en pleine dispute, dit Milicent. La situation se serait sans doute apaisée avec le temps mais, fidèle à elle-même, elle est partie comme une folle au volant de sa voiture. Le jour même, elle a eu un accident qui lui a coûté la vie.

Milicent s'absorba un moment dans la contemplation de l'océan. Lorsqu'elle se retourna vers Lisandra, elle paraissait enveloppée de tristesse.

— La vie de mon petit-fils a changé du tout au tout en un instant. Peu désireux de s'occuper de lui, son père l'a privée d'une mère qui l'adorait et voué à une enfance solitaire. Lui-même était un homme brillant, cardiologue réputé, violoniste de haut niveau, conscient de sa valeur. Au lieu de voir les qualités de son fils, il se moquait de sa gentillesse et le décourageait systématiquement dans tout ce qu'il entreprenait. Quand j'ai proposé d'élever moi-même mon petit-fils, il m'a mise à l'écart, et j'ai fait profil bas pour ne pas couper les liens déjà ténus que j'avais avec lui.

— C'est encore pire que je ne l'imaginais, souffla Lisandra.

— Heureusement, quand Malachi a eu douze ans, son père l'a mis en pension, ce qui m'a permis de l'inviter à passer les fins de semaine chez moi. Nous sommes devenus très proches l'un de l'autre. Très jeune, il avait décidé de faire de bonnes études et de devenir médecin, je l'y ai encouragé.

Lisandra eut un sourire attendri.

— Je l'ai très vite compris ! Il vous adore.

Milicent hocha la tête.

— Je le pense aussi, mais maintenant, Lisandra, qu'allons-nous faire de tout cela ?

— Merci infiniment de votre confiance, Milicent. Je sais ce qu'il me reste à faire. Je vais lui montrer que je l'aime et que je crois en lui. Ensuite, ce sera à lui de décider.

25.

Malachi rentra chez lui avant le départ de Mme Harris. Comme il la remerciait de sa présence, elle fit un geste en direction de la cuisine.

— J'ai passé une très bonne journée, docteur Madden. J'ai profité de mon temps pour cuisiner. Vous trouverez dans la grande cocotte du poulet au curry et du riz, ma recette préférée. J'ai aussi préparé des galettes indiennes, au cas où Lisandra les aimerait.

— Quelle bonne idée ! Merci infiniment, madame Harris. Dans ma précipitation, j'ai complètement oublié de penser au repas de ce soir.

Dès que la gouvernante eut tourné les talons, il se précipita dans l'escalier qui menait au loft. Il y trouva Lisandra, assise sur le canapé, un bébé endormi sur chaque épaule. Le sourire qu'elle lui adressa lui fit l'effet d'un rayon de soleil.

Lisandra. Sa « locataire » qu'il ne voulait pas perdre. Il repensa à Simon, qui lui avait conseillé de ne pas gâcher la situation, mais comment faire ? Il commençait déjà à s'empêtrer dans sa maladresse habituelle comme dans une toile d'araignée.

— Les jumeaux ont été calmes ? Tu as passé une bonne journée ?

— Parfaite. Et toi ? Tu as eu le temps de manger ?

— Non. Et toi ?

— Ta grand-mère est venue déjeuner avec moi. Nous avons passé un moment très agréable.

Le front de Malachi se barra d'un pli contrarié.

— Elle est venue à l'improviste ?

— Pas du tout. C'est moi qui l'ai invitée pour la remercier de m'avoir rendu visite à l'hôpital.

— Simon m'a dit en effet qu'il l'avait aperçue. Il en a profité aussi pour me faire un petit briefing.

— À quel sujet ?

— Commence plutôt par me dire de quoi vous avez parlé toutes les deux.

— Eh bien…

Elle se leva, déposa Bastian dans les mains de Malachi pour aller mettre Bennett au lit. Cela fait, elle revint chercher Bastian qu'elle alla coucher aussi.

— Quand les adultes ont une conversation sérieuse, les enfants vont au lit.

Une fois les jumeaux dans la pièce attenante, ils s'assirent côte à côte sur le canapé. Lisandra osa même prendre la main de Malachi.

— Malachi, j'ai été très heureuse ici.

— Pourquoi en parler au passé ?

Elle poursuivit sans tenir compte de cette remarque :

— J'ai apprécié chaque minute de mon séjour ici. Parce que tu t'occupes à merveille de mes fils mais aussi parce que tu es fabuleux avec moi.

Malachi se sentit blêmir. Elle allait le quitter, c'était sûr.

— Tu n'es pas obligée de partir !

Elle lui pressa la main.

— Je n'ai pas envie de partir.

— Alors, reste !

Hélas, les mots qu'il redoutait tant parvinrent à ses oreilles.

— Je ne peux pas rester ici éternellement en tant que locataire.

— Mais… pourquoi ?

— Parce que, quand tu te marieras, ta femme n'appréciera pas cette situation.

— Mais je ne me marierai pas !

— À mon tour de te demander pourquoi.

— Parce que… je ne suis pas fait pour ça.

— Et moi, je pense exactement le contraire.

— Ah !

Je ne peux qu'être un père lamentable.

— En plus, tu es merveilleux avec mes fils, ajouta Lisandra.

En se penchant vers lui, elle lui souffla dans l'oreille :

— Et tu embrasses divinement bien.

Le cœur de Malachi battait comme un fou. Il serra les doigts de Lisandra dans les siens.

— Tu trouves ?

— Oh oui !

Les yeux de Lisandra étincelaient.

— Le problème, c'est que je ne veux pas rester chez toi si tu n'envisages pas l'avenir avec moi et mes fils.

— Lisandra, un jour tu rencontreras un homme qui te conviendra bien mieux que moi, c'est certain, mais en attendant tu peux rester ici.

Cette fois, ce fut la bouche de Lisandra qui s'approcha de celle de Malachi.

— Je ne veux pas d'autre homme que toi.

26.

Elle sentit à quel moment Malachi avait compris qu'elle le voulait dans sa vie. Le sursaut, la façon nouvelle qu'il eut de la tenir et de se rapprocher d'elle. Elle réprima un soupir de soulagement au moment où les lèvres de Malachi se pressèrent contre les siennes tandis que d'une main ferme il lui maintenait la nuque.

Il poursuivit leur baiser, l'approfondit, lui donna toute l'ardeur du feu et la douceur du velours.

Lisandra ferma les yeux pour mieux se laisser emporter dans le tourbillon de sensualité que lui offrait la bouche de Malachi.

— C'est vrai, Lisandra, tu aimerais rester ici ? Pour toujours ?

Un sourire malicieux éclaira le visage de Lisandra.

— Oui. À condition de dormir dans ta chambre.

— Quelle bonne idée ! Le plus tôt sera le mieux. Et quand les garçons seront plus grands ils pourront s'installer ici, ce qui nous laissera en bas toute notre intimité.

— À moins que nous ne remplissions les chambres du bas avec d'autres enfants ?

Stupéfait, Malachi s'écarta de Lisandra.

— Tu envisages d'avoir d'autres enfants ? Avec moi ?

— Oui, c'est mon désir le plus cher.

— Mais… si jamais je m'avère être un père incapable ?

Et voilà de retour son manque de confiance en lui !

— C'est impossible. Tu es plus que merveilleux avec mes fils.

— C'est un heureux hasard, pas plus.

— Non, je vais t'expliquer.

Elle prit le visage de Malachi entre ses mains et le regarda dans les yeux.

— La clé de tout ça, c'est l'amour. Quand on aime, tout est possible.

Dans le regard de Malachi, elle ne voyait que de l'amour. Pour elle, pour ses enfants endormis dans la pièce voisine.

Pourtant, il s'obstinait.

— Tu mérites tellement mieux que moi !

Comment le convaincre ?

— À nous deux, nous pouvons donner à Bastian et Bennett tout ce dont ils ont besoin : l'amour et la sécurité.

— Tu sais bien à quel point mon travail est exigeant.

— Et alors ? Tu continueras à donner le meilleur de toi-même à tes patientes parce que c'est ta vocation et que c'est pour cette raison aussi que je t'aime.

En voyant Malachi demeurer pensif, Lisandra poursuivit :

— Cette semaine tu as passé moins de temps à l'hôpital sans pour autant négliger tes patientes. Je pense même que cet allègement de ta fatigue te permet d'être un meilleur médecin.

— Je dois aussi assurer des gardes…

— Bien sûr, mais pas chaque nuit. Tu ne seras peut-être pas libre chaque samedi comme les autres pères pour regarder les enfants jouer au cricket, mais où est le problème ? Tu pourras leur lire des histoires, cuisiner pour eux… C'est tout un tas de petites choses dans ce genre qui font les bons pères. Leur présence à chaque instant n'est pas indispensable, s'ils sont là pour soutenir la mère, c'est largement suffisant.

Une lueur d'espoir brillait maintenant dans le regard de Malachi. Il releva son visage et contempla Lisandra avec autant d'émerveillement que si elle lui promettait la lune et non pas une existence pleine d'enfants et de travail.

— Tu en es bien sûre ?

— Complètement.

— Alors tu resteras avec moi ? Tes fils aussi ?

Sa voix s'était enrouée.

— Tu sais, je ne peux pas imaginer vivre sans vous trois. Vous êtes ma famille.

— Tu es la nôtre.

— Lisandra, tu veux bien m'épouser ?
— Je t'aime. Je veux t'épouser.
— Quand ?
— Bientôt.
— C'est-à-dire ?
La réponse de Lisandra ne se fit pas attendre.
— Nous nous marierons pour fêter les six mois des garçons.
Malachi s'appuya contre le dossier du canapé, une expression déçue sur le visage.
— Il va falloir que j'attende tout ce temps pour que tu t'installes chez moi ?
— Non. On peut faire ça plus tôt.
— Quand ?
— Tout de suite si tu veux.

Quatre mois plus tard, le mariage

Ce soir-là, au bord de la rivière Tweed, dans la lumière dorée de la fin de journée, Malachi était debout devant un énorme cœur de roses jaunes et crème, posé sur le gazon, offert par sa grand-mère à l'occasion de leur union.

Derrière lui, le restaurant brillait de mille lumières, à la manière d'un château de conte de fées. Lisandra ne se trouvait pas encore à son côté, c'était Simon pour l'instant qui se tenait près d'elle.

Il essayait avec application d'oublier les cinquante personnes assises sur des chaises blanches placées sous les arbres de part et d'autre du tapis doré qui conduisait jusqu'à lui. Toute manifestation mondaine l'importunait, mais sa grand-mère lui avait assuré que c'était là le nombre minimum d'invités incontournables. Lisandra ayant approuvé, il s'était incliné de bon cœur, heureux de la bonne entente qui régnait entre les deux femmes.

Lorsque la musique attaqua une valse, il s'apprêta à regarder la femme de sa vie s'avancer vers lui.

À sa place, ce fut Ginny qui se présenta, vêtue d'une robe en soie beige, menant devant elle la poussette dans laquelle trônaient les deux petits garçons habillés de blanc. Bastian gazouillait comme il aimait bien le faire tandis que Bennett fixait avec curiosité les visages devant lesquels il passait.

Et tout à coup, Lisandra fit son apparition, grande, svelte, dans sa robe couleur ivoire dont le décolleté laissait apparaître ses épaules bronzées. Une longue traîne soyeuse se déployait sur le tapis derrière elle, une couronne de marguerites retenait le voile qui cachait encore son visage et flottait derrière elle jusqu'à rejoindre la traîne. Tout cela donnait l'impression de la voir flotter vers son amoureux. Le souffle coupé par l'émotion, Malachi regardait s'avancer vers lui l'amour de sa vie.

Lorsque leurs yeux se rencontrèrent, chacun put lire dans ceux de l'autre l'amour inconditionnel qu'ils se vouaient mutuellement. Lorsque le célébrant prononça les mots rituels destinés à sceller leur union, ils furent accompagnés du babil des petits garçons qui à leur façon participèrent ainsi à la cérémonie.

Une fois les vœux prononcés, les mariés se tournèrent vers les invités qui les applaudirent si fort qu'ils en rougirent tous les deux. Puis Simon s'approcha de Malachi.

— Enfin, Malachi, tu t'es décidé à faire le bon choix !

— Oui, et je suis le plus heureux du monde. Tu vois, je te donne le bon exemple. À ton tour maintenant…

SUSAN CARLISLE

À force de l'aimer

Traduction française de
EVELINE CHARLÈS

BLANCHE

HARLEQUIN

Titre original :
REUNITED WITH THE CHILDREN'S DOC

1.

— Bonjour, docteur Nelson, lança l'agent d'entretien lorsque Dylan franchit le seuil du centre de cancérologie.

— Bonjour, répliqua Dylan sans s'arrêter.

— Vous avez de la compagnie, aujourd'hui.

Dylan ralentit à peine.

— En effet.

En tant que chef du service d'oncologie pédiatrique, à l'hôpital pour enfants d'Atlanta, il avait une longue liste de patients qui l'attendaient et un emploi du temps chargé. Et maintenant, un chercheur se trouvait dans les lieux pour effectuer des essais cliniques. En rentrant dans la salle de chimiothérapie, il s'arrêta net. Aliza, une adorable petite fille qui faisait partie de ses patients les plus malades, parlait à une femme mince. Cette dernière tournait le dos à Dylan, pourtant il y avait quelque chose, en elle, qui lui sembla familier.

Un grand sourire aux lèvres, Aliza se mit à rire, ce qui était rarissime. Tout en parlant calmement à l'enfant, la femme ajustait son cathéter veineux central.

Qui était cette inconnue, capable d'apprivoiser une patiente difficile et qui s'acquittait du travail d'une infirmière ? Il avait fallu à Dylan des mois pour gagner la confiance d'Aliza, et cette femme y était parvenue d'un coup. Quel genre de thérapeute disposait de tels pouvoirs magiques ?

Il s'approcha.

La maman d'Aliza leva les yeux vers lui.

— Bonjour, docteur Nelson.

Quand la femme se tourna vers lui, Dylan sentit ses jambes se dérober sous lui.

Marcy.

Jamais il n'aurait cru revoir Marcy Wingard, et encore moins qu'elle surgisse dans son service au bout de quinze ans ! Il avait souvent pensé à elle, pendant toutes ces années, et il avait comparé plus d'une femme à Marcy.

Muet de surprise, il plongea le regard dans ses yeux verts. Elle semblait aussi étonnée que lui.

— Dylan ? souffla-t-elle, les joues soudain rosies. Euh… Docteur Nelson ?

— Oui.

Elle jeta un coup d'œil à Aliza et à sa mère.

— Je suis le Dr Montgomery, et vous étiez averti que j'arrivais aujourd'hui. J'étais en train de raconter à Aliza et à sa maman comment je me suis perdue dans l'hôpital.

Montgomery ? Bien sûr, elle devait être mariée.

— J'ai hâte d'entendre cette histoire, dit-il avant de se concentrer sur sa petite patiente. Comment vas-tu, ce matin ?

Aliza fixa ses mains.

— Bien, affirma-t-elle.

Dylan s'agenouilla près du fauteuil pour que leurs yeux soient au même niveau.

— Dis-moi ce qui se passe, fit-il.

Il balaya du regard les maigres mèches de cheveux qui avaient remplacé les belles boucles blondes. La question était en fait destinée à Marcy. Très protecteur envers ses jeunes patients, Dylan ne souhaitait pas que d'autres médecins interviennent hors de sa présence.

Lorsqu'il était encore au lycée, Beau, son camarade de chambre, au pensionnat, avait eu un cancer. Il avait souvent entendu son ami se plaindre du comportement des médecins. C'est pourquoi Dylan s'était promis de prendre le temps de connaître ses patients et de les écouter. Aujourd'hui encore, il entendait la voix de Beau résonner dans sa tête lorsqu'il rencontrait un patient pour la première fois. Par bonheur, Beau s'en était sorti, et ils se téléphonaient régulièrement.

— Nous faisions seulement connaissance, dit Marcy.

Dylan se releva.

— Veuillez m'excuser, dit-il à Aliza et à sa mère. Je dois parler au… Dr Montgomery un instant.

— Bien sûr, répondit la maman.

Dylan gagna la station centrale du service, suivi de Marcy. Il ne l'avait pas vue depuis la faculté. Ils avaient formé un binôme au labo, puis ils avaient fait partie de la même promotion pendant leur dernière année de licence. Dylan aurait voulu être pour elle davantage qu'un ami, mais à son grand regret il avait dû admettre que rien ne se passerait jamais entre eux.

— Euh… je suis vraiment content de te revoir, Marcy. C'est une excellente surprise.

— Pour moi aussi.

Le ton restait distant, bien qu'ils aient été très proches autrefois. Marcy avait très peu changé depuis qu'elle avait choisi de s'éloigner de lui. Bien entendu, Dylan avait eu son lot de conquêtes. Il avait même failli se marier, mais sa fiancée avait rompu leur engagement. Il en souffrait encore.

— J'ignorais que tu travaillais ici, reprit Marcy.

Elle toucha ses cheveux, comme pour vérifier qu'ils étaient bien en place. La Marcy qu'il avait connue les lâchait sur ses épaules, sauf au labo.

Dylan ne se rappelait que trop bien le frôlement de sa longue chevelure châtain contre ses joues lorsqu'ils se penchaient ensemble sur une tablette pour vérifier les résultats d'une expérience. Aujourd'hui, Marcy avait des cheveux plus courts, et ils étaient réunis en chignon sur sa nuque.

Trop souvent, il s'était demandé ce qu'elle devenait et il avait même cherché à la retrouver sur les réseaux sociaux, mais il n'avait eu connaissance que d'informations professionnelles.

— Si j'ai bien compris, dit-il, tu es le chercheur… ou plutôt la chercheuse que j'attendais.

— C'est moi.

Une infirmière s'approcha d'eux.

— Docteur Nelson, est-ce que vous pouvez vérifier une voie centrale ?

— Tu veux bien m'excuser, Marcy ?

Dylan se détourna, se réjouissant presque de cette diversion.

— Je peux t'accompagner ? Je dois apprendre à connaître tes patients, puisque je vais travailler avec eux pendant quelques semaines.

— Bien entendu. Je vais te présenter.

Un instant plus tard, Dylan s'asseyait près d'une autre de ses petites patientes.

— Salut, Lucy. Comment te sens-tu, aujourd'hui ?

La fillette sourit, ce qui fit plaisir à Dylan car bien souvent ces jeunes enfants étaient trop affectés par la maladie pour lui sourire.

— Mme Racheal, l'infirmière, me dit que je dois vérifier ton cathéter, continua-t-il. Ça ne t'ennuie pas si mon amie, le Dr Montgomery, y jette un œil, elle aussi ?

— D'accord, répliqua la petite fille.

Marcy s'approcha de façon à regarder par-dessus l'épaule de Dylan.

— Lucy, tu veux bien remonter ton T-shirt pour moi ? demanda Dylan. Je te promets que ce ne sera pas long.

Il aida sa patiente à relever suffisamment le vêtement pour qu'il ait une vision claire de la chambre à cathéter implantable. Ensuite, il se mit en quête d'une rougeur.

— Je n'ai jamais vu une chambre implantée de cette façon, remarqua Marcy avec réprobation.

Dylan l'ignora. Ce n'était pas le moment d'en discuter, surtout devant la patiente.

— Lucy, je vais devoir palper le contour de ta voie veineuse, dis-moi si je te fais mal.

Il pressa légèrement la peau de l'enfant du bout des doigts et entama un mouvement circulaire dans le sens des aiguilles d'une montre. Il avait presque terminé, quand la petite fille fit la grimace.

— Ça fait mal là, gémit-elle.

Dylan lui adressa un sourire rassurant.

— Je crois qu'on va devoir se rendre en salle de soins,

dit-il. Je vais retirer cette chambre à cathéter, et dans quelques semaines nous t'en mettrons une autre.

La maman de Lucy, Mme Baker, s'affaissa sur elle-même.

— Vous voulez dire qu'il va falloir attendre et recommencer ?

— Oui. Je sais que cela ressemble à un échec, mais ce n'est que pour peu de temps. Tout va bien se passer. Michelle, vous allez attendre ici, et je vais envoyer quelqu'un chercher Lucy, conclut Dylan en tapotant l'épaule de l'enfant.

Percevant le mécontentement de Marcy, il la précéda dans le couloir, puis dans la salle de soins.

— Pourquoi la chambre a-t-elle été implantée de cette façon ? s'enquit-elle aussitôt.

Il se retourna pour lui faire face.

— Parce que ce n'est pas moi qui m'en suis chargé. Lucy a d'abord été traitée dans un autre hôpital, de l'autre côté de la ville. Elle s'y sentait très mal, et sa mère nous l'a amenée. Elle ne voulait pas qu'on retire ce cathéter pour ne pas imposer à sa fille une épreuve supplémentaire. J'ai accepté, mais je l'ai avertie de ce qui pouvait se passer.

— Qu'est-ce que tu en penses ?

Dylan pinça les lèvres.

— Nous avons affaire à un début d'infection.

— Ça pourrait être une cellulite infectieuse de la veine cave supérieure ?

— Peut-être, mais je ne le crois pas. On va retirer la chambre à cathéter, ensuite on essayera les antibiotiques et on verra ce qui se passe. Si tu veux assister à la procédure, il faut te changer.

Un quart d'heure plus tard, Marcy se tenait auprès de Dylan, telle une statue. Il la sentait en proie à un profond malaise dont il ignorait la cause. Visiblement malheureuses, Lucy et sa mère étaient assises contre le mur.

Dylan se concentra sur sa patiente.

— Je sais à quel point cela te déplaît, mais je pense qu'on va devoir implanter un autre cathéter.

Les larmes aux yeux, la petite fille se tourna vers sa mère.

— Cela ne me réjouit pas plus que toi, continua Dylan, mais ce serait pire si nous commencions la chimiothérapie dans ces conditions et que nous allions à l'échec. Fais-nous confiance, on va bien s'occuper de toi.

La maman hocha la tête.

— Nous savons que vous agissez au mieux.

Dylan sourit.

— Je ferai en sorte de ne jamais abuser de votre confiance. Lucy, tu vas monter sur la table. J'ai besoin que tu sois étendue.

Se tournant vers la mère, il ajouta :

— Michelle, je vais vous demander d'embrasser Lucy, ensuite vous irez dans la salle d'attente. La procédure ne prendra que quelques minutes.

La fillette utilisa un tabouret pour grimper sur la table, puis sa mère se pencha vers elle pour l'embrasser et la serrer dans ses bras.

— Je vais appeler papa et lui dire d'apporter une glace, en rentrant à la maison. Je crois qu'on le mérite toutes les deux.

— Avec de la crème au chocolat ? demanda Lucy d'une voix chevrotante.

Sa mère lui adressa un faible sourire.

— Bien sûr.

— J'ai bien envie de m'inviter chez vous, intervint Dylan en s'asseyant près de la table d'examen.

— Vous êtes le bienvenu n'importe quand, lança la maman par-dessus son épaule en quittant la pièce.

Lucy avait les larmes aux yeux, et Marcy elle-même semblait très émue.

Deux infirmières entrèrent, apportant un drap stérile.

— Le Dr Montgomery va rester avec moi, annonça Dylan. Tu es d'accord, Lucy ?

L'enfant acquiesça d'un signe de tête.

Marcy s'approcha d'elle.

— Tu aimerais que je te tienne la main ? Je sais que cela m'aide toujours.

Lucy s'empara aussitôt de la main tendue, et Marcy lui adressa un sourire rassurant.

— Si ça fait mal, tu n'as qu'à me serrer de toutes tes forces.

De nouveau, Lucy hocha la tête.

Dylan appréciait la sollicitude de Marcy envers sa petite patiente. On aurait dit qu'elle avait traversé la même épreuve.

— Ce ne sera pas long, annonça-t-il, mais je vais devoir t'endormir un peu.

— Comme la dernière fois ?

— Exactement.

Un instant plus tard, Dylan injectait le produit anesthésiant. Jetant un coup d'œil à Marcy, il constata qu'elle était totalement concentrée sur Lucy, comme si elle voulait lui éviter toute douleur.

Il était impressionné. La plupart des chercheurs passaient le plus clair de leur temps dans les laboratoires et manquaient d'empathie envers les patients. Ce n'était visiblement pas le cas de Marcy.

Les paupières de Lucy se fermèrent.

Dylan ôta les sutures qui maintenaient la chambre en place et demanda :

— Marcy, tu veux bien maintenir l'ouverture pendant que je retire la chambre ?

Elle acquiesça et lâcha la main de l'enfant. Prenant la longue pince chirurgicale, elle suivit les instructions de Dylan tandis qu'il sortait délicatement la chambre implantable. Aussitôt, une infirmière appliqua un pansement compressif sur la plaie, et Marcy déposa l'instrument dans le plateau qu'une autre infirmière lui tendait. Un instant plus tard la première fixait le pansement grâce à des bandes adhésives.

— Dans combien de temps pourra-t-on recommencer la procédure ? demanda Marcy.

— Au moins trois semaines.

Elle fit la grimace.

— On ne peut pas le faire plus tôt ? L'attente va être terrible, pour les parents. Comment cela a-t-il pu arriver ?

— Nous devons être patients. Par bonheur, cela ne se produit pas souvent, mais il faut laisser aux antibiotiques le temps d'agir. Je placerai la nouvelle chambre en dessous de celle-ci. Vous pouvez dire à la mère qu'elle peut revenir et s'asseoir auprès de sa fille jusqu'à ce qu'elle se réveille ? ajouta-t-il à l'intention d'une infirmière. Ensuite, elles pourront rentrer chez elles. J'aimerais revoir Lucy jeudi.

— Je m'en occupe, dit l'infirmière.

À cet instant, ils perçurent un bruit venant de la salle de chimiothérapie. Une voix se mit à chanter, accompagnée par un chœur.

— Qu'est-ce qui se passe ? demanda Marcy.

Dylan se débarrassa de sa tenue stérile, imité par Marcy, puis ils se rendirent immédiatement dans la salle de chimiothérapie. Un adolescent à la peau foncée dirigeait un groupe d'autres patients qui avaient environ le même âge. Leur accord était parfait. Ils terminèrent le chant en frappant sur les bras de leurs fauteuils respectifs. Leur sourire était communicatif. Le personnel et les parents applaudissaient.

— Ils sont bons ! lança Marcy.

— Oui, jusqu'à ce qu'ils fassent front contre toi avec un bel ensemble. Maintenant, je vais devoir les interrompre pour vérifier que leur chimio se passe bien. Cet après-midi j'ai des consultations, et tu peux m'assister si tu en as envie. Ce sera pour toi l'occasion d'étudier les dossiers et de mettre un visage sur les patients.

— J'adorerais. Je vais voir lesquels je peux retenir pour les essais thérapeutiques. Les traitements seront prêts lundi.

— C'est parfait.

Marcy se tenait derrière Dylan, dans la salle de chimiothérapie. Elle avait été très surprise d'apprendre qu'il dirigeait le service d'oncologie pédiatrique. Jamais elle n'aurait pensé qu'ils deviendraient cancérologues tous les deux, comme si le destin avait décidé que leurs chemins se croiseraient un jour.

Dylan s'approcha du patient qui se trouvait le plus à droite.

— Tu veux bien attendre un instant ? demanda-t-il à Marcy.

Dan est hypersensible, et je ne veux pas que la vue d'un nouveau visage le bouleverse davantage. Je vais l'examiner et ensuite je te présenterai.

Marcy hocha la tête. Son fils, Toby, n'avait pas toujours bien accueilli les nouveaux venus.

Dan était installé près de la fenêtre, une potence pour intraveineuse à côté de son fauteuil inclinable. Dylan prit place sur un tabouret.

— Comment vas-tu aujourd'hui, Dan ?

— Bien.

— Juste bien ? s'enquit Dylan en prenant le stéthoscope qui se trouvait autour de son cou.

Il jeta un coup d'œil à Marcy, qui étudiait la feuille de soins.

— Je te présente le Dr Montgomery, qui va nous aider pendant quelques semaines. Elle aimerait faire ta connaissance, et je pense qu'elle va te plaire. Tu veux bien qu'elle se joigne à nous ?

Le petit garçon de dix ans observa Marcy un instant avant d'acquiescer d'un hochement de tête. Dylan fit signe à Marcy de s'approcher. Elle obtempéra, la gorge serrée. Toby aurait eu à peu près le même âge que ce garçon, s'il avait vécu. Elle ne pouvait plus rien faire pour son fils, mais elle espérait donner à cet enfant des années supplémentaires à vivre.

— Bonjour, Dan.

— Bonjour, répliqua-t-il d'une voix fatiguée.

Marcy s'assit à côté de Dylan.

Tu peux le faire.

Elle ne s'était pas attendue à des relations aussi proches avec les patients, puisqu'elle était censée s'en tenir à ses essais cliniques. Dylan connaissait tous ses patients par leur prénom. Comment supportait-il la perte de l'un d'entre eux ?

Après avoir vérifié le fonctionnement de la perfusion, Dylan se tourna vers Dan.

— Tu ne joues pas à un jeu vidéo, d'habitude ?

— Ils ont oublié de me l'apporter, mais c'est pas grave. Je suis plutôt fatigué et j'ai du mal à ne pas m'endormir.

Marcy se crispa légèrement. Toby avait beaucoup dormi, après les séances de chimiothérapie.

— Je vais demander à une infirmière de te l'apporter au cas où tu en aurais envie, répliqua Dylan. On pourrait peut-être faire une partie ensemble, ajouta-t-il en pressant légèrement les épaules du garçon. Dans quelques semaines tu pourras retourner à l'école.

Dan lui jeta un regard triste.

— J'espère que mes copains me reconnaîtront.

— J'en suis certaine, intervint Marcy sans réfléchir.

Dylan lui lança un regard réprobateur.

— Tout semble aller bien, je te verrai la semaine prochaine.

— Je serai là. Maman dit que je n'ai pas le choix.

Dylan se mit à rire.

— Les mamans ont toujours l'art de nous faire faire ce qu'on n'a pas envie de faire.

— Au revoir, Dan, j'ai été ravie de te rencontrer, dit Marcy.

Le cœur serré, elle suivit Dylan, qui s'approchait du patient suivant. Elle resta à son côté tandis qu'il examinait les jeunes malades venus là pour la journée. Chacun d'entre eux accroissait l'émotion qu'elle ressentait, mais elle n'y céda pas et se concentra sur les relations que Dylan entretenait avec eux.

La dernière patiente de Dylan était une adolescente de dix-sept ans. À la vue de Dylan, elle arbora un large sourire qui en disait long sur ses sentiments pour lui.

— Salut, Mindy, comment vas-tu ?

Rose d'émotion, la jeune fille toucha le turban qui entourait sa tête.

— Plutôt bien.

— C'est bon à entendre. Nous autres, médecins, nous aimons savoir que nous ne rendons pas nos patients trop malades. Je te présente le Dr Montgomery, qui va m'assister pendant quelques semaines. Tu veux bien qu'elle t'examine ?

Visiblement déçue, l'adolescente acquiesça.

Marcy lui adressa un sourire rassurant avant de vérifier la perfusion.

— J'ai besoin de contrôler tes constantes, Mindy.

La jeune fille baissa les yeux vers sa tenue d'hôpital.

— Elle est moche, vous ne trouvez pas ? Quand j'irai bien, j'en créerai de plus jolies. Comme ça, les patients cancéreux porteront un truc qui leur plaira.

— C'est une très bonne idée.

Marcy ausculta la jeune patiente.

— J'ai déjà commencé à dessiner mes modèles, dit cette dernière. Vous aimeriez les voir ?

— Bien sûr.

Marcy jeta un coup d'œil à la mère de Mindy, dont les yeux exprimaient une souffrance qu'elle ne connaissait que trop bien. Des années auparavant, elle avait été comme elle, en proie à une terreur constante. Mais, si elle voulait faire son travail correctement, elle devait parvenir à mettre ses souvenirs de côté.

Dylan avait terminé de remplir la feuille de soins de Mindy.

— Tu as l'air bien, aujourd'hui. On se voit la semaine prochaine, mais tu n'en as plus pour très longtemps.

— Je l'espère, parce que c'est ma dernière année, au lycée.

— Tu pourras aller au bal de promo, remarqua Dylan en souriant.

— Je ne vois pas qui voudrait de moi comme cavalière, si je n'ai pas un cheveu sur la tête.

— D'ici là, ils auront repoussé.

Marcy se pencha vers l'adolescente.

— Je le connais depuis longtemps, tu peux lui faire confiance.

Mindy sourit.

Lorsqu'ils sortirent de la salle, Dylan se tourna vers Marcy.

— On déjeune ensemble ?

— J'adorerais mais j'ai quelques détails à revoir et des coups de fil à donner avant de commencer les essais.

Il sembla déçu.

— Une autre fois, alors ? On se voit dans une heure.

— Très bien.

Sur ces mots, Marcy regagna la pièce minuscule qu'on lui

avait attribuée en guise de bureau. Elle se réjouissait d'avoir retrouvé Dylan dans cet hôpital. Quand on s'occupait d'enfants atteints du cancer, être accueillie par un visage familier était réconfortant.

Dylan était aussi beau qu'elle se le rappelait, mais il lui semblait plus grand et plus large d'épaules. En revanche son sourire n'avait pas changé, sans doute ce qui avait le plus manqué à Marcy pendant toutes ces années.

Plus tard, alors qu'elle longeait le couloir, elle le vit devant la porte de la salle de chimiothérapie. Il était vraiment canon ! Elle se reprocha immédiatement cette pensée. Cela faisait des années qu'elle n'avait pas remarqué un homme.

— Comment s'est passée cette première journée ? lui demanda-t-il. Je n'arrive pas à croire que tu es ici.

Elle n'allait pas lui parler du décès de son enfant ni de son divorce.

— Très bien, répondit-elle. Moi aussi, j'ai été très surprise de te retrouver.

— Tu as été géniale avec les enfants, ce matin. Je me suis demandé si tu avais une grande expérience de la clinique.

— Pas vraiment, dit-elle en haussant les épaules. Tu sais comment sont les chercheurs. Nous ne sortons pas souvent du labo.

— Je vais sûrement te paraître trop protecteur, mais je dois quand même le dire. La plupart de ces enfants, que nous ne voyons que quelques minutes, sont terrorisés, ainsi que leurs parents, et la vue d'un nouvel inconnu les perturbe.

Marcy n'avait pas besoin de cette précision. Elle ne se rappelait que trop bien sa propre frayeur.

— Essaye d'utiliser un langage courant, ajouta Dylan. Le cathéter est un *tube*, la veine cave supérieure est *une artère dans le cou*.

— Je n'ai pas l'intention de bouleverser tes patients, mais je dois avoir des contacts avec eux pour effectuer mes recherches. À un moment, j'aurai besoin de leur poser des questions et je n'aurai pas toujours le temps de te demander la permission.

— Je le comprends tout à fait. Je te recommande juste la prudence.

— Il n'y a pas de problème. Mais je cherche avant tout à éradiquer le cancer. Ce que j'apprendrai de tes patients pourra en aider d'autres.

— C'est ce que je souhaite aussi, à condition de ne pas créer davantage de cicatrices émotionnelles.

— Je te promets de suivre tes consignes.

Elle le ferait tant que ce serait possible. Son travail aussi était important. Les traitements devaient être testés pour que ces enfants aient une chance de vivre. Une chance que d'autres n'avaient pas eue.

D'autres comme Toby.

2.

Quelques minutes plus tard, Marcy suivait Dylan le long du couloir où se trouvaient les salles d'examen. Une infirmière les attendait devant la porte de la première. Dès que Dylan eut pris la tablette qu'elle lui tendait, elle s'éloigna.

— Ici, la tenue est plus décontractée que je ne m'y attendais, remarqua Marcy en la suivant des yeux.

— C'est fait exprès. Le syndrome de la blouse blanche est une réalité, tu sais. Nous n'en mettons jamais.

— C'est noté. Je suis contente d'avoir laissé la mienne au fond d'un placard, chez moi.

— Où habites-tu ?

— À Cincinnati.

— J'aime bien le parc, au bord de la rivière.

Marcy ne le connaissait même pas. En sortant du labo, elle rentrait chez elle pour dormir.

— C'est ce qu'on m'a dit, répliqua-t-elle.

Dylan lui tendit la tablette.

— La patiente, Kristen Moore, nous est envoyée par un hôpital qui se trouve à deux heures d'ici.

Ils entrèrent dans la salle où la fillette et ses parents les attendaient, visiblement terrifiés. Marcy songea qu'elle aurait été incapable d'affronter des gens comme eux tous les jours. Il fallait être quelqu'un de spécial pour leur témoigner de l'empathie tout en annonçant de mauvaises nouvelles.

Elle se rappelait que Dylan avait été capable de rendre les heures de laboratoire amusantes, autrefois. Grâce à lui, elle avait hâte de s'y rendre. D'une certaine façon, il était l'une des raisons pour lesquelles elle était devenue chercheuse.

Aujourd'hui, il était aussi chaleureux et détendu qu'à cette époque. Elle se souvenait que le seul sujet qui lui faisait perdre son humour était sa famille.

Il n'avait mentionné ses parents qu'au bout de deux mois de labo. Issue d'une famille très unie, Marcy en parlait tout le temps et elle n'avait pu que s'étonner de la solitude de Dylan, dont les parents étaient missionnaires dans une contrée lointaine de l'Amérique du Sud. Elle l'aurait volontiers invité chez elle pendant les vacances, mais elle savait que Josh n'aurait pas apprécié cette initiative.

Marcy pinça les lèvres. Josh avait été son petit copain au lycée, et leurs deux familles étaient proches. Leurs mères s'étaient arrangées pour inscrire Marcy dans une université proche de l'endroit où Josh travaillerait pendant qu'elle poursuivrait ses études de médecine.

Bien sûr, ils se marieraient et ils auraient deux enfants, un garçon et une fille. Marcy s'était engagée envers Josh alors même qu'elle était attirée par Dylan. Elle n'allait pas gâcher sa relation avec son fiancé pour un flirt !

La voix de Dylan arracha Marcy à sa rêverie.

— Je suis le Dr Nelson. Comment te sens-tu aujourd'hui ? J'ai vu que tu habites à Colombus. Tu es fan de Georgia ou d'Auburn ?

— Auburn, bien sûr ! Les War Eagles !

Dylan émit un rire grave qui réchauffa le cœur de Marcy.

— Parfait, dit-il. Je sais où tu te situes, maintenant.

Marcy ne comprenait rien à cette discussion, mais le visage de la fillette s'était illuminé, et c'était tout ce qui comptait.

— Tu veux bien que j'écoute ton cœur ? demanda Dylan.

Après avoir vérifié les rythmes cardiaque et respiratoire de l'enfant, Dylan palpa délicatement les glandes, au niveau du cou. Marcy remarqua aussitôt une légère crispation de ses lèvres.

— Je te présente le Dr Montgomery. Tu veux bien qu'elle t'examine, elle aussi ?

Kristen hocha la tête.

Marcy palpa à son tour la zone concernée, notant une

grosseur derrière l'oreille. Pourquoi n'avait-elle pas fait cela avec Toby ?

Elle croisa le regard de Dylan, qui hocha légèrement la tête.

— Quelle quantité de glace peux-tu manger ? demanda-t-il à Kristen.

Marcy lui jeta un coup d'œil étonné.

— Beaucoup, répondit la petite fille.

— Tant mieux, parce que ce soir, dans cet hôpital, on va avoir autant de glace qu'on veut. J'aimerais bien que tu restes pour nous aider à les manger. Tu serais d'accord ?

L'enfant se tourna vers ses parents, qui regardèrent Dylan avec un enthousiasme bien plus mitigé.

— Je peux ? demanda-t-elle.

Sans laisser aux parents le temps de répondre, Dylan précisa :

— Nous devons garder votre fille pour quelques analyses.

Leurs pires craintes se muant en réalité, les parents se courbèrent sous le poids de l'angoisse. Le cœur de Marcy s'emplit de compassion.

— On va vous indiquer où aller, ajouta Dylan.

Il saisit quelques notes sur la tablette, puis il sourit à Kristen.

— Demain, je demanderai combien tu as mangé de glaces.

Quelques minutes plus tard, Marcy le suivait dans le couloir.

— Bien joué, docteur Nelson.

— Merci, mais je déteste penser aux épreuves que cette petite va subir.

— Alors pourquoi as-tu choisi l'oncologie ?

— Parce que j'avais un copain au pensionnat qui avait un cancer et je me rappelle combien il avait peur. Il m'a tout raconté, et en particulier la façon dont les médecins le traitaient, à savoir comme un cobaye. Il aurait voulu qu'ils voient en lui une personne, qu'ils lui expliquent la situation, au lieu de parler au-dessus de sa tête. Et surtout, il souhaitait qu'on lui dise la vérité. Quand je suis devenu médecin, je me suis promis de ne jamais oublier ses paroles.

— Comment va-t-il, maintenant ?

— Très bien. Il a une femme et une famille, mais le cancer a changé sa vie.

— C'est l'un des effets du cancer.

Dylan lança à Marcy un coup d'œil interrogateur. Avait-il deviné qu'elle ne lui disait pas tout ? Il se dirigea vers la porte suivante.

— Et toi ? Qu'est-ce qui t'a poussée à devenir chercheuse ?

— La même raison que toi. Je voulais aider les enfants.

Elle ne précisa pas qu'elle cherchait à se racheter, à repousser la culpabilité.

— Et aussi les parents, ajouta-t-elle. Ils souffrent, eux aussi.

Ils passèrent le reste de l'après-midi à recevoir des patients. Certains d'entre eux étaient en rémission et venaient pour un bilan. À la fin de la consultation, Marcy dut admettre qu'elle était épuisée, mais elle devait gagner son petit bureau et faire un tri parmi les patients pour déterminer lesquels elle choisirait pour l'essai clinique. Il fallait aussi qu'elle lise ses mails et passe quelques appels.

— Tu as des projets, pour le week-end ? demanda Dylan. Je pourrais te faire visiter Atlanta et t'inviter à dîner. Après tout, nous sommes de vieux amis.

— Ce serait avec plaisir, mais j'ai beaucoup de travail, surtout après avoir vu tous ces patients.

— Je comprends, mais tu connais l'adage : « Le médecin qui oublie de manger et de se distraire pour passer son temps à travailler devient triste et abruti. »

Marcy ne put s'empêcher de sourire.

— Je crois que tu viens de l'inventer, mais je saisis le message. Ça n'empêche pas que j'ai du boulot.

Quelques minutes plus tard, elle refermait la porte de son bureau derrière elle. Elle baissa les yeux vers ses mains tremblantes et inspira profondément à plusieurs reprises pour récupérer le contrôle d'elle-même. À chaque nouveau patient, elle avait eu de plus en plus de mal à maîtriser ses émotions. Comment Dylan aurait-il réagi, si elle avait fondu en larmes ?

Elle ignorait totalement que sortir de son labo serait aussi éprouvant.

Mais, si elle voulait réussir dans son entreprise, elle devait surmonter ces difficultés. Ce n'était pas seulement dans l'espoir d'une promotion, elle croyait vraiment que le TM13 améliorerait la vie de ces enfants. Elle ne devait rester à Atlanta que six semaines mais, si les résultats étaient favorables, elle obtiendrait certainement l'approbation de l'agence américaine des denrées alimentaires et des médicaments.

Le lundi matin, Dylan regagna son service au centre de cancérologie. Pendant le week-end, il avait pensé au retour de Marcy dans sa vie. Des années auparavant, elle lui avait brisé le cœur, mais elle ne l'avait jamais su.

Il avait appris très jeune à masquer ses émotions. Peu de gens savaient combien sa famille lui manquait, lorsqu'il était au pensionnat. Et, lorsqu'il avait rencontré Marcy, il n'avait confié à personne ses sentiments pour elle. De toute façon, elle avait un petit ami à l'époque, et il supposait qu'aujourd'hui un mari et des enfants l'attendaient à la maison.

Cela ne le regardait pas. Ils étaient collègues, rien de plus. Malgré tout, il s'interrogeait sur la vie qu'elle avait menée depuis qu'ils s'étaient vus pour la dernière fois. Et il ne pouvait s'empêcher de la trouver toujours aussi attirante.

Il était dans son bureau et lisait quelques mails, lorsqu'on frappa à sa porte.

— Salut ! lança Marcy.

Elle portait un chemisier, un pantalon qui dessinait la ligne de ses hanches minces et des souliers plats. Pas de tailleur de femme d'affaires, comme la dernière fois. Il aimait cette version d'elle, plus décontractée. Elle semblait plus accessible et fragile, mais elle était trop mince.

— Excuse-moi de te déranger, dit-elle depuis le seuil.

— Tu ne me déranges pas, mais tu es là de très bonne heure ! Que puis-je faire pour t'aider ?

— J'ai juste quelques questions à propos de certains de tes patients.

Il lui fit signe de s'asseoir.

— Qu'est-ce que tu veux savoir ?

Elle consulta sa tablette.

— Parle-moi de Roger Harris. Il me semble être un bon candidat.

— En effet. Il commence juste sa chimio.

Elle prit quelques notes avant de poursuivre :

— Et Rena MacGray ?

— Je ne crois pas. C'est son second traitement, et elle ne réagit pas très bien.

— Alors elle pourrait tirer bénéfice du TM13.

— Je vais étudier ses dernières analyses et je te dirai.

— Robert Neels.

— Robby, rectifia Dylan. C'est le garçon qui faisait chanter le rap à ses camarades.

— Oh ! je vois très bien qui c'est, maintenant. Il entame sa convalescence, mais j'ai vu que ses résultats n'étaient pas très bons la dernière fois.

— En effet. Combien tu en as retenu ?

— Vingt-trois.

— Tu as travaillé ici pendant le week-end ?

— En grande partie. J'ai hâte de commencer les essais.

Dylan fronça les sourcils, visiblement inquiet.

— Tu as décelé des urgences qui exigeaient que tu consacres ton week-end au travail ?

— J'ai beaucoup pensé à cette belle adolescente, dans la salle de chimiothérapie. J'admire qu'elle puisse encore parler de créer des vêtements, alors qu'elle est tellement malade. Qu'elle ait encore des rêves, alors qu'elle est sous traitement et perd tous ses cheveux. Je pense que le TM13 peut l'aider.

Dylan ne put s'empêcher de défendre son programme.

— J'ai un très bon taux de guérison.

— J'en suis bien consciente, mais c'est un combat de tous les instants.

— C'est vrai. Tu n'es pas habituée à voir des patients. Dans un labo, on a une idée abstraite du cancer. La confrontation avec les malades prend une dimension plus personnelle, surtout quand il s'agit d'enfants.

— Tu as une consultation, cet après-midi ?

— En effet.

Marcy battit des paupières.

— Je serai là, si tu es d'accord. Je serai prête à commencer les nouveaux traitements dès que j'aurai eu les agréments.

— On pourra en discuter avec les parents aujourd'hui.

— Super. J'étudierai de nouveau tous les dossiers ce soir.

Dylan fronça de nouveau les sourcils. Lui-même travaillait dur, mais Marcy prenait les choses à un autre niveau.

— Parfait, dit-il. Je passerai te prendre à ton bureau. Quelle pièce t'a-t-on affectée ?

— Je suis juste en face de la salle de conférences.

— Tu veux dire dans ce placard ? Il doit sûrement y avoir un endroit mieux que celui-là.

— C'est suffisant pour travailler, même si j'admets que cela n'a rien à voir avec ton palais.

Dylan sourit. Il retrouvait la Marcy qu'il avait connue, capable de lui adresser quelques petites piques. Mais pourquoi ce trait d'humour ne faisait-il pas briller ses yeux, comme autrefois ?

Il évoqua soudain le jour où ils avaient reçu leur diplôme. Comme ses parents ne pouvaient assister à la cérémonie, il comptait passer la journée avec elle.

Apercevant Marcy dans la foule des étudiants en robes noires, il s'était hâté vers elle. Mais, juste avant qu'il l'atteigne, elle s'était écartée du groupe pour se précipiter dans les bras d'un jeune homme qui venait vers elle… le petit ami dont elle lui avait parlé.

Ce n'était pas la faute de Marcy, s'il avait été poignardé en plein cœur, ce jour-là. Mais une chose était certaine : il s'arrangerait pour que cela n'arrive plus jamais.

Deux jours plus tard, on frappa à la porte du bureau de Marcy. Dylan passa la tête à l'intérieur de la pièce minuscule.

— C'est l'heure du déjeuner. Tu veux…

Il prit une expression horrifiée.

— Cet endroit est affreux. Comment tu arrives à travailler ?

— Ce n'est pas si terrible.

— Je trouve ta conception du mot *terrible* assez large.

Elle se mit à rire.

— Tu parlais de manger quelque chose ?

— Je voulais savoir si tu m'accompagnerais à la cafétéria.

Marcy admit intérieurement qu'elle avait faim. Par ailleurs, elle avait envie d'en savoir un peu plus sur la vie de Dylan, pendant toutes ces années. Était-il marié ? Elle s'était toujours demandé s'il était du genre à fonder une famille.

Dylan balayait du regard la réserve à fournitures.

— Tu as besoin de plus de place.

— C'était tout ce qui était disponible.

— J'ai une idée ! Je ne suis pas souvent dans mon bureau, alors si tu acceptes de le partager avec moi tu seras la bienvenue. Au moins, tu ne seras pas dérangée par les gens qui viennent chercher du matériel.

— Je ne peux pas te prendre ton bureau !

— Ce ne sera pas le cas, et je te rappelle que tu n'es pas ici pour longtemps. J'insiste !

Cette proximité avec Dylan ne semblait pas une très bonne idée mais, comme il l'avait souligné, elle était souvent dérangée.

— En ce cas, c'est d'accord.

— Très bien. On s'en occupera le plus vite possible. En attendant, tu viens manger ?

Un instant plus tard, ils prenaient place sur des chaises en plastique orange, à une table métallique.

— Je n'arrive pas à croire qu'après tout ce temps tu te pointes dans mon hôpital, remarqua Dylan. Qu'est-ce que tu as fait, depuis qu'on s'est perdus de vue ?

— La même chose que toi. J'ai eu une bourse et j'ai pris un petit boulot.

— Où as-tu fait tes études de médecine ?

— À Duke.

— Impressionnant ! Tu as aimé vivre en Caroline du Nord ?

C'était l'endroit parfait pour Josh, qui voulait travailler dans la haute technologie pendant qu'elle poursuivait ses études. C'était aussi le lieu idéal pour fonder une famille.

— Tout à fait. Mais assez parlé de moi. Où as-tu étudié ?

— À l'université de New York.

Marcy sourit. Dylan avait toujours été brillant et il aurait été accepté dans n'importe quelle fac.

— Tout aussi impressionnant. Qui aurait imaginé que deux gamins d'une petite université du Midwest américain deviendraient médecins et travailleraient dans le domaine de la cancérologie ?

— Le monde est petit. Qu'est-ce qui t'a fait choisir la recherche ?

— J'ai toujours aimé le travail de laboratoire. Et il faut éradiquer le cancer ! répondit-elle vivement.

— Je me rappelle pourtant que tu détestais les heures de labo.

— Disons que j'ai appris à les apprécier.

À cause de lui, parce qu'elle aimait l'y retrouver. Elle avait un petit ami et elle n'aurait pas dû avoir ce genre de sentiment, mais c'était ainsi.

— Je t'ai toujours vue comme quelqu'un qui appréciait d'être entourée de gens. J'aurais pensé que tu t'orienterais vers la clinique.

— Je ne suis pas aussi bonne avec les patients que toi. Même à l'époque, tu avais le chic pour mettre en valeur tes interlocuteurs.

— Et dis-moi, après la fac, tu as été directement engagée par le labo privé Can Med ?

Marcy repoussa sa salade sans la terminer.

— Oui.

C'était ce qu'elle avait voulu. Le combat contre le cancer avait été sa priorité, son obsession.

— Et qu'est-ce qui t'a amenée ici ?

— Ton hôpital a accepté de faire partie de l'expérience du TM13.

Dylan but une gorgée de sa boisson.

— Si j'ai bien compris, ce traitement a des effets secondaires, mais il obtient de bons résultats.

— Oui. C'est mon équipe qui l'a développé. Nous avons eu des réussites en labo. J'espère avoir les mêmes résultats, ou meilleurs, avec les patients.

— Je l'espère aussi.

— Je sais combien ils sont importants pour toi.

Marcy croisa le regard de Dylan, notant la profondeur des prunelles chocolat.

— Je suis très protecteur avec eux et, si j'ai été un peu raide avec toi, j'en suis désolé.

— Je reconnais qu'il faut un certain effort pour s'y habituer.

Dylan se mit à rire. Assez fort pour que les personnes qui les entouraient se tournent vers eux.

— Je retrouve la Marcy que j'ai connue, qui ne se gênait pas pour dire ce qu'elle pensait. Mais assez parlé boulot. Dis-moi si tu as épousé le type que tu fréquentais à la fac.

Le changement de sujet prit Marcy par surprise.

— On est restés mariés pendant cinq ans et on a divorcé il y a quelques années.

— Désolé de l'apprendre.

— Ce genre de choses arrive.

Dylan la regarda longuement. Elle referma le récipient en plastique qui contenait la salade avant de reprendre :

— Et vous, docteur Nelson ? Vous avez une épouse ou une compagne dans votre vie ?

— Non. J'ai eu quelques liaisons, mais je ne suis jamais allé jusqu'au mariage. Disons que ces femmes étaient plus intéressées par le statut d'épouse de médecin que par moi.

— À la fac, tu n'as jamais parlé de t'occuper d'enfants, mais finalement ça ne m'étonne pas.

Croisant les mains sur la table, elle le fixa comme si elle le voyait pour la première fois. Son charme naturel et son sens de l'humour étaient de vrais atouts, dans le domaine où il exerçait.

— Tu veux dire que je suis un peu infantile ?

Elle secoua la tête.

— Tu ne m'entraîneras pas sur ce terrain. Comment t'es-tu retrouvé ici ?

— Après mes études, j'ai eu un poste dans cet hôpital et je suis resté.

— C'est en grande partie grâce à toi, si le traitement du cancer est aussi efficace, ici ?

Dylan haussa les épaules.

— Peut-être, mais ce sont les enfants et leurs parents qui sont les vedettes du programme.

Marcy n'avait jamais eu l'impression d'être une vedette. Au contraire, elle s'était sentie totalement défaillante. Si le TM13 fonctionnait, cela changerait éventuellement. C'était son seul et unique but.

— On devrait retourner travailler.

3.

Le lendemain, Dylan entra dans la salle d'examen, suivi par Marcy.

— Bonjour, Lucy, comment vas-tu ?

La petite fille jeta un coup d'œil à sa mère avant de répondre très bas :

— Bien.

— Je suis content de l'entendre. Dis-moi, est-ce que tu as un chien ?

— Oui.

La voix de Dylan monta d'une octave.

— Pour de bon ?

Lucy hocha la tête.

— Il est brun ou noir ? Je souhaiterais avoir un chien noir, mais je ne suis pas sûr que ce soit la bonne couleur.

— Le mien est marron et blanc. Il s'appelle Rouille.

— J'aime bien ce nom, répliqua Dylan en souriant. C'est sa couleur ?

De nouveau, la fillette acquiesça.

— Si j'achète un chien noir, je pourrai peut-être l'appeler Blackie. Qu'est-ce que tu en penses ?

Le visage de Lucy s'éclaira.

— C'est un très joli nom.

— C'est aussi mon avis. Maintenant que tu m'as aidé pour mon chien, est-ce que je peux jeter un coup d'œil à l'endroit où tu avais la chambre ?

— D'accord.

— Tu veux bien t'asseoir sur la table ?

Lucy grimpa sur la table et s'assit sur le bord, les jambes pendantes.

— Maintenant, je vais te demander de remonter ton T-shirt.

L'enfant obtempéra, et Dylan s'approcha d'elle, imité par Marcy.

— La zone semble saine. Les antibiotiques sont efficaces.

Il s'écarta pour laisser de la place à Marcy.

— Je peux toucher, Lucy ? demanda cette dernière.

— Oui.

Marcy prit une paire de gants dans une boîte et les enfila.

— Tu me dis si je te fais mal.

Quand Marcy palpa la zone, la fillette ne réagit pas. Dylan échangea avec sa consœur un regard satisfait.

— Michelle, le Dr Montgomery et moi aimerions vous parler d'un nouveau traitement que nous souhaiterions essayer sur Lucy à la fin de la semaine prochaine.

— Je croyais que cela ne devait commencer que dans quinze jours ?

— Je le croyais aussi, mais il me semble que nous pouvons anticiper de quelques jours.

Marcy s'assit auprès de la maman.

— Je suis chercheuse et j'expérimente un nouveau médicament qui à mon avis pourrait aider Lucy. C'est pourquoi je voudrais l'inclure dans cet essai thérapeutique.

Mme Baker ne semblait pas convaincue.

— Je ne sais pas… Lucy a déjà eu une voie veineuse. On a changé d'hôpital, il a fallu lui enlever la chambre à cause d'une infection, et maintenant ce traitement. Si je donne mon accord et que quelque chose se passe mal… Son père et moi, nous ne pourrons pas le supporter.

Marcy posa sa main sur celle de Mme Baker.

— Je sais ce que vous éprouvez. Vous vous sentez impuissante, vous ne vous sentez pas capable de prendre une décision en toute connaissance de cause. Des gens que vous ne connaissez pas vous demandent de faire de votre enfant un cobaye. Mais vous avez ma parole que je serai tout du long à votre côté, je vous donnerai même mon numéro de téléphone au cas où vous auriez besoin de parler. C'est comme cela que je conçois la médecine.

Dylan fixait Marcy, fasciné par sa compassion. Une fois de plus, il retrouvait la jeune fille qu'il avait connue, celle qui donnait le meilleur d'elle-même quand on la poussait dans ses retranchements. Elle parlait comme si elle s'était trouvée dans la même situation. Était-ce le cas ? Cela ne le regardait pas, pourtant il ne pouvait s'empêcher d'être intrigué.

Mme Baker jeta un coup d'œil à sa fille.

— Il faut que j'en discute avec mon mari.

— Bien sûr, répondit Marcy, mais ne tardez pas trop à donner votre réponse.

Elle serra la main de la maman avant de se lever.

— Je suis d'accord avec le Dr Montgomery, intervint Dylan en aidant la fillette à descendre de la table. Je crois que la meilleure décision serait que Lucy fasse partie de cet essai.

Lucy rejoignit sa mère, qui la prit dans ses bras, les yeux emplis de larmes.

— Je comprends… Je veux juste que Lucy aille mieux.

— C'est aussi ce que nous souhaitons, dit Marcy. Faites-nous savoir ce que le papa et vous avez décidé dès demain, si c'est possible.

Dylan ouvrit la porte et laissa Marcy sortir avant lui.

— Tu as fait des merveilles, murmura-t-il, une fois dans le couloir. Je suis persuadé qu'ils prendront la bonne décision.

— Je l'espère.

Dylan perçut dans sa voix un désespoir dont il se demanda l'origine. Était-ce parce qu'elle craignait un refus des parents, ou parce qu'elle appréhendait ce qu'ils allaient vivre pendant les mois à venir ?

Ce soir-là, en roulant vers la sortie du parking de l'hôpital, Marcy plissa les yeux pour mieux voir au-delà de son pare-brise.

On dirait Dylan.

Les mains sur les hanches, il fixait le pneu dégonflé de sa vieille voiture de collection.

Elle ne l'avait pas vu depuis la fin de la consultation. La discussion avec la mère de Lucy avait été difficile mais réconfortante. Pour la première fois depuis la mort de Toby, elle entrevoyait une issue positive. Elle comprenait totalement la peur et la frayeur de cette famille à l'idée de prendre une décision qui allait affecter la vie de leur fille. C'était écrasant.

Elle s'arrêta et baissa sa vitre.

— Qu'est-ce qui se passe ?

— Mon pneu est dégonflé pour la deuxième fois en trois semaines.

— Ton assurance peut t'envoyer une dépanneuse ?

— Oui, mais je n'ai pas envie de faire ça ce soir. Je ne suis pas trop mal garé et je préfère m'en occuper demain.

— Je peux te raccompagner chez toi.

— Très volontiers, merci.

Dylan prit le cartable posé sur le sol et s'installa sur le siège passager, casant ses longues jambes dans l'espace étroit. Aussitôt, Marcy fut très sensible à cette proximité, mais elle ignora cette sensation étrange pour se concentrer sur la conduite.

— Je ne savais pas que tu aimais les vieilles voitures, remarqua-t-elle.

— Cette Pontiac fait mon orgueil et ma joie. Je m'étais promis de m'en acheter une dès que j'aurais terminé mes études.

— Tu la conduis tous les jours ?

— Quand je n'ai pas un pneu dégonflé, oui. Tourne à droite, en sortant du parking. Je n'habite pas très loin d'ici. Et toi, où es-tu installée, pendant ton séjour à Atlanta ?

— Mes employeurs ont loué un appartement meublé. Ce n'est pas trop moche et pas très loin non plus. Heureusement, d'ailleurs, car la circulation est plutôt dense, en ville.

— Oui. C'est une des raisons pour lesquelles j'ai acheté ma maison. Tourne à gauche au prochain feu. Ensuite, ce sera la troisième maison sur la droite, celle avec des volets noirs.

Marcy s'engagea dans l'allée pavée. Elle ignorait à quoi elle s'attendait, mais le choix de Dylan la surprenait. Située dans la rue bordée d'arbres d'un quartier historique, la maison était de type ranch en briques rouges, comme toutes les autres. Elles disposaient de grands jardins très bien entretenus, et celle de Dylan ne faisait pas exception.

Suivant l'allée, elle contourna la maison et découvrit un garage indépendant de l'habitation.

Lorsqu'elle s'arrêta devant la porte de derrière, Dylan déclara :

— *Home, sweet home.*

Sur ces mots, il ouvrit la portière et déplia son grand corps pour s'extirper de son siège. Ensuite, il passa la tête à l'intérieur de la voiture.

— Qu'est-ce que tu dirais de manger une pizza chez moi ?

Prise au dépourvu, Marcy réfléchit pendant quelques secondes. Pourquoi pas ? C'était sûrement mieux que de rentrer dans un lieu qui n'était pas le sien, d'autant que la compagnie de Dylan était fort agréable.

Il ne disait rien, attendant une réponse.

— C'est une bonne idée, répondit-elle.

— Génial !

Il fit le tour du capot et l'aida à sortir de la voiture avant de gagner la porte, qui se trouvait en haut de quelques marches.

— Entre.

Elle le suivit dans une grande cuisine. Une petite table était placée près d'une fenêtre donnant sur le jardin. Le parquet de bois étincelait, des rideaux occultants pendaient aux fenêtres, et l'espace de travail disposait d'un équipement moderne. Le lieu avait été rénové tout en gardant son charme.

C'était le genre de maisons dont Marcy avait toujours rêvé. Josh et elle avaient vécu en appartement. Elle imaginait combien ce devait être agréable, de boire une tasse de thé à cette table en regardant le jour se lever.

Dylan posa son cartable sur le comptoir qui séparait le lieu où l'on cuisinait de celui où l'on mangeait.

— C'est super, d'avoir un rencard avec une fille qui n'espère pas qu'on l'invite dans un restaurant cinq étoiles.

— Ce n'est pas un rencard, mais tu devrais peut-être envisager d'inviter un autre type de femmes.

— Touché ! répliqua-t-il en riant. Viens dans le salon, ce sera plus confortable.

Marcy traversa la salle de séjour donnant sur le devant de la maison. Tout en marchant, elle caressa le cuir usé d'un fauteuil inclinable qui devait être le siège préféré de Dylan. Un grand écran de télévision était accroché au mur opposé. D'immenses bibliothèques remplies de livres et d'objets de toutes sortes en masquaient entièrement deux autres, mais Marcy apprécia surtout la porte-fenêtre qui occupait le centre du dernier. Cette pièce avait visiblement fait l'objet d'un grand soin.

Marcy emprunta la porte-fenêtre, qui donnait sur un patio pavé. Une douce brise chassait l'humidité de l'air. Elle inspira profondément et s'étira. Il faisait bon, d'être à l'extérieur. Sous les arbres plantés le long de la clôture, il y avait des plates-bandes d'herbe et de fleurs. C'était ravissant.

Le patio comportait quelques fauteuils en osier très masculins, ornés de coussins. Ce décor allait bien à Dylan.

— Tu aimerais manger dehors ? lui demanda-t-il.

La voix de Dylan fit sursauter Marcy, qui ne l'avait pas entendu s'approcher d'elle.

— Avec plaisir, surtout après une journée passée dans un espace clos.

— J'imagine.

— J'aime tes fleurs, l'herbe… tout !

— Ce n'est pas moi qui les ai plantées. C'est le précédent propriétaire qui en a tout le mérite.

— Je ne te voyais pas comme un type aussi casanier.

— Moi non plus. J'ai découvert que c'était thérapeutique, quand je rentre de l'hôpital. C'est tellement paisible, ici ! Si je ne suis pas dans le garage, à bricoler la voiture, je passe le plus clair de mon temps dehors, ici. Débarrasse-toi de tes chaussures et fais comme chez toi, pendant que je vais commander la pizza.

Il n'en fallut pas plus à Marcy pour se retrouver pieds nus et installée dans un fauteuil, ce qui fit rire Dylan.

— Il y a une pizzeria qui propose des livraisons, tout près, si bien que ça ne devrait pas prendre longtemps. Rien d'extraordinaire, mais c'est bon. Je nous rapporte quelque chose à boire.

— Je ne suis pas d'accord pour être servie, dit Marcy en faisant mine de se lever.

Dylan lui fit signe de se rasseoir.

— Je te laisserais volontiers officier, mais tu ne connais pas les lieux, alors pourquoi ne pas profiter de la situation ?

Marcy perçut le son de sa voix grave, tandis qu'il passait la commande, au téléphone. Elle avait quelque chose d'apaisant.

Il revint avec deux grands verres en plastique ornés d'emblèmes sportifs et remplis d'un liquide brun.

Marcy soupira de plaisir après en avoir bu une gorgée.

— C'est un excellent thé glacé.

— Merci.

Marcy regarda autour d'elle.

— Tu sais, j'aurais cru que tu aurais une maison ultramoderne et une voiture de sport.

— Souviens-toi que mes parents sont des missionnaires. On m'a appris la frugalité, dit-il en s'asseyant.

— De mon côté, je te rappelle que les voitures anciennes ne sont pas données.

Dylan fit la grimace.

— Touché. Mais, en dépit de cette unique faiblesse, je précise que j'ai fait mes études de médecine pour aider les gens, pas pour l'argent.

— Nous avons donc un point commun, dit plus sérieusement Marcy.

— J'ai reconnu mon vice, mais quel est le tien ?

— Laisse-moi réfléchir…

Elle connaissait la réponse mais, si elle la lui révélait, il la prendrait pour une folle. Son unique obsession était de sauver chaque enfant cancéreux, mais elle ne pouvait pas le dire. Elle n'avait pas réussi à sauver Toby et elle avait raté son mariage. Comment pourrait-elle l'admettre devant quelqu'un comme Dylan ?

La sonnerie de la porte d'entrée retentit.

— Tu me répondras une autre fois, déclara Dylan. Ce doit être notre pizza.

Une demi-heure plus tard, ils se trouvaient toujours dans le patio. Marcy se sentait détendue et en paix, ce qui était rare. Elle était reconnaissante envers Dylan de l'avoir retenue à dîner. C'était une compagnie agréable… et un plaisir pour les yeux.

— Elle est vraiment bonne ! lança-t-elle en brandissant une part à moitié dévorée.

— C'est la meilleure de la ville.

— Tu as bon goût.

— Merci, mais il ne s'agit que de pizza. Tu sais que lorsqu'on s'entend sur les petites choses on a tendance à s'entendre sur les grandes.

Marcy fronça le nez. Elle n'en était pas certaine. Il y avait eu un moment où Josh et elle n'étaient d'accord sur rien, et c'était encore pire quand Toby était tombé malade. Mais, même avant, leur mariage commençait à battre de l'aile.

— Tu sais, remarqua Dylan, ta présence me stimulait énormément, à la fac.

Elle sentit qu'il voulait en dire davantage, mais il ne le fit pas.

— En tout cas, répondit-elle en souriant, on a passé de bons moments. Tu me faisais rire, et je crois que le professeur Mitchell voulait nous séparer.

Dylan prit une voix de fausset.

— Arrêtez, s'il vous plaît. Vous me dérangez.

— C'était vrai, mais je crois que ça te plaisait, de ne pas correspondre à ce que l'on attendait de toi.

Dylan haussa les épaules.

— Je n'avais pas envie de rentrer dans une case, mais de toute façon j'étais différent des autres, puisque j'étais boursier.

— On ne peut toujours pas te coller une étiquette aujourd'hui, et je crois que cela n'arrivera jamais. Mais tu mets la barre très haut, pour nous autres pauvres mortels. Tu sais tout faire, même le thé glacé.

Dylan regardait Marcy, qui exposait son visage aux rayons du soleil couchant, les yeux fermés. Un halo doré l'entourait, et c'était la première fois qu'il la voyait aussi détendue depuis qu'elle était à Atlanta.

À quoi pensait-elle ?

Il avait le sentiment qu'elle cachait quelque chose. La façon dont elle avait parlé à Mme Baker l'incitait à penser qu'elle avait connu la même souffrance. Lorsqu'elle avait évoqué son mariage, elle n'avait pas mentionné l'existence d'un enfant. Si elle en avait un, où était-il maintenant ? Pourquoi le cachait-elle ? Et, si elle ne souhaitait pas que Dylan le connaisse, quelle en était la raison ?

— Pourquoi un mec sympa comme toi n'a pas d'épouse ou de petite amie ?

La question arracha Dylan à ses pensées.

— Peut-être parce que je suis trop sympa.

— Tu dis des bêtises. La moitié des infirmières sont folles de toi. La moitié de tes patientes aussi, quel que soit leur âge.

— Je pourrais te poser la même question. Tu sais que j'étais amoureux de toi, à la fac ?

Marcy ouvrit les yeux.

— Quoi ?

— Tu ne te rappelles pas que je t'ai invitée à manger une pizza. Tu as refusé.

— Ah bon ?

— Absolument. Ensuite, j'ai appris que tu avais un copain. Je me suis toujours demandé pourquoi tu n'avais pas parlé de lui plus tôt.

— Tu me plaisais. Je ne voulais pas gâcher notre relation en te parlant de Josh.

— Tu m'as brisé le cœur.

C'était direct mais exact.

Marcy se redressa.

— Dylan, ce n'est pas ce que je voulais.

— Je le sais. J'ai fait en sorte de masquer mes sentiments. Mais c'était il y a longtemps… on était des gosses.

— Sache quand même que je t'appréciais plus que je ne l'aurais dû. Le jour de la remise des diplômes, je t'ai cherché, mais je ne t'ai pas vu.

— J'étais là.

— Et tu n'es pas venu me dire bonjour ? Pourquoi ?

— Parce que tu t'es jetée dans les bras d'un type.

Marcy se laissa aller contre les coussins.

— C'était Josh, le petit ami devenu ex-mari. Sa venue m'a surprise. Il était jaloux de toi.

— Ah bon ? Il n'y avait aucune raison.

— Je parlais tout le temps de toi, avoua Marcy, les yeux de nouveau fermés. Il s'est aperçu que tu me plaisais un peu trop. Si j'avais admis que j'avais des sentiments pour un autre, je nous aurais épargné bien des migraines, à lui comme à moi, continua-t-elle comme si elle pensait à voix haute. Tout était planifié et devait être parfait. Mais ça ne marche pas comme ça, dans la vie. L'inattendu surgit et vous fait sortir de la route. Vous atterrissez dans l'herbe et la poussière.

Dylan mit quelques secondes à répondre.

— Il arrive qu'on souhaite ardemment quelque chose qu'on n'obtient jamais. Comme de voir sa famille à Noël ou à son anniversaire, ou un ami qui n'ait pas un cancer. Je suis désolé si je t'ai rendu les choses plus difficiles.

Marcy posa sa main sur celle de Dylan.

— Tu n'y es pour rien. Ce qui n'allait pas entre Josh et moi existait déjà quand j'étais à la fac, mais je n'ai pas voulu le voir. Ou bien j'étais trop jeune pour le comprendre.

Dylan ne répondit pas, attendant qu'elle en dise davantage. Au lieu de cela, quelques minutes plus tard un doux ronflement parvint à ses oreilles, et il n'eut pas le cœur de la réveiller.

Lorsqu'elle écrasa de la main un moustique, il sourit.

— Eh, belle endormie ! Rentrons dans la maison avant que tu sois dévorée.

— Excuse-moi. C'est tellement agréable, dehors, que je me suis laissée aller.

— Je pense que c'est surtout dû à tes longues heures de travail.

— Je veux que cet essai soit une réussite, répliqua-t-elle en s'étirant.

Il la regarda, fasciné par la grâce de ses mouvements.

— Je ne m'inquiète pas pour l'essai, mais plutôt pour ta santé.

Marcy remit ses chaussures, puis elle prit son verre. Lorsqu'il eut empilé assiettes et couverts, elle lui tint la porte. Une fois dans la cuisine, il déposa le tout sur l'évier. Marcy le rejoignit et posa son verre à son tour.

— Il faut bien que je fasse mon travail.

— Bien sûr, mais tu dois aussi prendre soin de toi, sinon tu risques de faire une erreur. Tu ne te le pardonnerais pas.

— Je suis une grande fille, capable de gérer moi-même mon temps.

Il lui effleura le bras.

— Eh ! pardonne-moi si je suis allé trop loin. Tu as raison, cela ne me regarde pas. Je m'énerve, quand je ne parviens pas à trouver un équilibre entre le travail et la détente, mais je n'aurais pas dû projeter mes obsessions sur toi.

— Je comprends. Je ferais mieux d'y aller. Merci pour la pizza, j'ai passé un bon moment.

— Il n'est pas tard. Tu ne veux pas regarder un film avant de partir ?

Marcy parut hésiter.

— Je ne crois pas, dit-elle finalement. Je dois vérifier certaines analyses avant l'arrivée des patients, demain matin.

Le lundi matin, en franchissant le seuil de l'hôpital, Dylan avait hâte de retrouver Marcy. Il ne l'avait pas vue le vendredi précédent à cause d'une réunion. Pendant le week-end, il avait eu envie de lui téléphoner à plusieurs reprises, mais il ne l'avait pas fait. Il lui semblait qu'elle préférait garder ses distances avec lui. Ou était-ce avec tout le monde ?

En tout cas, elle paraissait avoir apprécié sa maison, songea-t-il en souriant. Et il avait adoré sa présence. Curieusement, elle paraissait à sa place, chez lui… un peu trop à son goût, d'ailleurs. Elle apportait une chaleur qui manquait. Il n'avait pourtant pas l'habitude d'inviter des femmes chez lui. C'était son lieu de décompression.

Il passa dans son bureau pour vérifier ses messages. Cela lui prit environ une demi-heure. Quand Marcy arriva dans la salle de chimiothérapie, il examinait sa première patiente.

— Bonjour, tout le monde, dit-elle.

La mère et la fille lui rendirent son salut.

Dylan poursuivit l'examen, mais il n'aurait pas nié que la vue de Marcy faisait battre son cœur plus vite. Elle lui parut plus détendue que la semaine précédente. Cela n'aurait pas dû le réjouir, dans la mesure où elle n'allait rester que quelques semaines, pourtant c'était le cas.

Ils poursuivirent la tournée. Marcy parlait à chaque enfant malade et elle écoutait les parents. Souvent, il la vit poser la main sur l'épaule d'une mère tout en la rassurant, comme si elles étaient unies par un lien mystérieux.

À la fin de la visite et sachant que l'après-midi était peu chargé, il pensa que le moment était bien choisi pour que Marcy s'installe dans son bureau.

— Puisqu'on a fini, si on s'occupait de ton déménagement ?

Elle lui jeta un regard incertain.

— Ce n'est pas vraiment nécessaire.

— Je pense le contraire, c'est pourquoi j'insiste. Tu es dans ce trou depuis déjà trop longtemps, et j'ai énormément de place. Tu as besoin d'un endroit confortable où travailler.

Aujourd'hui, elle avait lâché ses cheveux sur ses épaules et elle semblait moins austère et triste que le premier jour où il l'avait vue.

— J'avoue que je ne m'attendais pas à être dérangée aussi souvent.

— C'est décidé, je vais demander à un agent d'entretien de nous aider pour déplacer le bureau. Nous deux, on s'occupera du reste.

Marcy sourit.

— Je vais tout de suite réunir mes affaires.

— Donne-moi cinq minutes, et j'arrive.

Ridiculement content qu'elle ait accepté, Dylan sortit son téléphone de sa poche. Un jeune homme ne tarda pas à se présenter. Dylan et lui portèrent le bureau le long du couloir et l'installèrent sans trop de difficultés. Dylan s'arrangea pour ménager à Marcy le plus de place possible, puis l'agent partit.

Marcy arriva, chargée de son ordinateur portable, de livres et de dossiers.

Regardant autour d'elle, elle déclara :

— Ça me rappelle quand on avait dû migrer dans un vieux labo après que Wilson avait raté son expérience, avec le soufre.

Dylan émit un petit rire.

— Pour raté, c'était raté. La classe avait été divisée en petits groupes, qui travaillaient dans des pièces différentes.

Il avait adoré ces instants passés avec Marcy.

— Laisse-moi te débarrasser avant que tout cela tombe par terre, dit-il en venant vers elle.

Il était assez proche pour sentir son shampoing au parfum floral. Leurs regards se croisèrent, tandis qu'il glissait les mains le long des bras de Marcy, qui étaient nus, pour soutenir la pile. Elle battit des paupières et lui confia sa charge.

Dylan toussota et recula d'un pas. Il n'arrivait pas à croire que la peau de Marcy soit si douce et ses yeux aussi brillants… ni qu'il ait tellement envie d'embrasser sa jolie bouche. Il n'était plus le gamin qui avait un béguin pour sa camarade ! Tomber de nouveau amoureux risquait de lui briser le cœur. Il posa la pile sur le bureau.

— Je… euh… je te laisse t'installer.

Sur ces mots, il quitta la pièce sans un regard en arrière.

Quand Dylan entra, Marcy leva les yeux vers lui. Il se laissa tomber sur sa chaise. Depuis deux jours qu'ils cohabitaient, elle l'avait très peu vu. La plupart du temps, ils se rencontraient hors de cet espace de travail un peu trop intime. Il avait respecté sa parole et ne la dérangeait pas lorsqu'ils étaient ensemble, mais cela n'empêchait pas Marcy d'avoir intensément conscience de sa présence.

Il commençait à peine de travailler sur son ordinateur, lorsque son téléphone sonna.

— J'arrive tout de suite, dit-il avant de raccrocher. Cette consultation n'a aucun rapport avec ton essai, ajouta-t-il à l'intention de Marcy, mais est-ce que tu voudrais venir avec moi ?

— Tout à fait. J'ai besoin d'une pause.

— Parfait, nous allons en cardiologie.

— Depuis quand ils demandent l'aide d'un oncologue ?

— Aujourd'hui, apparemment. Le taux de plaquettes du patient est extrêmement bas.

— Je comprends. Quand il s'agit du système immunitaire, le service de cancérologie peut être concerné.

Les prunelles chocolat de Dylan étincelèrent.

— Tu comprends vite.

— Merci. De ta part, c'est agréable à entendre. Je suppose que le cardiologue veut avoir ton avis.

— Exactement.

Un instant plus tard, Dylan frappa à la porte d'une chambre et entra. Un adolescent était étendu sur le lit. Une femme était assise près de lui.

— Je suis le Dr Nelson. Tu es bien Ryan ?

— Ouais, répondit le garçon sans quitter des yeux l'écran de télévision.

— Le Dr Connors m'a demandé de t'examiner, et voici le Dr Montgomery. Tu veux bien que je jette un coup d'œil à ta poitrine ?

— Vous voulez voir les boutons, pas vrai ?

Ryan souleva son T-shirt sans hésitation, découvrant une

ancienne cicatrice au centre de son torse. Cette désinvolture était commune, chez les enfants qui avaient fait plusieurs séjours à l'hôpital.

Marcy et Dylan s'approchèrent.

— Si j'ai bien compris, tu as eu une greffe du cœur il y a quelque temps, remarqua Dylan.

— Il avait seize ans, précisa la femme. Et récemment on a remplacé la valve aortique et on lui a implanté un pacemaker.

Dylan étudia les taches rouges, sur la peau du garçon.

— Les pétéchies sont apparues avant ou après l'intervention ?

— Les quoi ? demanda Ryan, dont l'attention semblait réveillée.

— Les taches rouges.

— Oh ! après le pacemaker.

— Je peux te palper ?

— Bien sûr.

Dylan appuya sur une rougeur. La peau blanchit et redevint rouge dès qu'il enleva le doigt.

— Tu avais déjà eu des problèmes de plaquettes, avant ?

— Non, répondit la mère en se levant pour s'approcher du lit.

— Je vais demander qu'on refasse une transfusion pour voir si cela aide. Si ce n'est pas le cas, on commencera un traitement.

— Merci.

Parce qu'elle avait été dans cette situation, Marcy perçut la frayeur de la mère. Dylan adressa à cette dernière un sourire rassurant avant de sortir, suivi de Marcy.

— Purpura thrombocytopénique, dit-elle.

— Oui.

— Tu vas utiliser des immunoglobulines intraveineuses ?

— Oui.

Ce traitement anticancéreux coûtait des milliers de dollars, mais c'était le seul moyen d'augmenter le taux de plaquettes de ce garçon.

— Qu'est-ce que tu vas faire, si la transfusion ne marche pas ? demanda Marcy, le cœur serré.

— Je lui ferai des injections d'immunoglobulines une semaine sur quatre, et on verra. Inutile de l'hospitaliser, cela ne ferait qu'augmenter le risque d'infection. Tu sais ce qu'on dit : « C'est à l'hôpital qu'on tombe malade. »

— C'est souvent vrai.

Comme ils longeaient le couloir, ils croisèrent une femme portant un bébé dans les bras. Marcy serra les poings. Elle ne voulait pas s'enfuir en courant, d'ailleurs elle allait mieux, mais l'examen de ce garçon avait mis ses nerfs à vif.

— Merci de m'avoir permis de t'accompagner, dit-elle.

Devançant Dylan, elle franchit les portes battantes. Elle vit le regard surpris qu'il lui lançait, mais elle continua de marcher.

4.

Les jours suivants s'écoulèrent lentement tout en s'enfuyant à toute allure. Dylan s'était habitué à partager son bureau avec Marcy… en quelque sorte. Plus d'une fois, il s'était surpris en train de la regarder au lieu de poursuivre une tâche.

Ils reconstruisaient lentement l'amitié qui avait été la leur à la faculté. Au début, Dylan n'avait pas cru cela possible. Partager un souvenir ou rire d'une plaisanterie pendant la journée avait amélioré leur relation. Mais maintenant il était certain que Marcy cachait quelque chose. Cela ne le regardait pas, pourtant il ne pouvait s'empêcher d'être curieux.

Le vendredi après-midi, il répondit à son dernier mail et laissa échapper un long soupir. Marcy leva les yeux de son clavier.

— Un problème ?

— Tu crois que tu pourrais m'aider pour quelque chose ?

— À quel propos ?

— Dans quelques semaines, des bénévoles qui soutiennent le service d'oncologie pédiatrique organisent un gala de charité pour collecter des fonds. Ils serviront à renouveler les équipements.

— Je comprends. Comment je peux t'aider ?

Elle posa le menton sur ses mains enlacées, ses beaux yeux verts rivés sur lui.

— On me demande de faire une présentation du service. Ce serait une « vitrine », selon leurs propres mots. Ils me laissent carte blanche, mais il s'agit d'obtenir des dons. Je ne suis pas doué pour les discours inspirés, je dirai même que je déteste ça. Aide-moi, s'il te plaît ! Je n'ai pas d'idées.

Marcy ne put s'empêcher de sourire.

— Ce n'est pas en pleurnichant et en suppliant que tu auras gain de cause. Laisse-moi réfléchir. La première partie de mon essai est réglée, alors j'ai un peu de temps.

— C'est pour dans quatre semaines, soupira Dylan.

— C'est à peu près au moment de mon départ. Tu n'as vraiment rien qui te vienne à l'esprit ?

— Je peux toujours débiter des statistiques.

Portant la main à la bouche, Marcy mima un bâillement. Dylan la foudroya du regard.

— Pourquoi ne pas me dire comment tu sens les choses ?

Marcy détourna les yeux, songeuse.

— Je pense que ce sont les patients, qui devraient te servir de vitrine.

Comme il allait répondre, elle leva la main.

— Je ne pense pas à donner dans le pathos, je sais combien tu les protèges.

— Qu'est-ce que tu veux dire, alors ?

— Je ne sais pas encore. À des photos, par exemple. Ou bien on pourrait utiliser des vidéos sur de multiples écrans disposés dans la salle. Tu cherches quelque chose d'accrocheur… Tu connais très bien tes patients. En dehors de la maladie, est-ce qu'ils ont quelque chose en commun ?

— Pas vraiment. Ils ont des âges différents, ils habitent dans des quartiers différents, parfois en banlieue. Je ne sais pas.

— Ils ont sûrement un point commun.

— Ils aiment chanter. Tu les as entendus.

Les yeux brillants, Marcy pointa Dylan du doigt.

— Voilà ! Si des patients acceptent de se mêler aux invités et de chanter. Comme ces gens, dans la foule…

— Tu veux dire un « flashmob » un rassemblement éclair de personnes ?

— C'est ça ! Il faut que ça ait l'air improvisé. Ils peuvent rapper sur un événement de l'hôpital ou sur la chimio, comme ils l'ont fait l'autre jour. Ce serait la preuve que les patients se sentent bien, en dépit de ce qu'ils traversent.

Dylan fixa un instant Marcy.

— C'est vraiment une idée géniale. Je pense que le comité va adorer.

Soudain, il se leva et contourna le bureau de Marcy. Se penchant vers elle, il l'entoura de ses bras et l'embrassa. Puis, réalisant ce qu'il venait de faire, il se redressa et retourna très vite à sa place.

— Pardon ! Je n'aurais pas dû faire ça. Tu es merveilleuse.

Elle braqua sur lui des yeux écarquillés.

— Je suis contente que l'idée te plaise, maintenant tu vas devoir convaincre les enfants et leurs parents de coopérer.

— Merci ! Je te dois une fière chandelle, Marcy.

— Pas de souci.

— Mais ne crois pas que tu sois débarrassée de moi. J'aurai besoin que tu m'aides à tout organiser. Je t'en supplie !

Elle ne put réprimer un sourire dont il profita aussitôt.

— On fait une excellente équipe, tous les deux. Les gamins seront les vedettes du spectacle, et c'est ce qu'il faut.

Une semaine plus tard, le samedi après-midi, Marcy et Dylan préparaient le gala dans sa maison. Il avait insisté pour qu'ils travaillent chez lui afin de régler les détails. En particulier, ils avaient planifié la façon dont ils souhaitaient que les enfants entrent dans la salle.

Auparavant, ils avaient passé la semaine à parler avec les patients et leurs parents, les encourageant à s'impliquer dans l'événement. Le lundi, ils devaient en voir d'autres, mais ils avaient bon espoir.

Robby, le jeune rappeur, était l'atout sur lequel il comptait, mais il fallut plus de temps pour le persuader que Marcy ne l'aurait cru.

— Docteur Nelson, on fait ça pour s'amuser, mais ça n'intéresse personne.

Dylan fit rouler son tabouret plus près du fauteuil inclinable.

— Je crois que tu pourrais être surpris. Toi et les autres,

vous êtes formidables. Tu crois qu'on s'arrête tous pour taper dans nos mains parce qu'on n'a rien d'autre à faire ?

L'adolescent haussa les épaules.

— Je n'y ai pas vraiment pensé. C'est juste pour passer le temps.

— Je sais bien, mais on a besoin de vous pour que ça marche. Toi et tes copains, vous choisissez ce que vous voulez chanter. Juste une fois. Réfléchis-y.

— Ça doit être possible.

— Merci, Robby. Je savais pouvoir compter sur toi.

À la fin de la semaine, Robby avait donné son accord, ainsi que les autres patients et leurs parents.

Dylan sortit un instant dans le jardin situé à l'arrière de la maison, puis il revint.

— Je te propose une pause. Si on faisait quelque chose d'amusant ?

— Il faut que je retourne à l'hôpital pour travailler.

— Allez, Marcy, tu ne fais que ça ! Tu peux t'accorder un après-midi de congé, si tu en as envie, spécialement le week-end. Je te promets que tu ne seras pas déçue.

Depuis qu'il l'avait embrassée, Marcy était plus que jamais sensible à la proximité de Dylan. Il avait à peine effleuré ses lèvres, mais elle s'était sentie plus vivante qu'elle ne l'avait été depuis longtemps. En réalité, elle aurait aimé recommencer.

— Je pourrais peut-être…

Dylan posa les mains sur ses épaules.

— Parfait. En ce cas, allons-y, on perd du temps. On prend ma voiture.

Quelques minutes plus tard, Marcy posait un regard sceptique sur l'engin.

— Tu peux me garantir que je ne rentrerai pas chez moi à pied ?

Dylan bomba le torse et répliqua d'un ton offusqué :

— Je n'apprécie pas que mes copines aient des doutes sur mon automobile.

Le mot *copines* la fit sursauter. Elle se tourna vers lui et sourit à la vue des yeux bruns pétillants de malice.

— Je plaisantais, dit-il.

Que lui arrivait-il ? Était-elle en train de flirter avec Dylan ? Elle ne s'était pas intéressée à un homme depuis si longtemps qu'elle n'arrivait pas à le croire.

— J'ai hâte de rouler dedans, dit-elle.

— Tu apprécieras qu'on soit en automne et pas en été, parce que je n'ai pas la climatisation.

Marcy se mit à rire.

— Je m'en souviendrai.

Dylan lui ouvrit la portière passager, et elle s'installa avec l'air d'une femme prête à tester le confort des banquettes. Faisant courir ses doigts sur le capitonnage de cuir de la portière, elle ne put s'empêcher d'évoquer les mains de Dylan sur ses bras nus. Frissonnante, elle secoua la tête. Il fallait espérer qu'elle prenait la bonne décision en acceptant cette escapade.

Quand Dylan s'engagea sur la route principale, elle baissa la vitre suffisamment pour que ses cheveux volettent autour de son visage.

— Qu'est-ce que tu préfères ? s'enquit Dylan. Visiter une maison située dans une plantation, aller dans un musée ou faire un trajet en train ? Ou alors, on peut monter au sommet d'une montagne.

— Où allons-nous, pour qu'il y ait autant de choix ?

— Tu as entendu parler de Stone Mountain ? demanda-t-il en s'engageant dans un chemin.

— Non, mais je crois que j'aimerais assez monter en haut d'une montagne.

— Alors, c'est ce que nous allons faire.

Dylan suivit les panneaux qui le menèrent jusqu'au parking où se trouvait le téléphérique. Marcy leva les yeux vers l'énorme masse surgissant du sol.

— C'est immense ! Quel genre de montagne est-ce ? Je ne vois pas d'arbre, au sommet.

— Il y en a, mais tout autour. C'est ce qu'on appelle un monadnock, un rocher isolé qui surplombe la campagne.

Moins d'une heure plus tard, ils étaient dans le téléphérique qui les emportait en haut du bloc rocheux. Marcy se tenait debout, près de la fenêtre. Dylan était tout près, mais il ne la touchait pas. Elle percevait sa chaleur, à côté d'elle.

— C'est très beau. Extraordinaire.

Arrivés au sommet, ils sortirent de la cabine et gagnèrent la rambarde.

— Nous sommes à 513 mètres d'altitude, précisa Dylan, et tu peux voir l'horizon à près de cent kilomètres de tous les côtés.

— On peut apercevoir l'hôpital, d'ici ?

Il s'approcha davantage d'elle et tendit le bras.

— C'est le bâtiment couleur sable, à côté du bleu.

— Où ça ?

Elle se déplaça suffisamment pour que son dos touche la poitrine de Dylan, puis elle suivit des yeux la direction indiquée par son doigt.

— Je crois que je le vois, maintenant.

Dylan s'écarta, et son contact lui manqua immédiatement.

— Atlanta a vraiment une belle ligne d'horizon, remarqua-t-elle.

— C'est vrai. J'aime vivre ici.

— Je comprends pourquoi, répliqua-t-elle sans quitter la ville des yeux.

Ils passèrent la demi-heure suivante à se promener et à admirer le panorama depuis différents points de vue. Lorsqu'ils reprirent le téléphérique, le soleil avait bien baissé dans le ciel.

— Tu commences à avoir faim ? demanda Dylan.

— Oui.

Tandis qu'ils regagnaient la voiture, Dylan ajouta :

— Tu aimerais rester pour le spectacle laser ?

— Ça a l'air intéressant. Je n'en ai jamais vu. Comment ça se passe ?

Une voiture reculait devant eux. Dylan prit la main de Marcy pour l'écarter de sa trajectoire, et elle ne la lui retira pas. Cette grande paume qui enveloppait ses doigts l'apaisait. Elle avait l'impression que Dylan la protégeait comme il protégeait ses patients.

Qu'est-ce que ce serait si l'amour de Dylan formait autour d'elle une sorte de bouclier… ?

Mais pourquoi avait-elle ce genre d'idée ?

— On n'a rien à faire. Juste à regarder les faisceaux de lumière qui balayent la montagne et à écouter la musique.

— C'est plutôt amusant, apparemment.

Le cœur de Marcy se mit à battre plus vite. Elle allait passer une autre soirée avec Dylan. Cela ne lui ressemblait pas. Il serait facile de se laisser aller, auprès de lui. Mais comment réagirait-il, si elle lui avouait qu'elle avait décelé trop tard la maladie de son fils et qu'il était mort à cause d'elle ? Lui ferait-il encore confiance ? Avec les patients ? Dans sa vie ?

Non, elle devait garder ses distances avec lui.

Elle retira sa main.

— J'espérais que l'idée te plairait. J'ai commandé un repas à emporter. Il ne nous reste plus qu'à nous rendre en voiture dans un parking tout proche et à prendre la couverture.

Marcy cessa de marcher pour le regarder.

— Tu as tout planifié ?

— Oui, mais je n'étais pas certain que tu accepterais de rester. Le travail est ta seule préoccupation, en dehors du gala de charité, qui fait aussi partie du travail. Je voulais qu'on fasse quelque chose uniquement pour nous.

Une douce chaleur se répandit dans les veines de Marcy.

— J'adorerais partager un pique-nique avec toi.

Les yeux de Dylan étincelèrent, comme si elle lui avait fait un cadeau.

— Tant mieux, parce que c'est exactement ce que j'ai prévu.

Une heure plus tard, sa couverture sous le bras, Dylan portait le panier-repas acheté au camion traiteur, sur le parking. Ils marchèrent jusqu'à un monticule herbeux, en face d'une grande sculpture, sur le flanc de la montagne.

Dylan étala la couverture sur le sol et ils s'assirent, les jambes étendues devant eux.

— Merci d'avoir insisté pour que je vienne, dit Marcy en offrant son visage au soleil couchant.

Il lui jeta un coup d'œil faussement offusqué.

— J'ai insisté ?

— Je crois que c'est le terme approprié, répliqua Marcy avec un sourire. Je suis contente que tu l'aies fait.

— Et moi que tu aies accepté. J'espère que tu ne te fais pas trop de souci pour ton travail.

— Non. J'avais besoin que quelqu'un me sorte du trou où j'enfouissais la tête.

Elle était sincère. En réalité, elle avait cessé de vivre, quand la mort de Toby l'avait noyée sous le chagrin.

— Tu vas bien ? s'inquiéta Dylan. Tu as une drôle d'expression.

— Oui.

Elle mentait, mais elle ne pouvait avouer à Dylan comment son univers avait basculé.

D'autres gens arrivaient et s'installaient autour d'eux sur des couvertures ou des chaises pliantes. Dylan servit le repas, composé de poulet frit, de salade et d'un brownie pour le dessert. Le tout arrosé par une bouteille de vin apportée par Dylan.

Tout en mangeant, ils parlèrent un peu de leur journée.

— Encore merci, Dylan, j'en avais vraiment besoin.

Un long faisceau de lumière pourpre éclaira la paroi de granit.

— C'est le spectacle qui commence ? demanda-t-elle.

— Oui.

Tandis que Dylan débarrassait, un rayon jaune se joignit au précédent. Il souleva la bouteille.

— Un dernier verre ?

— Non, merci. Je ne veux rien manquer.

Relevant les genoux, Marcy les enveloppa de ses bras.

Un sourire aux lèvres, Dylan reboucha la bouteille et s'assit en tailleur auprès d'elle. Durant l'heure qui suivit, Marcy fut captivée par les gerbes lumineuses qui balayaient la montagne, accompagnées par de la musique.

— Je sais que c'est ridicule pour un adulte, murmura-t-elle après un chant, mais je m'amuse bien.

— Je ne crois pas que ce soit ridicule et je suis ravi que tu passes un bon moment.

À mesure que la nuit tombait, l'atmosphère se rafraîchissait. Marcy se frotta les bras, puis elle les serra autour de sa taille. Dylan se rapprocha d'elle et entoura ses épaules d'un bras.

— Je suis désolé de ne rien avoir de plus chaud à t'offrir.

— C'est bon. Je suis bien, maintenant.

Et elle l'était. Davantage qu'elle ne l'avait été depuis des années… Elle regarda la fin du spectacle blottie contre Dylan. Souvent, ils chantaient les chansons qui passaient. Elle aurait pu s'y habituer, s'attacher de plus en plus à Dylan, mais cela ne devait pas arriver. Ce ne serait bon ni pour elle ni pour lui.

Après la fin du spectacle, ils rassemblèrent leurs affaires et regagnèrent la voiture. Dylan mit le chauffage, mais la chaleur de son corps manquait à Marcy.

— Merci, vraiment, dit-elle. Vous êtes quelqu'un de bien, Dylan Nelson.

C'était délibérément qu'elle faisait comme s'ils n'étaient qu'amis. C'était plus sûr.

— Merci à toi aussi. Tu n'as jamais rien fait de ce genre, avant ?

— Si c'est le cas, c'était il y a longtemps. J'ai plutôt travaillé sans relâche.

— Tu vas faire un burn-out, si tu ne fais pas attention. Il faut débrancher ton cerveau, de temps en temps.

Il ne pouvait pas savoir…

— Je sais, mais c'est plus difficile que tu ne le crois.

Le travail maintenait sa culpabilité à distance, c'était un moyen de survie. En trouvant un remède au cancer, elle épargnerait à d'autres familles ce qu'elle avait vécu.

— J'ai l'air d'aller aussi mal ? Je ne me rappelle pas t'avoir demandé ton avis sur ma vie, ajouta-t-elle sur un ton plus rogue qu'elle ne le voulait.

— Désolé, tu as raison. Ce ne sont pas mes affaires, excuse-moi.

Ils n'échangèrent plus un mot jusqu'à ce qu'il s'engage dans son allée, mais la tension demeurait entre eux. Marcy quitta la voiture de Dylan pour gagner la sienne.

— J'ai passé une excellente soirée, dit-elle, et j'en avais besoin.

— Tant mieux.

Il attendit près des marches qui menaient à la porte de sa maison jusqu'à ce qu'elle s'éloigne au volant de sa voiture. Si elle avait espéré un baiser d'adieu, leur dernier échange avait ruiné cet espoir.

C'était probablement une bonne chose.

Le mardi, Dylan arriva à l'hôpital, fermement décidé à ne plus perdre son temps à se repasser les derniers mots échangés avec Marcy. Il n'avait pas à lui donner son opinion sur sa vie, alors qu'il avait ses propres problèmes.

Son père lui avait laissé un message vocal. Il lui demandait s'il était enfin décidé à travailler avec lui à la Mission médicale. Il faudrait bien que Dylan le rappelle à un moment ou un autre, mais il retardait cette discussion. Il aurait voulu aider son père, mais il aimait son travail et sa vie à Atlanta, et il n'avait aucune envie de s'en aller.

Il n'avait pas été souvent avec ses parents, pendant son enfance, et il leur en tenait rigueur. Juste une fois, il aurait souhaité qu'ils veuillent ce qu'il voulait. Malheureusement, il craignait que cela n'arrive jamais.

Marcy le rejoignit devant la porte.

— Salut ! C'est aujourd'hui que tu vas installer la nouvelle chambre à cathéter de Lucy, je crois ? Tu veux bien que j'assiste à l'intervention ?

— Bien sûr. En fait, j'aurais été surpris que tu ne me le demandes pas.

Vingt minutes plus tard, Lucy était étendue endormie sur

la table, au bloc, et Dylan se préparait à insérer la chambre. Marcy se tenait près de lui, et il sentait son regard soutenu sur chacun de ses gestes.

Elle était entrée dans le bloc quelques minutes après lui. Elle s'était arrêtée pour parler à la mère de Lucy, dans le couloir. Il y avait quelque chose que Marcy était capable d'offrir à cette maman, et pas lui. Peut-être parce qu'elles étaient femmes toutes les deux. Marcy faisait du bien à son service, et cela n'avait rien à voir avec son essai clinique.

Il termina la procédure en une demi-heure, puis ils rejoignirent Mme Baker dans la salle d'attente. Dylan resta debout, mais Marcy s'assit auprès d'elle.

— Lucy va bien, dit-il. Elle va dormir aujourd'hui et elle aura peut-être un peu mal, mais demain elle pourra rentrer chez vous. Nous commencerons la chimio vendredi. Je sais que le Dr Montgomery vous a parlé du TM13, mais est-ce que vous avez d'autres questions ?

Mme Baker secoua la tête.

— Je ne crois pas. J'ai seulement hâte que ce soit terminé et que Lucy aille mieux.

Marcy toucha son bras.

— Prenez un jour après l'autre. Vous franchirez cette épreuve, je vous le promets.

— Je l'espère, répliqua Mme Baker avec un faible sourire.

— Sachez que le Dr Nelson est le meilleur, et il s'occupera bien de Lucy.

Cette marque de confiance fit plaisir à Dylan.

— On se reverra pour la chimio, dit-il.

Mme Baker acquiesça tandis que Marcy se levait.

— Vous avez ma carte, dit-elle. Appelez-moi si vous avez besoin de parler.

Après avoir fait leurs adieux à la maman, Dylan et Marcy regagnèrent leur bureau.

— Tu as été géniale, avec Mme Baker, déclara Dylan. Et c'est vraiment gentil de lui avoir donné ton numéro de téléphone. Tu n'as jamais envisagé de quitter ton labo pour travailler avec les familles des patients ? Tu utiliserais tes connaissances autrement que dans un espace clos. Il y a des hôpitaux où des médecins ont cette double fonction.

Marcy lui lança un regard choqué.

— Je ne peux pas imaginer de ne pas faire mon travail actuel.

— Ton rêve a toujours été d'être chercheuse ?

— Non, c'était seulement d'aider les gens. Et toi, tu as toujours voulu être médecin ?

— Oui, mais quand on se connaissait je n'étais pas certain que ce serait possible. Pendant deux ans, j'ai travaillé pour pouvoir m'inscrire à la fac. Mes parents n'étaient pas assez riches pour subvenir à mes besoins. Mon père est docteur et il a toujours souhaité que je travaille avec lui à la mission. Mais j'ai toujours pensé qu'il y avait d'autres endroits où je pouvais aider les gens, moi aussi. Récemment, il a insisté pour que je le rejoigne.

Marcy prit le bras de Dylan, visiblement surprise.

— Tu n'envisages pas sérieusement de céder ?

Tâchant d'ignorer le contact de sa main, Dylan secoua la tête.

— Non. Ma place est ici. Il faut juste que je parvienne à le lui faire comprendre.

— Pourquoi ne pas le lui dire franchement ?

— Parce que je ne veux pas le blesser. Il m'est sans doute plus facile de retarder cette discussion.

En réalité, Dylan s'était créé un foyer sans ses parents. Il ne voulait pas mener la même existence qu'eux. Il aimait la sienne. Longtemps, il ne s'était senti nulle part chez lui, mais il avait finalement trouvé sa place.

Quand Marcy laissa retomber son bras, il s'appuya contre le mur.

— Il n'y a pas beaucoup de médecins, dans ces contrées éloignées. Mon père se fait vieux et il ne trouve pas de remplaçant.

Marcy le foudroya du regard.

— Tes racines sont ici, maintenant. Tu fais du bon boulot, et tes patients en dépendent. Ils ont le droit de savoir que tu seras là quand ils auront besoin de toi.

— Je sais, mais mon père a toujours cru que je me joindrais un jour à lui, même si mes parents n'ont jamais été auprès de moi pendant mon enfance.

Malgré lui, la voix de Dylan exprimait une certaine amertume.

Marcy le fixa avec incrédulité.

— Ce serait vraiment une honte, si tu devais abandonner tout ce que tu as construit ici. Je trouve ça mal.

Dylan l'observa avec curiosité. Alors qu'elle allait partir dans quelques semaines, Marcy montrait beaucoup d'intérêt pour son avenir.

— Je crois que tu es exactement à ta place, ici. Bien autant que dans une mission.

Il eut l'impression qu'elle allait taper du pied.

— Pourquoi dis-tu cela ?

— Je n'ai jamais vu une telle empathie chez un médecin. Tu aides les gens, tu aides les familles, tu aides les enfants. En quoi est-ce différent de ce que fait un missionnaire ? Ce n'est pas le pays qui compte, mais le besoin.

Pourquoi ces paroles avaient-elles le don de le soulager du poids qu'il portait ?

— Je n'y ai jamais réfléchi de cette façon. J'avais surtout l'impression de décevoir mes parents en refusant de m'investir dans un pays en voie de développement.

— Le travail que tu accomplis ici est tout aussi important.

L'ardeur de Marcy était surprenante. Pourquoi tenait-elle tant à ce qu'il reste à Atlanta ? Elle allait bientôt repartir, et ils ne se reverraient pas avant longtemps… du moins s'ils se revoyaient un jour. Cette perspective l'attristait plus qu'il ne l'aurait souhaité.

— Et toi ? demanda-t-il. Que se passera-t-il, après l'essai ? Tu vas de nouveau disparaître dans un labo ?

— Ce n'est pas une prison, tu sais. Je chercherai à développer un autre traitement contre le cancer.

Dylan haussa les épaules, feignant l'indifférence.

— Je crois juste que tu pourrais rater ta vocation.

À cet instant, ils perçurent le son de jeunes voix chantant

un air de rap dans la salle de chimiothérapie. Dylan sourit. Robby beat boxait et les autres ajoutaient des paroles reprises par le groupe, toutes en rapport avec les perfusions.

Marcy et Dylan entrèrent dans la salle.

Lorsqu'ils cessèrent de chanter, Robby martela :

— Le Dr Montgomery peut te faire une ordonnance.

Aussitôt, Lizzy, une fillette de neuf ans, enchaîna :

— N'importe quand, avec tout ce qu'elle a dans la tête.

Dylan regarda Marcy. Elle souriait, mais ses yeux étaient humides.

Quand le groupe se tut, elle applaudit avec enthousiasme.

— C'était merveilleux. Même si c'était sur moi. Vous allez être les stars de la soirée. Si vous avez un problème pour vous déplacer, le Dr Nelson ou moi, nous viendrons vous chercher.

— Mais sachez aussi que si vous ne vous sentez pas bien, il faut nous prévenir. Votre santé est notre priorité, ajouta Dylan.

Se tournant vers lui, Marcy murmura :

— Comment peux-tu envisager une seconde d'abandonner tout ça ?

5.

Le jeudi matin, Marcy laissa échapper un gémissement. Elle était à Atlanta depuis un mois… Un mois qui avait changé sa vie.

Pendant la journée, elle passa trop de temps à penser à Dylan. C'était à la fois déstabilisant et exaltant, d'éprouver à nouveau ce genre de sentiment.

Elle ne voulait surtout pas induire Dylan en erreur. Il avait besoin de quelqu'un qui ne soit pas terrifié par l'amour. Que pouvait-elle lui offrir ? Elle s'était promis de ne plus s'attacher à personne. Après avoir autant perdu, elle ne pouvait pas se permettre de perdre encore un être cher. Mais, par-dessus tout, elle ne pouvait pas avoir la certitude d'être la personne qu'il lui fallait.

Et si elle le décevait ?

Elle s'efforça de le chasser de son esprit. Ce ne fut qu'en milieu d'après-midi qu'elle se souvint de Ryan, cet adolescent qui avait subi une greffe du cœur et dont le taux de plaquettes était trop bas. Son traitement débutait ce jour-là. Elle retrouva Dylan et son patient dans une petite salle de soins.

Les lumières étaient tamisées. Installé dans un fauteuil inclinable, Ryan regardait la télévision. Une infirmière avait déjà posé un cathéter sur son bras.

— Comment te sens-tu ? demanda Dylan.

— Bien, répondit Ryan sans quitter l'écran des yeux.

Dylan jeta un coup d'œil à la mère, qui hocha la tête. Marcy se demanda si le garçon et sa mère comprenaient à quel point son état était grave. Peut-être avaient-ils traversé tant d'épreuves que celle-ci en était une parmi d'autres.

En lisant le dossier de Ryan, Marcy avait été émerveillée

qu'il ait pu vivre jusqu'à l'adolescence. Sa mère avait failli le perdre à plusieurs reprises. Chaque fois qu'ils lui parlaient, elle leur adressait un sourire reconnaissant. Une telle résilience était extraordinaire.

— On va t'injecter ce qu'on appelle des gammaglobulines, annonça Dylan. C'est pour accroître le nombre de tes plaquettes. Je peux voir ta poitrine ?

Ryan releva son T-shirt.

Marcy se plaça de l'autre côté du fauteuil.

— Ces petites taches rouges sont causées par ton problème de plaquettes, expliqua Dylan. Il se traduit par des saignements, sous ta peau. Ces pétéchies devraient disparaître quand ton taux de plaquettes augmentera. C'est nécessaire pour que tu sois en bonne santé. Tu dois faire très attention à ne pas te blesser, pour éviter ces saignements.

Concentré sur l'écran, Ryan hocha la tête.

— Tu devras venir une fois par semaine trois fois de suite. J'admets que les séances durent des heures. Nous devons voir comment ton corps supporte le traitement, c'est pourquoi nous ne pouvons pas accélérer le débit de la perfusion.

Ryan hocha la tête.

Marcy jeta un coup d'œil à la maman. Assise sur le bord de la chaise, elle écoutait Dylan attentivement.

— Je vais voir d'autres patients, continua ce dernier, ensuite je reviens. Une infirmière restera tout le temps près de toi. On est bons ?

— On est bons, dit Ryan.

Dylan sortit de la pièce, suivi de Marcy.

— Tu avais déjà suivi ce genre de procédure ? demanda-t-elle.

— Plusieurs fois, mais sur des patients cancéreux. Jamais sur un gamin qui a subi une greffe du cœur.

— Tu as une idée de ce qui va suivre ?

— On ne sait jamais, dans les cas d'immunosuppression.

— Ta relation avec les patients est exceptionnelle. Je t'envie ce talent.

Dylan la regarda un instant avant de répondre :

— Je crois que tu l'as, mais que tu as peur de t'en servir.

Sur ces mots, Dylan s'éloigna. D'une certaine façon, Marcy eut l'impression d'avoir été sermonnée.

Plus tard, alors qu'elle se rendait dans son bureau, en passant devant une petite salle de consultation, elle vit la mère de Ryan assise toute seule, la tête baissée, les mains croisées sur les genoux. Marcy pensa d'abord poursuivre son chemin, puis elle se ravisa et entra.

La mère de Ryan leva les yeux vers elle.

— Il y a un problème ? demanda Marcy. Ryan a fait une réaction au traitement ?

La maman secoua la tête.

— Non, mais j'avais besoin de m'isoler un moment.

— En ce cas, je vais vous laisser.

— Non, s'il vous plaît. Restez.

— Je peux faire quelque chose pour vous aider ?

D'où venait cette question qu'elle n'avait jamais posée auparavant ? En même temps, elle avait peu côtoyé les patients, jusqu'à maintenant.

Heureusement, la mère de Ryan ne sembla pas remarquer son malaise.

— Quelquefois, je n'arrive plus à assister à ce que Ryan doit supporter, dit-elle.

— Votre famille et vous, vous traversez une dure épreuve.

— Oui. Mais on dirait qu'il y a sans cesse une difficulté nouvelle qui survient.

— Ryan est un battant, tout comme vous.

— Je ne sais pas. Certains jours, j'arrive à faire bonne figure devant lui. Je ne sais pas s'il en fait autant avec moi. Nous faisons ce que nous pouvons et essayons de vivre chaque jour du mieux possible.

Après la mort de Toby, Marcy n'en avait plus été capable.

— C'est remarquable.

— Je ne crois pas faire quelque chose de spécial. Je suis juste un parent qui aime son enfant et fait ce qui doit être fait.

— Vous avez parfois l'impression que ce n'est pas assez ?

— Tous les jours. Je crois que même les parents dont les enfants sont en bonne santé éprouvent la même chose. Mais on ne peut pas en faire davantage… après tout, nous ne sommes que des humains.

Marcy n'avait jamais envisagé les choses de cette façon.

— Si quelque chose devait mal tourner, continua la mère de Ryan, son père et moi, nous voulons que notre fils sache combien nous l'aimions et souhaitions qu'il ait la meilleure vie possible.

— Je suis sûre qu'il le sait.

La femme sourit faiblement.

— Je crois que je devrais retourner auprès de lui.

— Je vous accompagne.

Ryan était toujours étendu sur son fauteuil inclinable, Dylan près de lui. En la voyant entrer derrière la mère du garçon, il dressa des sourcils interrogateurs.

— Ryan va pouvoir rentrer, dit-il. Tout s'est bien passé. On pourra poursuivre le traitement plus vite que je ne le pensais.

Ryan se redressa.

— À la semaine prochaine, doc.

Dylan sourit.

— Je serai là. Prends soin de toi et sois prudent.

— Oui, monsieur.

La mère et le fils quittèrent la pièce, laissant seuls les deux médecins.

— Toi et la maman de Ryan, vous aviez l'air très proches, commenta Dylan.

— On a juste bavardé un instant.

Dylan eut un sourire en coin.

— Rien que tu veuilles partager ?

— Non. Mais elle m'a donné matière à réfléchir.

Une infirmière passa la tête dans l'embrasure de la porte.

— Docteur Nelson, on a besoin de vous.

— J'arrive. À plus tard, Marcy.

Ce soir-là, Dylan entra dans le bureau au moment où Marcy en sortait.

— Je voulais t'inviter à dîner, dit-il, mais j'ai un patient qui arrive aux urgences et je ne partirai pas de sitôt.

— Oh !

Elle devina qu'il avait senti sa déception au son de sa voix.

— On peut remettre ça à demain soir, proposa-t-il.

— J'ai hâte.

Il sourit largement.

— Moi aussi.

Le cœur de Marcy se gonfla de bonheur. Lorsqu'elle partirait, elle garderait en elle le plus longtemps possible ce sentiment de plénitude.

Il était tard. Dylan passa à son bureau pour prendre un dossier et son emploi du temps du lendemain. Il s'étonna de voir de la lumière filtrer sous la porte. Marcy n'était pas du genre à oublier d'éteindre les lampes. Mais lorsqu'il entra il la trouva la tête posée sur son ordinateur, visiblement endormie.

Pour une fois, elle paraissait détendue. Du bout du doigt, il écarta une mèche soyeuse de sa joue.

— Marcy ?

Elle ouvrit les yeux, gémit et se redressa.

— Je voulais juste reposer mes yeux, je n'avais pas l'intention de dormir. Quelle heure est-il ?

— Presque 23 heures. Il est temps pour nous deux de rentrer chez nous. Donne-moi une seconde et je t'accompagne jusqu'à ta voiture.

— Je devais revoir quelques analyses pour un rapport, dit-elle en ouvrant son ordinateur.

Il le referma gentiment.

— Ça peut attendre demain.

À sa grande surprise, elle recula son siège, se leva et prit son sac.

— Tu as raison.

— Je suis ravi que tu m'écoutes enfin, dit-il en prenant sur son bureau ce dont il avait besoin.

— Si j'étais plus réveillée, je pourrais avoir quelque chose à dire, mais pour l'instant je ne suis pas assez en forme pour me lancer dans une joute verbale.

— C'est bon à savoir, répondit-il en éteignant les lumières. Moi-même, je ne serais pas capable de trouver des arguments.

Marcy gloussa. *Gloussa*. Le sang de Dylan s'échauffa. Elle paraissait heureuse, libre. Posant une main sur sa taille, il la guida jusqu'au parking. À cette heure tardive, il n'y avait que très peu de voitures. Au moment d'ouvrir sa portière, elle se tourna vers lui.

— J'ai oublié de te demander comment s'était passée ton urgence.

— J'ai dû hospitaliser le patient. Sa respiration est très faible, et je crains qu'il ne doive être accueilli en soins palliatifs très bientôt.

Marcy toucha sa joue, puis sa main retomba. Dylan devina qu'elle voulait dire quelque chose, mais que cela ne sortait pas.

— On ne devrait pas avoir à faire ça, dit-elle seulement.

Elle semblait si triste qu'il l'attira dans ses bras. Depuis des jours, il se contraignait à ne pas la toucher de peur d'en vouloir davantage. Mais, à cet instant, ils avaient tous les deux besoin de contact humain… de sentir battre le cœur de l'autre.

Marcy s'agrippa à sa chemise et enfouit le visage contre sa poitrine. Ils demeurèrent ainsi, chacun s'imprégnant de la force de l'autre. Lorsqu'elle leva les yeux, il ne put s'empêcher de poser ses lèvres sur les siennes. Elle l'attira contre elle en poussant un gémissement. Il la pressa contre la voiture tout en déposant des baisers légers sur sa bouche.

Les phares d'un véhicule de sécurité les éclairèrent, et il se recula vivement.

— Tout va bien ? demanda l'agent qui le conduisait.

— Oui. Il se fait tard, alors je l'accompagne jusqu'à sa voiture.

L'homme hocha la tête.

— Très bien. Il n'est pas sûr, pour une femme, d'être seule à cette heure de la nuit. Bonne soirée, dit-il en poursuivant sa route.

Marcy était déjà derrière son volant.

— Je te suis jusque chez toi, déclara-t-il.

Comme elle ouvrait la bouche pour protester, il la stoppa.

— Ne discute pas, s'il te plaît. C'est aussi pour ma tranquillité d'esprit.

Marcy passa le reste de la nuit à se repasser le film de ce baiser. Elle ne comprenait pas ce nouveau sentiment d'insécurité. Il suffisait qu'elle pense à Dylan pour que ses nerfs se mettent à vibrer. Ce qui avait débuté comme un geste de réconfort s'était mué en une explosion d'émotions. Si cet agent de sécurité n'était pas passé, elle ne savait pas ce qui serait arrivé dans le parking. Du moins, de son côté.

Elle était seule depuis si longtemps ! Après la mort de Toby, elle n'avait plus éprouvé le besoin de voir Josh ni de lui parler. Dylan avait franchi le mur de ses défenses. Elle n'aurait pas pu jurer qu'elle ne le décevrait pas, mais elle aurait donné n'importe quoi pour qu'il la prenne de nouveau dans ses bras.

À la seconde où Toby était mort, son mariage avait sombré. Josh l'avait accusée d'avoir été trop concentrée sur son travail pour prêter attention à leur enfant. À force, elle avait fini par s'en convaincre elle-même.

Le lendemain, en entrant dans le bureau de Dylan pour terminer ce qu'elle avait commencé la veille, elle le trouva assis derrière sa table de travail, la tête dans les mains.

— Tu as une mine affreuse, dit-elle.

Il avait les yeux rouges.

— Merci, dit-il. C'est ce que n'importe quel type a envie d'entendre.

— Désolée. Ce n'était pas une entrée en matière très agréable.

Elle sortit de la pièce et revint avec une tasse de café qu'elle posa devant Dylan.

— Comment va ton patient ? demanda-t-elle doucement.

— Pas très bien.

— Je suis navrée de l'apprendre.

— Moi aussi. Steve et ses parents en ont bavé. Il a été en rémission pendant quatre ans, et maintenant sa leucémie est revenue.

— C'est affreux.

— Ouais. J'ai tout essayé, mais rien à faire.

Pour la première fois depuis leurs retrouvailles, Dylan paraissait totalement abattu.

— Tu veux bien que je regarde son dossier ?

Dylan prit sa tablette, il toucha l'écran et entra quelques chiffres avant de la lui tendre.

— Toute nouvelle idée sera la bienvenue.

Marcy s'installa derrière son propre bureau pour étudier le dossier.

— Quel est son état de santé, actuellement ?

— Relativement bon. Il a commencé récemment à avoir de la fièvre, mais autrement il avait repris du poids et ses constantes sont bonnes, en dehors du taux de globules blancs.

— Il semble être bon candidat pour ce que j'ai en tête.

— Et qui est ?

— Je veux l'intégrer dans mon essai. Essayons le TM13. Une grosse injection en une seule fois.

— Mais il ne correspond pas aux critères de sélection, ça peut même nous coûter nos licences de médecin.

— C'est vrai, mais nous pourrions sauver une vie. Je veux tenter cette chance et tant pis pour les critiques. Selon moi, il entre exactement dans le cadre de l'expérience.

Dylan fixa longuement Marcy avant de hocher la tête.

— Très bien. Voyons si les parents sont d'accord.

— Tu crois qu'ils le seront ?

— Désespérés comme ils doivent l'être, ils accepteront. C'est ce que je ferais à leur place.

— Moi aussi.

— Tu veux bien te charger de leur expliquer comment fonctionne le traitement et de répondre à leurs questions ?

— Bien sûr.

Une fois de plus, Dylan et elle étaient partenaires. Ils formaient une bonne équipe. Jamais Marcy n'avait eu ce sentiment avec Josh. Dylan et elle étaient égaux. Pour une fois depuis la mort de Toby, elle oubliait sa culpabilité pour se concentrer sur sa tâche... parce que Dylan croyait en elle.

Dylan avait été soulagé de voir Marcy entrer dans le bureau, ce matin-là.

La nuit précédente, il n'avait pas pu s'empêcher de revivre leur baiser encore et encore. Il s'était promis de ne pas voir dans cette brève étreinte plus que ce qu'elle était, mais il brûlait quand même de la prendre de nouveau dans ses bras.

Elle partait dans deux semaines, et sa vie reprendrait son cours normal... En attendant, il avait peut-être une chance d'aider Steve, avec l'aide de Marcy. Il adorait travailler avec elle. Elle était efficace, intelligente, déterminée et empathique. La combinaison parfaite pour faire un excellent médecin.

Après avoir frappé à la porte, Dylan entra dans une chambre du cinquième étage, suivi de Marcy. Steve était étendu sur son lit, entouré de ses parents. À quatorze ans, il aurait dû être en train de jouer au base-ball. Au lieu de cela, il était coincé dans cet hôpital.

Il avait été l'un des premiers patients de Dylan, après qu'il avait commencé à travailler dans le service d'oncologie pédiatrique. Aujourd'hui, l'adolescent avait tellement grandi que le lit était devenu presque trop petit pour lui. Si Dylan n'avait pas connu son état, il n'aurait jamais dit que ce garçon était malade.

— Steve, monsieur et madame Triffon, je vous présente le

Dr Montgomery. Elle fait des recherches dans le domaine du cancer et actuellement elle procède à un essai clinique dans cet hôpital. Tu sais ce que c'est, Steve ?

L'adolescent secoua la tête.

— C'est un traitement expérimental testé d'abord en laboratoire et que nous testons maintenant sur un certain nombre de patients avant qu'il soit mis sur le marché. Nous souhaiterions que tu participes à cette expérience. Docteur Montgomery, pouvez-vous expliquer à Steve et à ses parents en quoi cela consisterait ?

— Ce médicament s'appelle le TM13, dit Marcy. Il intervient sur les lymphocytes T, qui font partie de ton système immunitaire. Je suis sûre que tu en as entendu parler.

Les parents acquiescèrent.

— Ces lymphocytes luttent contre les infections. Ils luttent contre le cancer, continua Marcy. Si tu es d'accord, nous t'injecterons le TM13 dès maintenant, puis demain et après-demain. Ensuite, tu reviendras une semaine par mois. Nous analyserons régulièrement ton sang.

— C'est pas vraiment différent de la chimio, marmonna Steve en regardant Dylan.

— C'est vrai, répondit ce dernier, mais le produit est différent. Il est nouveau, et nous ignorons quels effets secondaires il engendre, puisqu'il n'a été testé qu'en laboratoire. Ça peut ne pas marcher, mais nous avons bon espoir que ton état s'améliore. Le Dr Montgomery et moi, nous allons sortir et vous laisser discuter entre vous.

Il suivit Marcy dans le couloir.

— Tu accepterais, si tu étais dans leur situation ? s'enquit-il en posant sur elle un regard inquiet.

— J'accepterais n'importe quoi, si cela devait donner à mon fils une chance de survivre.

6.

Appuyé au mur, en face de la chambre de Steve, Dylan demanda :

— Quand tu as décidé de diriger cet essai, est-ce que tu prévoyais de t'impliquer autant auprès des parents ?

— Finalement, cela m'a été très profitable. La mère de Ryan m'a fait réfléchir à des choses auxquelles je n'avais jamais pensé auparavant. Et je crois pouvoir aider Steve, du moins si ses parents sont d'accord.

— Pourquoi ce traitement a été appelé TM13 ?

— À cause d'un patient. C'était la treizième fois que son traitement était modifié, au moment où nous avons trouvé le bon dosage.

Dylan passa d'un pied sur l'autre.

— Je déteste attendre.

Marcy lui jeta un coup d'œil incrédule.

— Ce n'est pas toujours comme cela, quel que soit le remède ?

— Si, mais ça ne me plaît pas pour autant. Quand Beau était malade, j'ai tellement attendu que je ne voulais plus jamais subir une telle épreuve. Mais pour finir j'ai choisi un métier où l'on attend tout le temps. Pour avoir les résultats des analyses, pour voir si le traitement agit, si les résultats sont positifs. Je n'aime toujours pas cela.

— Qui est Beau ?

— Le garçon avec qui je partageais une chambre, au pensionnat.

— Oh ! celui à cause de qui tu as choisi l'oncologie. Tu veux bien me parler de lui ?

Dylan prit une profonde inspiration. Pour une raison

inconnue, il souhaitait qu'elle sache. Qu'elle comprenne ce qui avait fait de lui ce qu'il était.

— Beau était mon roc, celui qui a soulagé ma solitude pendant des années, depuis que mes parents étaient partis pour une région où je ne pouvais pas être scolarisé. Mon frère aîné et moi, nous avons été mis en pension. Beau était mon meilleur ami, et nous avons été inséparables jusqu'à ce qu'un matin il soit malade. Il est allé à l'infirmerie et n'est jamais revenu. Personne ne voulait me dire ce qui se passait. Finalement, la mère de Beau m'a téléphoné pour m'annoncer qu'il avait un cancer et qu'il était hospitalisé. Je ne pouvais pas aller le voir, et quand je l'appelais il était complètement déprimé. C'est à cette époque que j'ai décidé de devenir médecin.

La mère de Steve sortit dans le couloir et les chercha des yeux, puis elle leur fit signe d'entrer. Marcy et Dylan échangèrent un regard avant de la suivre dans la chambre.

— Je veux essayer, dit Steve.

— Je crois que tu prends la bonne décision, déclara Dylan.

Les traits crispés par l'inquiétude, la maman expliqua :

— Nous devons tout tenter pour que Steve aille mieux.

— En ce cas, je vais m'occuper tout de suite des papiers et je reviens très vite, dit Marcy en leur adressant un sourire rassurant. Je dois être autorisée à t'injecter une grosse dose d'un coup.

Un instant plus tard, Dylan et Marcy se dirigeaient vers leur bureau.

— Je veux obtenir un agrément en urgence, dit Marcy, visiblement très déterminée.

— Aujourd'hui ?

— Oui. Il faut que je voie comment je vais m'y prendre pour intégrer Steve dans l'essai.

Dylan hocha la tête.

— J'obtiendrai plus facilement l'accord de l'hôpital, s'il entre dans tes directives cliniques et si c'est toi qui fais la proposition, non l'hôpital.

— Je vais écrire que j'ai un retardataire que j'inclus dans l'essai.

— Steve et ses parents méritent cette chance, approuva Dylan.

— J'espère que le TM13 obtiendra les effets escomptés. Que je n'en ai pas exagéré les mérites.

Six heures plus tard, lorsqu'ils revinrent dans la chambre de Steve, une infirmière vérifiait ses constantes. L'une de ses collègues arriva pour poser le cathéter et la poche de TM13, qu'elle suspendit à la potence.

Steve ne grimaça même pas lorsqu'elle fit ce qu'elle avait à faire, tant il était habitué à la procédure. C'était un beau garçon aux cheveux roux et aux yeux bleu clair. Pendant qu'on s'affairait autour de lui, il discuta de sport, et en particulier de base-ball, avec Dylan.

Malgré la conversation, Dylan aurait juré que l'adolescent était conscient de ce qui se passait car de petites lignes striaient son front.

Enfin, le précieux liquide s'écoula dans les veines de Steve, lui donnant une chance de chasser l'envahisseur. Il ne restait plus qu'à attendre… exactement ce que Dylan détestait, mais c'était nécessaire.

Des analyses seraient faites régulièrement pour mesurer les effets secondaires possibles. Elles devaient commencer trois heures après le début de la perfusion et continuer toute la nuit. Dylan et Marcy ne sauraient s'ils avaient obtenu une avancée qu'après plusieurs prises de sang.

Dylan sortit de la pièce, faisant signe à Marcy de le suivre. Ils se rendirent dans une salle de consultation.

— Je vais rester un peu pour m'assurer que tout va bien, dit-il. Tu peux retourner dans le bureau, je t'appellerai s'il se passe quelque chose.

— D'accord. Tu peux me transmettre les résultats des analyses ?

Dylan consulta sa montre.

— La première prise de sang n'aura pas lieu avant 4 heures du matin.

— Il n'est pas question que je m'éloigne, dit fermement Marcy.

Dylan ne discuta pas. Il était content qu'elle soit là. Elle savait tout du TM13, elle en connaissait les effets secondaires éventuels. Il avait totalement confiance en ses compétences de médecin, tout comme il se fiait à elle en tant qu'être humain et admirait la personne qu'elle était.

Assise derrière son bureau, Marcy jeta un coup d'œil à l'horloge murale. La prise de sang n'aurait pas lieu avant un bon bout de temps. La sonnerie de son téléphone retentit.

C'était Dylan.

— Steve est en train de vomir.

Il y avait une note de désespoir, dans sa voix.

— J'arrive.

En gagnant la chambre de Steve, elle s'arrêta à la station centrale prendre un masque et des gants. Une minute plus tard, elle frappait à la porte et entrait dans la pièce. Dylan et les parents chuchotaient dans un coin, et Steve semblait dormir.

Aussitôt, Dylan vint vers elle.

— Ça n'a rien d'étonnant, assura-t-elle. On peut gérer cela.

Soudain les rôles étaient inversés. C'était elle qui le rassurait.

— J'ai déjà vu cela auparavant. Quand on ralentira le débit, Steve se sentira mieux.

— Je m'en occupe tout de suite, déclara Dylan en s'approchant de l'infirmière qui venait d'entrer.

— Sa tension et son rythme cardiaque augmentent.

Marcy examina les mains de Steve. Ses cuticules étaient bleu foncé.

— Il a des rougeurs sur l'abdomen, annonça Dylan.

Steve ouvrit les yeux.

— Comment te sens-tu ? lui demanda Dylan.

— Pas trop bien.

— Tu peux me dire ce qui te dérange le plus ? fit Marcy.

— Mon estomac, répondit Steve, le visage crispé par la douleur.

Dylan se tourna vers l'infirmière.

— Allez me chercher du Phénergan, dit-il sur un ton sec très inhabituel chez lui.

La jeune infirmière se précipita hors de la chambre.

Malgré sa confiance dans son traitement, Marcy se faisait du souci pour Steve. Heureusement, son rythme cardiaque avait ralenti, et sa tension s'améliorait grâce à l'apport d'autres médicaments. On avait diminué le débit du TM13, mais il faudrait l'augmenter dès que possible pour que le traitement soit efficace.

— Où sont les parents de Steve ?

— Je les ai renvoyés chez eux pour qu'ils prennent un peu de repos, répliqua Dylan. Je leur ai promis qu'on leur donnerait des nouvelles et que je resterais tout le temps près de leur fils.

— Ils te font une entière confiance, non ?

— Je l'espère.

— Tu es un médecin très spécial, Dylan.

Les yeux posés sur Steve, il répondit :

— Heureux de te l'entendre dire.

Des heures plus tard, Marcy se tortilla légèrement sur son siège de métal. Malgré le mince coussin, il n'avait rien de confortable.

— Je suis sûr que ce sont les chaises d'origine, marmonna Dylan en dépliant ses longues jambes devant lui.

Marcy émit un petit rire.

— Je pense que l'hôpital les conserve pour encourager les gens à ne pas rester trop longtemps.

— Tu peux poser la tête sur mon épaule et dormir un peu, suggéra-t-il.

Marcy n'avait pas vraiment envie que les infirmières s'imaginent qu'il y avait quelque chose entre Dylan et elle.

En réalité, elle ne savait pas très bien où ils en étaient. Bien sûr, il y avait eu ce baiser dans le parking. C'était la preuve qu'entre eux c'était un peu plus que de l'amitié. Depuis leurs retrouvailles, elle avait recommencé à vivre. Trop longtemps, elle avait seulement existé. Il comblait le vide de sa vie de bonheur et d'excitation.

Elle posa la tête sur l'épaule de Dylan et s'endormit en quelques secondes. Il la réveilla une demi-heure plus tard.

— Une infirmière est en train de faire la prise de sang, on devrait bientôt avoir les résultats. J'ai pensé que tu voulais les voir toi-même.

— Qu'est-ce que je donnerais pour un bon lit chaud ! soupira-t-elle.

— Moi aussi, dit-il en l'aidant à se lever. Allons prendre un café. Pour l'instant, Steve a l'air de se reposer paisiblement. En notre absence, l'infirmière est d'accord pour vérifier son état plus souvent. J'imagine que ses parents seront là dans deux heures.

Ils dégustèrent un café fraîchement moulu à la station centrale, où ils purent s'asseoir à une petite table.

— Cela faisait longtemps que je n'avais pas passé une nuit blanche, déclara Marcy.

— Moi aussi.

— Steve est quelqu'un de spécial, pour toi ?

— Oui. C'est le premier patient pour qui j'ai obtenu une rémission. Il me rappelle Beau. Un peu rogue, mais facile à vivre.

— Je crois que Beau me plairait. J'aimerais bien le connaître.

— Ça ne va pas tarder. Lisa et lui habitent à Birmingham et ils comptent participer à notre gala. Son entreprise soutient ce genre d'événements, ce qui implique une grosse donation chaque année.

Une infirmière parut sur le seuil.

— Docteur Nelson, les résultats sont arrivés. Vous pouvez les consulter ici.

Elle leur indiqua un ordinateur, saisit un code, et aussitôt l'écran se remplit de données.

— C'est mieux, remarqua Marcy, mais juste à la marge. Il faut poursuivre le traitement.

Dylan passa un bras autour de ses épaules.

— On va dans la bonne direction grâce à toi.

Le compliment fit plaisir à Marcy.

— Je ne pense pas pouvoir m'en attribuer tout le mérite.

— La plus grande partie, en tout cas. Maintenant que nous sommes rassurés, pourquoi ne pas rentrer chez toi et prendre un peu de repos ? suggéra Dylan en quittant la station centrale. Je veillerai sur Steve pendant qu'on lui injectera la seconde dose.

— Tu ne veux pas qu'on rencontre les parents de Steve ensemble ?

— Je suis obligé de rester pour la paperasse, de toute façon.

Marcy se mit à rire.

— Tu utilises le travail administratif pour garder un œil sur ton patient ?

— Exact. Il n'est pas encore sorti d'affaire. Espérons que ce traitement va marcher.

— J'en suis certaine.

— Je suis content que tu sois là, affirma Dylan en regardant Marcy dans les yeux.

Ils trouvèrent Steve éveillé.

— Salut, mon pote, comment te sens-tu ? s'enquit Dylan.

— Mieux.

Dylan inspecta les moniteurs.

— Je suis ravi de l'entendre. Ce matin, tes analyses montrent une nette amélioration de ton état.

— Vous êtes restés toute la nuit ? demanda l'adolescent avec une sorte d'incrédulité.

— Oui. Est-ce que tu savais que tu ronfles ?

Le sourire de Steve était faible, mais c'était un sourire.

La porte s'ouvrit devant les parents qui parurent soulagés de voir leur fils assis dans son lit. Dylan leur expliqua ce qui s'était passé pendant la nuit et ce qui allait advenir durant les prochains jours.

Quelques minutes plus tard, Marcy suivait Dylan dans le

couloir. Submergée par le soulagement, elle se réjouissait du succès de son traitement. Pour une fois, la culpabilité ne la tourmentait plus.

— Je vais rester pour la prochaine dose, dit-elle en jetant un coup d'œil à sa tablette. Je veux voir une nouvelle amélioration des résultats. Je ne suis pas encore complètement satisfaite et, pendant que j'attendrai, j'ai encore beaucoup de travail à faire.

Dylan jeta un coup d'œil à Marcy, concentrée sur sa tâche. Il avait pensé que partager avec elle son bureau ne poserait aucun problème, mais il s'était trompé. Il l'avait accueillie dans sa vie professionnelle, et elle s'était frayé un chemin dans sa vie personnelle. Cela ne pouvait pas continuer ainsi !

Mais elle allait bientôt partir. Tout ce qu'il avait à faire, c'était survivre en attendant, garder ses mains et ses lèvres pour lui. Ensuite son existence retournerait à la normale. Même maintenant, alors qu'elle semblait épuisée, il brûlait d'envie de la prendre dans ses bras.

Incapable de rester dans la pièce avec Marcy sans aller vers elle, il décida de la laisser seule pour se rendre dans la salle de chimiothérapie et examiner ses patients. Pour la plupart, ils comptaient assister au gala de charité.

— Votre rap est au point ? demanda-t-il.

Ils hochèrent la tête en souriant.

Une heure plus tard, il rendit visite à Steve. Assise près de lui, Marcy discutait tranquillement avec les parents. Malgré sa nuit blanche, elle était ravissante.

Dylan ne se détourna d'elle que lorsque Steve l'interpella.

— Salut, doc.

— Salut. Comment vas-tu ?

— Plutôt bien. Je n'ai plus mal à l'estomac, dit Steve en posant la main sur son ventre.

— Je suis content de l'apprendre, mais ça peut ne pas durer très longtemps car nous devons reprendre ton traitement.

Le garçon se rembrunit.

— Vous pensez que je vais être encore malade ?

— Ce sera peut-être moins désagréable, cette fois, intervint Marcy.

Steve tripota le bord de sa couverture.

— J'espère, parce que ce n'était pas très drôle cette nuit.

Marcy lui tapota le bras.

— On va faire notre possible pour que ça se passe mieux.

Une infirmière entra, apportant la poche de liquide. Elle la suspendit à la potence avant de commencer la perfusion.

— Nous serons là, ou pas loin, pendant tout le temps, expliqua Marcy. Il te suffit de nous faire appeler, si tu en as besoin.

Steve hocha la tête avant de baisser les yeux vers le tube enfoncé dans son bras.

Dylan et Marcy quittèrent la pièce.

— Comment penses-tu que ça va se passer, cette fois ? demanda Dylan, visiblement inquiet pour son patient.

— Honnêtement, je n'en sais rien. Le TM13 génère quelques effets secondaires, mais injecté à haute dose, je ne peux rien promettre. C'est pourquoi je ne compte pas bouger d'ici.

— Je devine ce que tu ressens, aussi je n'essayerai pas de t'en dissuader. Mais je vais te montrer où tu pourras prendre une douche et te changer.

— C'est tentant, mais je veux rester jusqu'à ce que l'injection soit terminée et que je puisse étudier les résultats des analyses.

Dylan soupira.

— J'admire ton dévouement. De toute façon, je ne vais pas m'en aller non plus. Par bonheur, je n'ai pas beaucoup de consultations aujourd'hui.

— Je te rappelle que nous avons des gamins qui projettent de répéter et un après-midi pizza.

— Je n'arrive pas à croire que même avec tous les désagréments de la chimio ils soient toujours partants pour manger une pizza. La force de ces jeunes dépasse l'entendement.

Remarquant la pâleur de Marcy, il ajouta :

— Je peux t'appeler si besoin est. Je vais te montrer les douches.

— Tu es en train de me dire que je sens mauvais ?

— Pas plus que moi, répliqua-t-il en souriant. On est là depuis presque quarante-huit heures, et je crois qu'on mérite tous les deux une petite détente.

Il conduisit Marcy jusqu'à un vestiaire.

— Avec un peu de chance, je vais te trouver une tenue.

Ouvrant un placard, il en sortit un sac de plastique contenant une tenue bleu ciel.

— Ça devrait faire l'affaire. N'oublie pas de la rendre.

— D'accord et merci, répondit Marcy.

— Pendant ce temps, je veillerai sur Steve.

Marcy lui lança un regard bizarre.

— Il y a un problème ? demanda-t-il.

— Non. Je te remercie juste d'être toi, dit-elle en déposant un baiser rapide sur la joue de Dylan.

Il fit une petite grimace.

— J'ai besoin de comprendre ce que j'ai fait pour pouvoir recommencer.

— Tu as cru en moi. Tu m'as fait confiance, pour Steve.

— Bien sûr que oui ! Tu es intelligente, compétente et la meilleure dans ton domaine.

Il n'ajouta pas qu'elle était aussi très belle.

Marcy rougit un peu et sourit.

— Merci. C'est la chose la plus gentille qu'on m'ait jamais dite.

Six heures plus tard, ils étudiaient les résultats des analyses de Steve sur l'écran d'un ordinateur.

— Son taux de globules blancs a baissé, remarqua Dylan, mais pas assez.

— Oui, mais ce n'est pas une raison pour qu'on ne lui injecte pas une troisième dose demain. Suivons la même procédure, et je pense que tout se passera bien. En tout cas, il a eu moins de nausées.

— Je vais me fier à ton jugement, répliqua Dylan en se dirigeant vers la porte de Steve.

Le cœur de Marcy se gonfla d'émotions. Il lui faisait confiance ! Son mari n'en avait jamais été capable, après la mort de Toby… et même avant.

Comme elle ne le suivait pas, Dylan se tourna vers elle.

— Il y a un problème ?

— Non, répondit-elle avec un sourire. Tout va bien.

Après la pause pizza et la répétition, Dylan et Marcy regagnèrent leur bureau pendant que les jeunes patients continuaient de chanter dans une salle de conférences.

— Ça avance bien, dit Marcy en s'effondrant sur sa chaise. Je crois qu'ils ont hâte de participer à la soirée, maintenant.

— Oui. Marcy, je voudrais que tu rentres chez toi pour prendre un peu de repos.

— Et tu vas en faire autant ? demanda-t-elle sur un ton provocant.

Leurs regards se croisèrent.

— Non.

— Alors je pense que je vais rester. La dernière dose va être injectée à 4 heures du matin, et je veux être là.

— Tu as le temps de faire un aller-retour.

— Et toi aussi.

— D'accord. Si on ne rentre pas chez nous, au moins on va sortir pendant quelques minutes avant le coucher du soleil.

Prenant la main de Marcy, il la contraignit à se lever et la guida jusqu'à la porte.

— Où est-ce qu'on va ?

— On va marcher. Il y a un parc à une centaine de mètres d'ici, répliqua Dylan en éteignant les lumières.

— Je ne pense pas…

— Pas de discussion. Prescription du médecin.

Ils sortirent par la porte de service. Dylan entraîna Marcy le long d'une rue, puis ils franchirent un portail et empruntèrent un chemin qui les mena jusqu'à un ruisseau. Les oiseaux gazouillaient, et des écureuils jouaient dans les arbres. Marcy contemplait le spectacle avec émerveillement, quand Dylan la prit par le bras et posa un doigt sur ses lèvres pour lui faire signe de garder le silence. Ensuite, il pointa du doigt un lapin.

— J'avoue que c'est splendide. Je ne pensais pas en avoir besoin, mais je me trompais, dit-elle en roulant les épaules pour se détendre.

— Assieds-toi, ordonna Dylan. Je vais te masser. Les sièges de l'hôpital ne sont pas faits pour qu'on reste assis longtemps ou pour dormir.

Marcy s'installa sur un rocher moussu, et Dylan se plaça derrière elle.

— Tu n'es pas en meilleure forme, dit-elle.

— En ce cas, c'est chacun son tour, répliqua-t-il.

Posant les mains sur ses épaules, il massa ses muscles noués.

— C'est très agréable, murmura-t-elle.

Quelques minutes plus tard, elle se leva.

— À toi, maintenant.

Dylan s'assit et lui offrit ses larges épaules.

— Tu ne discutes pas ? s'exclama-t-elle sur un ton moqueur.

— Tu plaisantes ! Je ne refuse jamais un bon massage. J'espère ne pas t'embarrasser en ronronnant.

Marcy lâcha un petit rire, puis elle plaça les mains sur lui et se mit à pétrir ses muscles tout en savourant leur contact. Mais elle se rappelait qu'elle ne devait pas s'abandonner à cette sensation.

— Je me sens coupable d'être ici et de jouir de toute cette beauté, pendant que Steve subit cette épreuve, dit-elle.

— Il se sentait bien, quand nous sommes partis. J'ai donné des instructions très strictes, et on m'appellera au moindre souci. Ce traitement est nécessaire, et la culpabilité ne sert à rien.

Marcy ne le savait que trop bien.

— Tu es sincère, n'est-ce pas ?

— Tout à fait. Pendant des années, je me suis senti coupable parce que mes parents rataient tous les événements importants de ma vie. Je pensais que c'était ma faute.

— Tu le leur as dit ?

— Non.

— Mais ça te fait toujours mal.

— C'est vrai. Tout ce que je sais, c'est que je ne traiterai pas mes enfants de cette façon.

Dylan sortit un sachet de biscuits salés de sa poche.

— Rien à voir avec un pique-nique, mais c'est bon pour ce qu'on a.

Marcy remarqua le brusque changement de sujet, mais elle ne fit aucun commentaire. Ils restèrent assis sur le rocher jusqu'aux derniers rayons de soleil. Dylan lui prit alors gentiment la main, dont il caressa le dos avec son pouce. Ce geste l'apaisa d'une façon qu'elle n'aurait pas crue possible.

— Merci de m'avoir amenée ici. Tu avais raison. J'en avais besoin. Ça vide la tête de tous les soucis.

Comme elle frissonnait, Dylan passa un bras autour de ses épaules et la serra contre lui.

— On va juste rester quelques minutes de plus.

Elle ne put s'empêcher de poser la tête contre sa poitrine. L'espace d'un bref moment, elle pensa qu'elle aurait voulu y rester pour toujours. Elle réprima aussitôt ce rêve impossible. Cela n'arriverait jamais parce qu'elle ne le permettrait pas. Au lieu de vouloir quelque chose d'inaccessible, elle se concentra sur l'eau qui caressait les cailloux du ruisseau.

Quand finalement Dylan bougea, elle se redressa. Il se leva et lui tendit la main pour l'aider à en faire autant. Leurs regards se croisèrent. Il pencha un instant la tête comme s'il allait l'embrasser, puis il dit :

— On ferait mieux de partir. Notre patient nous attend.

Il lui tint la main sur le chemin du retour. Ils marchèrent en silence jusqu'à ce que Dylan demande :

— Comment tu vois ton avenir, pendant les dix prochaines années ?

Surprise par cette question qui sortait de nulle part, elle s'arrêta et se tourna vers lui.

— Tu fais allusion à ma vie professionnelle ou à ma vie privée ?

— Aux deux.

— Je veux bien répondre, mais toi d'abord.

— Je me vois ici, à Atlanta. Je travaillerai dans le même hôpital et je continuerai de faire ce que je fais maintenant : sauver tous les enfants possibles. Avec un peu de chance, j'aimerais aussi avoir une femme et des enfants.

Marcy imagina une balançoire dans la cour de sa maison, les enfants en train de jouer. Elle les vit se précipiter vers leur père lorsqu'il rentrerait chez lui après une longue journée de travail. Ce qu'elle ne voulait pas voir, c'était le visage de la femme qui venait vers lui, le sourire aux lèvres. Son estomac se noua.

Cette femme, ce n'était pas elle.

— À toi, maintenant, dit-il.

Elle se mordit la lèvre inférieure. Cela faisait bien longtemps qu'elle ne rêvait plus. Dylan passa un doigt délicat sur ses lèvres, déclenchant en elle une bouffée de désir.

— Je veux trouver un traitement contre cette maladie horrible qui anéantit la vie des enfants et de leurs familles.

— C'est admirable, remarqua Dylan en se remettant à marcher. Mais tu ne veux pas quelque chose pour toi-même ? Tu n'as pas d'autres rêves ?

— Je crois que celui-là est suffisant pour absorber toute ma vie.

7.

À 7 heures du matin, assis près de Steve, Dylan vérifia deux fois les résultats envoyés par le laboratoire. Ils étaient presque parfaits. Il jeta un coup d'œil à Marcy, qui rayonnait de fierté.

Son attention se reporta sur son patient.

— Tes analyses sont bien meilleures. Je suis raisonnablement optimiste sur la suite du traitement. Tu vas rester ici quelques jours de plus, mais je pense que tu pourras rentrer chez toi.

La mère de Steve émit un bref sanglot.

— Je crois que nous allons tous pouvoir nous reposer, continua Dylan en souriant. Le Dr Montgomery et moi, nous allons te laisser, et on se verra demain.

Steve hocha la tête. Sa mère étreignit Dylan, puis Marcy. Le père leur serra la main en martelant :

— Merci. Merci.

Dylan remarqua que les yeux de Marcy étaient mouillés de larmes lorsqu'il referma la porte derrière eux. Il entoura ses épaules d'un bras pour une étreinte rapide.

— Ça a marché, dit-elle d'une voix tremblante.

Craignant de révéler son émotion, il la lâcha brusquement avant de mettre un peu d'espace entre eux.

— Oui, et c'est grâce à toi que Steve a une autre chance. Maintenant, il est temps de rentrer et de dormir. Je suis crevé et je suis sûr que toi aussi.

À son grand étonnement, Marcy ne lui offrit aucune résistance. Une fois dans le parking, il annonça :

— Un agent de sécurité va nous ramener chez nous pour nous éviter de conduire. Nous sommes épuisés.

De nouveau, elle ne répondit rien et grimpa dans la voiture. Se laissant aller contre le dossier de son siège, elle ferma les yeux.

Arrivés devant l'immeuble de Marcy, ils furent accueillis par le bruit des marteaux-piqueurs. Des ouvriers réparaient une canalisation crevée.

— Tu ne peux pas rester ici, déclara Dylan. Tu ne pourras jamais dormir ni prendre une douche. Tu peux t'installer dans ma chambre d'amis.

— Je ne pense pas…

— Sois raisonnable, Marcy, dit-il en désignant le chantier. C'est vraiment un gros bazar.

Visiblement déprimée, elle hocha la tête.

— D'accord, mais seulement pour un soir.

Un coup de tonnerre réveilla Dylan juste avant minuit. Il avait ouvert la porte-fenêtre de la salle de séjour pour laisser entrer l'air frais. Pieds nus, il se rendit dans la pièce où régnait déjà une grande humidité et s'approcha de la porte-fenêtre malmenée par le vent.

Une tempête n'allait pas tarder à s'abattre sur Atlanta.

Un mouvement attira son attention… Marcy.

Elle se tenait debout sur les dalles ocre, le visage levé vers le ciel. Elle ne bougea pas lorsqu'il la rejoignit, comme si elle n'avait pas conscience qu'il allait pleuvoir bientôt. Des éclairs zébrèrent l'horizon, et le tonnerre retentit de nouveau.

— Qu'est-ce que tu fais là, Marcy ?

Entourant sa taille de ses bras, elle se mit à trembler.

— J'ai fait un cauchemar. Il est mort pendant une nuit comme celle-ci.

La gorge serrée, il se demanda si elle faisait une crise de somnambulisme.

— Qui est mort ?

— Toby.

— Toby ?

— Mon fils.

Dylan cessa de respirer pendant quelques secondes. Savait-elle ce qu'elle disait ? Avait-elle perdu un enfant ?

— Cette nuit-là, reprit-elle, il y avait aussi une tempête.

— Un accident de voiture ?

Elle secoua lentement la tête.

— Non. Il est mort d'un cancer.

Dylan réprima un cri. Certaines de ses actions et de ses réactions devenaient compréhensibles, maintenant.

— Je suis désolé. Je l'ignorais.

— Parce que je n'ai pas voulu te le dire. Tu ne devais pas savoir que je n'avais pas sauvé mon propre fils alors que j'essaye de sauver tes patients. Tu ne m'aurais pas fait confiance.

Il fut choqué qu'elle puisse le penser, mais cela n'avait pas d'importance. Il s'approcha doucement d'elle tandis qu'un éclair fendait de nouveau le ciel.

— Rentrons, Marcy, dit-il doucement.

Comme elle ne bougeait pas, il se posta derrière elle. Il voulait juste qu'elle sente une chaleur rassurante. Très lentement il l'attira contre lui et, lorsqu'elle laissa tomber la tête sur sa poitrine, il lui caressa le bras.

Déposant un baiser sur son crâne, il ajouta :

— Je crois que cette histoire ne se résume pas ainsi. Tu peux me parler, je sais écouter, et personne n'en saura rien. Mais rentrons.

Il s'était interrogé sur son comportement, mais il comprenait maintenant à quel point il avait été difficile pour elle de voir des patients. Le passé devait la submerger par vagues. Il ne s'étonnait plus qu'elle puisse témoigner une telle empathie aux parents puisqu'elle avait été l'un d'entre eux et qu'elle savait ce qu'ils ressentaient.

— Il aurait dix ans aujourd'hui, s'il avait vécu, dit-elle.

Dylan ne bougea pas, attendant.

— J'étais tellement absorbée par mon combat contre le cancer, continua-t-elle d'une voix empreinte de chagrin, que je n'ai pas vu que Toby souffrait de cette maladie. Quelle ironie du sort, tu ne trouves pas ?

Marcy émit un bref sanglot.

Dylan resserra son étreinte, et elle ne lui opposa aucune résistance.

— Le tonnerre m'a réveillée, dit Marcy, et tous les souvenirs sont revenus en masse. Cela ne m'arrive pas très souvent, pourtant.

— C'est sans doute à cause de toutes ces montagnes russes émotionnelles que tu as subies ces trois derniers jours. Tu veux bien me parler de Toby ?

Marcy avait pour règle de ne parler à personne de Toby. Jamais. C'était trop difficile. Les gens lui avaient dit que le chagrin s'atténuait avec le temps, mais c'était faux. La douleur était aussi intense qu'au moment de la mort de Toby. Elle s'imposait malgré vous.

Mais pour une raison inconnue elle voulait en parler à Dylan.

— Toby était un bébé normal. Quand il s'est mis à crier plus que d'habitude nous avons seulement cru qu'il avait une laryngite.

— C'est relativement fréquent.

— Oui, mais ce n'était pas le problème. À l'époque, Josh avait eu une promotion dans son entreprise et il devait voyager plus souvent. La plupart du temps, c'était moi qui m'occupais de Toby, mais j'étais d'accord. Nous avions d'ailleurs une baby-sitter. Quand la respiration de Toby est devenue sifflante, je l'ai emmené chez le pédiatre. Il a trouvé une tumeur dans son nez et nous a envoyés à un oncologue pédiatre. On a diagnostiqué à Toby une esthésioneuroblastome.

— Une tumeur très rare du nerf olfactif… surtout chez les enfants.

Il s'était exprimé en médecin. C'était une phrase qu'elle avait déjà entendue.

— Exact. Il en était déjà au stade 3. Moins d'un mois plus tard, au stade 4, dit lentement Marcy. Josh ne parvenait pas à gérer cette situation, moi non plus. Je me sentais… je me sens encore… coupable de ne pas avoir compris avant. Mon mari me blâmait. Après tout, j'étais médecin, j'aurais dû savoir, m'en apercevoir plus tôt.

— Marcy…

Elle leva la main.

— Je sais ce que tu vas dire, mais ça ne change rien à mon vécu… ou à la réalité. Les derniers mois de la vie de Toby furent les pires. J'avais pris un congé pour être auprès de lui, mais Josh ne parvenait pas à affronter ce qui se passait. Il travaillait sans cesse pour ne pas y penser… et puis, Toby est mort.

Dylan la serra plus fort contre lui, et elle s'abandonna à son étreinte. Sans dire un mot, il lui faisait comprendre qu'il était là pour elle.

Elle inspira profondément.

— Ensuite, je me suis absorbée dans mon travail, ce qui a mis fin à notre mariage, qui battait déjà de l'aile. Aujourd'hui, je suis ici et j'ai un traitement à offrir aux enfants victimes du cancer. Mais je ne peux même pas dire à leurs parents que j'ai traversé la même épreuve.

— Mais tu les aides plus que tu ne le sais. Je t'ai vue parler aux parents de Ryan, de Steve et de Lucy. Je suis encore plus impressionné, maintenant que je connais ton passé.

Elle pivota sur elle-même de façon à lui faire face.

— Ce n'est qu'une apparence. Tous les jours, je dois me contrôler pour ne pas m'effondrer.

— Nous sommes tous plus ou moins affectés. Moi-même, je dois me rappeler que je ne dois pas trop m'impliquer. Quand je rentre chez moi, il faut impérativement que je laisse tout cela derrière moi.

— On dirait que, plus nous avançons dans nos recherches, plus il y a d'enfants cancéreux. Cela n'arrête pas. Je veux que cela s'arrête !

La frustration crispa le visage de Marcy. Dylan posa la main sur sa joue.

— Toi et moi, nous faisons tout notre possible pour atteindre ce but.

L'espace de quelques secondes, leurs regards se croisèrent.

Marcy avait profondément besoin de réconfort et de tendresse. Cela faisait trop longtemps que quelqu'un l'avait serrée dans ses bras pour la consoler.

Alors pourquoi s'empêchait-elle de prendre ce que Dylan lui offrait pendant qu'elle était à Atlanta ? De toute façon, elle souffrirait de le quitter, mais pour une fois elle voulait jouir de l'instant présent.

Au lieu de combattre ses sentiments, elle se haussa sur la pointe des pieds pour presser ses lèvres contre celles de Dylan. Il lui rendit son baiser avec délicatesse. C'était doux et rassurant, mais elle voulait davantage.

Lorsqu'elle se cambra contre lui, la bouche de Dylan se fit plus pressante. Cette fois il exprimait son désir. Marcy en éprouva une sorte de vertige. Personne ne l'avait embrassée depuis sa séparation d'avec Josh.

Instinctivement, elle posa les deux mains sur la poitrine de Dylan et le repoussa.

Il s'écarta immédiatement.

— Désolé, je n'aurais pas dû faire ça. Tu étais bouleversée, je voulais juste que tu te sentes mieux, pas profiter de la situation.

Pourtant il aurait voulu la reprendre dans ses bras, effacer la tristesse qui faisait trembler la voix de Marcy.

— Il n'y a pas de problème, dit-elle. Je comprends.

— Rentrons, proposa-t-il. Tu es gelée. Tu as besoin d'une bonne douche chaude.

Il la guida jusqu'à la salle de bains réservée aux amis et fit couler l'eau chaude.

— Je vais te chercher de quoi te changer, et ne discute pas.

Marcy posa la main sur son bras. Ses grands yeux tristes retinrent les siens.

— J'ai peur de passer à côté de la vie. Je ne suis devenue rien de plus qu'un rat de laboratoire, dans une cage que j'ai moi-même fabriquée.

La gorge de Dylan se serra. En amenant Marcy à évoquer son passé, n'avait-il pas dépassé les bornes ?

— Tu as encore beaucoup à vivre, beaucoup d'amour à donner.

— Toby était tellement petit ! Tellement parfait ! Il ne méritait pas de mourir de cette façon.

On aurait dit qu'elle se parlait à elle-même.

— C'est vrai, ma chérie, il ne le méritait pas.

— J'ai l'impression de tout rater.

— C'est faux. Simplement, tu n'as pas eu à tes côtés la bonne personne pour t'aider à revivre.

Marcy leva vers lui un regard lumineux.

— Est-ce que tu es cette bonne personne ?

— J'aime à penser que je pourrais l'être.

Marcy ne se rappelait pas la dernière fois qu'elle s'était confiée de cette façon à quelqu'un… du moins si c'était déjà arrivé. Josh lui-même n'avait rien su de ses peurs et de ses rêves. Elle voulait que Dylan voie en elle une femme désirable, pas une femme en manque d'affection. Après qu'elle lui avait raconté sa triste histoire, il s'était comporté comme si elle était trop fragile pour qu'il la touche. Elle l'avait repoussé, mais elle avait besoin de ses caresses.

Elle était restée chaste pendant si longtemps qu'elle avait oublié ce que c'était que d'être embrassée, tenue dans des bras forts. Ou comment son corps vibrait sous les mains d'un homme. Jusqu'à ce qu'elle retrouve Dylan, elle avait exclu toute sensualité de sa vie.

Cette insistance qu'il avait exprimée pour qu'elle prenne une douche était une expérience qu'elle n'avait pas vécue depuis des années. Elle craignait d'être blessée, mais avec Dylan elle était en sécurité. Il ne lui ferait jamais de mal.

De toute façon, elle allait bientôt partir…

Dylan la désirait-il ? Elle trouva en elle le courage de le lui demander.

— Dylan ?

— Oui ?

Elle fit glisser la porte coulissante de la douche.

— Tu dois avoir froid, toi aussi. Ne gâchons pas cette eau chaude.

— Marcy ? fit-il d'une voix rauque. Tu sais ce que tu es en train de me faire ?

— Je pense, en tout cas je l'espère. J'ai envie de toi. J'ai envie de me sentir vivante de nouveau. J'ai envie de dormir près de toi.

Dylan ne perdit pas de temps. En un clin d'œil, ses vêtements glissèrent sur le sol dallé. Il était splendide !

Il entra dans la cabine et la prit dans ses bras.

— Tu en es sûre ? Je ne veux pas que tu aies des regrets demain matin.

— La seule chose que je regretterais, c'est si je ne t'embrassais pas, répondit-elle en posant les paumes sur les joues de Dylan.

— J'avoue que j'adore cette réponse, murmura-t-il, avant d'effleurer les lèvres de Marcy des siennes.

Elle lui rendit son baiser tout en faisant courir ses mains sur le corps mouillé de Dylan, caressant au passage ses muscles saillants. Elle comptait bien savourer cet instant le plus longtemps possible.

Encouragé par son ardeur, il parcourut à son tour les courbes de Marcy pour finalement prendre ses fesses dans ses paumes et la soulever contre lui. Elle s'agrippa à ses épaules et sentit contre son ventre le sexe de Dylan, épais et dur.

Il l'enveloppa de ses bras, puis sa bouche quitta celle de Marcy pour errer sur ses joues et sa nuque. Il mordilla sa chair tendre, derrière son oreille.

Allait-elle mourir de plaisir ?

Elle gémit et renversa la tête en arrière pour lui offrir un meilleur accès, tremblant de tous ses membres.

Il déposa une pluie de baisers sur son front et ses tempes. Comme elle se cambrait contre lui, elle sentit battre contre son ventre le membre viril de Dylan. Embrasée par le désir, elle poussa un cri.

L'eau devenait plus froide. Dylan s'écarta légèrement d'elle.

— Je te désire depuis trop longtemps pour te prendre la première fois dans une cabine de douche. Tu mérites mieux. Tu devrais être aimée lentement et savourée comme un bon vin.

Se collant à lui, elle l'embrassa avec passion.

— Tu es sûre, Marcy ? Si ça continue, il n'y aura plus de retour en arrière possible.

Elle entrouvrit les lèvres en guise d'invitation. Il accepta son offre et s'en empara avec une convoitise non dissimulée.

Marcy glissa les mains dans les cheveux de Dylan, puis elle s'attarda sur son cou et sur ses épaules. Lorsqu'il mordilla sa lèvre inférieure, elle gémit de plaisir comme si elle n'avait jamais rien expérimenté de si merveilleux.

Et c'était le cas.

Elle s'écarta de lui pour le regarder dans les yeux avant de reprendre son exploration de la poitrine de Dylan. Elle se pencha pour y déposer un baiser, puis elle se ravisa et lécha une gouttelette d'eau.

Dylan frissonna, et Marcy sourit.

— Il faut qu'on arrête, grommela-t-il.

Elle s'immobilisa aussitôt.

— J'ai fait quelque chose de mal ?

— Non, ma chérie. Le problème, c'est que tu le fais trop bien. Allons dans mon lit. De toute façon, il commence à faire froid, ici, ajouta-t-il en frôlant un mamelon durci. Même si j'apprécie l'effet de la fraîcheur sur tes beaux seins. J'ai envie de toi depuis la fac, alors je pense que je peux attendre dix minutes de plus.

Marcy soupira de soulagement.

— Tu me désires depuis si longtemps ?

Dylan ferma le robinet et sortit de la cabine.

— Je crois que je t'ai toujours voulue.

— Tu n'as jamais rien dit.

La prenant par la main, il la fit sortir à son tour de la cabine et l'enveloppa dans une serviette. Après lui avoir frotté le dos, il lui laissa le soin de se sécher les cheveux.

— Qu'est-ce que je pouvais te dire ? « Laisse tomber ton

copain pour moi » ? Je n'avais même pas assez d'argent pour t'inviter quelque part.

Attrapant une serviette, il s'essuya pendant que Marcy frottait vigoureusement ses cheveux.

— Tu es très belle, dit-il.

Le rouge monta aux joues de Marcy.

— Merci. Mais l'âge et la maternité m'ont un peu changée.

— Tu es plus belle que tu ne l'étais à la fac, affirma-t-il en la débarrassant de sa serviette pour la laisser tomber par terre. Viens, ajouta-t-il en lui prenant la main, j'aimerais te montrer combien je te trouve ravissante.

Dehors, la tempête sévissait.

Dylan conduisit Marcy dans sa chambre. Repoussant la couette, il l'invita à s'étendre sur le lit et la rejoignit. Allongé sur le côté, il lui prit la main et la porta à sa bouche pour embrasser sa paume.

— J'ai besoin de savoir si tu es sûre que c'est ce que tu veux. Je ne pourrais pas supporter que tu le regrettes demain. Si tu as des doutes, on arrête maintenant et on va dormir. Ton amitié compte trop pour moi pour que je risque de la perdre.

Personne n'avait jamais témoigné à Marcy autant d'attention. Dylan la comprenait. Même Josh n'avait pas été capable de susciter en elle un tel désir.

Elle voulait Dylan.

Elle avait besoin de lui.

— Je ne regretterai jamais rien de ce qui peut se passer entre nous, affirma-t-elle en posant la main sur sa joue. Je te promets que nous resterons toujours amis.

L'attirant contre lui, il l'embrassa tandis qu'elle l'entourait de ses bras et glissait une jambe entre les siennes.

C'était si bon !

La main de Dylan suivit la courbe de sa hanche jusqu'à sa taille, puis il remonta vers ses seins et les taquina pour que les pointes durcissent.

— Comme tu es réceptive ! dit-il d'une voix rauque.

Abandonnant la bouche de Marcy, il se mit à sucer un

mamelon. Elle sentit son ventre se tendre et se cambra pour lui donner un meilleur accès. Sa respiration se fit haletante.

— Tu aimes, n'est-ce pas ? demanda-t-il en passant à l'autre sein.

Elle ne put répondre, tant elle se concentrait sur les sensations que Dylan faisait naître en elle. Elle tenta de l'attirer contre elle, mais il résista.

— Reste tranquille et laisse-moi m'occuper de toi. Tu le mérites.

Elle retomba contre les oreillers, les doigts crispés sur le drap. Tandis qu'il continuait d'adorer sa poitrine, un flux de désir se répandit en elle.

— Tu as le goût du miel et l'odeur des fleurs de mon jardin au printemps, murmura-t-il contre sa peau.

Abandonnant ses seins, il traça un sillon brûlant jusqu'à sa taille du bout de la langue, et elle souleva les hanches en gémissant.

Il s'écarta d'elle un instant pour la contempler.

— Tu es parfaite.

Lentement, trop lentement, il caressa son ventre et descendit plus bas. Marcy retint son souffle. Chaque caresse de Dylan, brève ou langoureuse, enflammait sa peau. Et, lorsque sa bouche suivit le même parcours que ses mains, elle enfonça les doigts dans les cheveux de Dylan. Quelle partie de son corps allait-il explorer, maintenant ?

Mais Dylan se redressa et s'attaqua à l'un de ses pieds dont il embrassa la plante. Marcy frissonna. Cet homme était sur le point de la tuer. Soulevant sa jambe, il déposa un baiser sous son genou.

Marcy faillit hurler.

— Dylan, je t'en prie !

Un petit sourire aux lèvres, il fit courir un index sur le mollet de Marcy, jusqu'à la pointe de son pied. Elle voulut lui échapper, mais il la retint.

Cette fois, sa bouche remonta le long de sa jambe sans s'arrêter au genou. Il atteignit l'intérieur de sa cuisse, et de nouveau elle souleva les hanches. La main de Dylan fit le même parcours sur l'autre jambe et frôla le sexe de Marcy.

— Oh ! gémit-elle.

S'il continuait ainsi, elle allait exploser.

Dylan l'observa un instant, ses yeux sombres brûlants de désir, puis il s'empara de nouveau des lèvres de Marcy. Quelques secondes plus tard, il glissait un doigt en elle.

Marcy flottait sur un nuage de délice.

Lorsqu'elle revint à elle, il la regardait, visiblement satisfait de lui.

— C'est bon, hein ?

— Viens plus près. Je voudrais te remercier.

— C'est très tentant, dit-il en l'embrassant de nouveau.

L'enveloppant de ses bras, Marcy l'attira contre elle tandis que leurs langues entamaient une danse sensuelle.

— Je ne peux plus attendre, dit-il.

Se redressant, il se tourna vers la table de chevet et prit un sachet dans le tiroir. Après l'avoir déchiré, il déroula le préservatif le long de son sexe impressionnant.

Lorsqu'il la regarda, elle décela de l'admiration dans ses yeux. C'était quelque chose qu'elle n'avait jamais vu auparavant, et elle savait qu'elle chérirait ce souvenir. Elle ouvrit les bras. Dylan s'allongea près d'elle, et leurs bouches s'unirent tandis qu'il trouvait sa place entre les jambes de Marcy. Son sexe dur taquina un instant celui de la jeune femme avant de s'enfoncer en elle.

Comme elle soulevait les hanches pour l'accueillir, il la pénétra profondément, se retira et plongea de nouveau, accélérant peu à peu le rythme.

En Marcy, un besoin urgent grimpait en intensité. Soudain, ce fut l'orgasme. Elle atteignit ce paradis que seul Dylan était capable de créer. Tandis qu'elle revenait à la réalité, Dylan bougeait de plus en plus vite, les yeux plongés dans les siens.

Dans un dernier sursaut, il laissa échapper un grognement de pure satisfaction, frissonna avant de retomber sur le ventre auprès d'elle. Son bras demeura en travers du corps de Marcy, comme s'il ne voulait pas la laisser partir.

Le problème était qu'elle ne savait pas comment elle pourrait rester.

8.

Marcy était à demi étendue sur la poitrine de Dylan, un bras en travers de ses épaules et une jambe sur la sienne.

— Tu veux bien me parler de ton mariage ? demanda-t-il.

— Je ne crois pas que tu aies envie de l'entendre. Et puis il va falloir qu'on retourne à l'hôpital.

Il déposa un baiser sur son crâne.

— On a le temps, et je crois que tu as besoin de parler.

— Il n'y a pas grand-chose à dire. Après la licence, j'ai commencé mes études de médecine à Duke l'automne suivant. Josh a trouvé un boulot en ville sans aucune difficulté. Nous nous sommes mariés un an plus tard. J'ai terminé ma troisième année et appris pendant ma résidence que j'étais enceinte. Ce n'était pas le meilleur moment, mais j'étais heureuse. À l'époque, Josh partait parfois pendant quelques jours et il travaillait de longues heures. On ne se voyait pas beaucoup. J'avais déjà décidé que je me spécialiserais dans la recherche contre le cancer. J'adorais l'idée de créer quelque chose qui sauverait éventuellement de nombreuses vies. En outre, un horaire régulier me permettrait de fonder une famille. J'avais tout planifié.

— Je parie que tu avais même une liste, plaisanta Dylan.

Marcy sourit tristement.

— C'est vrai. Toby est né ce printemps-là. C'était un bébé magnifique, et je suis immédiatement tombée amoureuse de lui.

Dylan la sentit trembler. Lui avait-il trop demandé ?

— Les choses avaient déjà commencé à se gâter entre Josh et moi. Et, quand Toby est tombé malade, cela ne s'est pas arrangé. Josh ne supportait pas la situation, nous n'étions jamais d'accord, il me blâmait et accentuait la culpabilité que je ressentais déjà. Il n'était pas méchant, mais il ne parvenait pas à gérer sa douleur. Il n'arrivait pas non plus à me pardonner de ne pas avoir vu le problème plus tôt, et j'étais d'accord avec lui.

Dylan pressa légèrement les épaules de Marcy.

— Un an plus tard, nous étions divorcés.

— D'après mon expérience, soixante pour cent des couples ne résistent pas à ce genre de tragédie.

— J'ai réalisé par la suite que nos problèmes avaient commencé bien avant.

Marcy se tut un instant avant de reprendre :

— Jamais je n'ai autant parlé avec quelqu'un de cette époque. C'est vraiment libérateur.

— Je suis honoré que tu acceptes de te confier à moi. Les patients que tu as rencontrés ont dû susciter en toi beaucoup d'émotions, mais tu les as maîtrisées haut la main. Je suis désolé de ce qui est arrivé à Toby, conclut Dylan en serrant Marcy dans ses bras.

— Merci.

— Tout ce que tu viens de me raconter m'aide à mieux te comprendre.

Marcy laissa échapper un long soupir.

— Josh avait raison. J'aurais dû voir les signes.

— Ce n'est pas parce qu'on est médecin qu'on sait tout.

— J'étais concentrée sur mon travail, je faisais tout ce que je pouvais pour démarrer ma carrière. J'ai totalement échoué dans le domaine de la maternité.

— Je n'en crois rien mais, en admettant que ce soit le cas, je suis certain que cela n'arrivera plus jamais.

— Moi aussi, parce que je n'aurai plus d'enfants. Je ne suis même pas sûre de me remarier un jour.

Dylan se redressa pour la regarder dans les yeux.

— Ce serait triste, car tu serais une mère merveilleuse.

— C'est très gentil de ta part de le dire, répliqua Marcy avec un sourire triste.

Dylan prit ses deux mains et les embrassa.

— Je ne dis que la vérité, je n'essaye pas de te réconforter.

Pourquoi tenait-il tant à ce qu'elle le croie ?

Une heure plus tard, après avoir de nouveau fait l'amour avec elle, Dylan caressa l'épaule de Marcy.

— Réveille-toi, belle endormie. Il faut qu'on aille travailler.

— Je veux rester là.

— Moi aussi, mais Ryan vient pour son traitement, aujourd'hui, on doit examiner Steve et peut-être le renvoyer chez lui. Les parents sont suffisamment inquiets pour qu'on ne leur impose pas en plus le retard des deux médecins. Ensuite, on ira chez toi prendre tes affaires. Je veux que tu t'installes ici.

Marcy le fixa sans répondre.

— Pourquoi fronces-tu les sourcils ?

Se détournant de lui, elle glissa hors du lit en silence.

— Marcy ?

La gorge de Dylan se serra. Il la sentait s'éloigner, reconstruire le mur de briques qu'elle avait franchi pour passer la nuit dans ses bras. Il aurait été maladroit de la retenir, risquant ainsi d'empirer les choses. Il avait besoin de réfléchir à une stratégie… si du moins elle lui permettait de l'appliquer.

— Ne fais pas ça, s'il te plaît.

— Quoi ? Tenter de maintenir notre amitié après une nuit de passion ?

À son expression anxieuse, Dylan comprit qu'il était peut-être allé trop loin.

— Il faut qu'on parte pour l'hôpital, continua-t-elle. Je n'ai pas envie d'analyser ni de renouveler ce qui s'est passé entre nous.

— Tu veux dire que ce serait la seule fois ?

— Tu sais bien qu'il le faut.

— Pourquoi ?

— Parce que je ne suis là que pour peu de temps, expliqua-t-elle en commençant à s'habiller. Je ne veux pas me décharger sur toi de tous mes problèmes passés. La nuit dernière, j'en ai trop dit. Tu es quelqu'un de bien et tu ne mérites pas cela. Tu mérites une femme qui peut te donner un foyer et une famille. Je ne peux pas être cette personne.

— Très bien, si c'est ce que tu veux.

— Merci d'être un gentleman.

— Tu peux remercier mes parents pour ça.

Abasourdi, Dylan regarda Marcy sortir en hâte de sa chambre. Ce n'était pas ainsi qu'il avait imaginé la matinée d'après. Il avait pensé qu'ils boiraient une tasse de café en se tenant la main sur la table. En revanche, il n'avait pas envisagé une seconde que Marcy s'enfuirait sans un regard en arrière après ce qui s'était passé entre eux.

Pourtant, il restait persuadé que cette nuit d'amour signifiait plus pour elle que ce qu'elle laissait paraître. Il y avait une vraie connexion, entre eux. En fait, elle avait toujours existé.

Abandonné dans un lit froid, il se leva et prit une douche, ce qui lui rappela de doux souvenirs. Mais comment faire pour que Marcy se les rappelle aussi ?

Après une rapide toilette dans la salle de bains réservée aux invités, Marcy se regarda dans la glace et tenta de remettre un peu d'ordre dans ses cheveux. Elle remarqua une brosse à dents neuve et un tube de dentifrice au-dessus du lavabo. Quel genre d'homme pensait à des détails aussi insignifiants ?

Un homme doté d'un grand cœur, qui pensait aux autres en priorité… à moins qu'il n'ait invité d'autres femmes chez lui. Elle n'apprécia pas cette idée.

Un peu plus tard, en sortant dans le couloir, elle perçut des bruits venant de la cuisine. Vêtu d'une chemise blanche et d'un pantalon noir, Dylan se tenait devant les plaques de cuisson. La table était mise, et deux assiettes étaient posées sur l'espace de travail, près de lui. Il y avait déjà déposé du bacon et des toasts et faisait frire des œufs.

— Tu as trouvé tout ce dont tu avais besoin ? demanda-t-il.

— Tout à fait. Merci pour la brosse à dents et le dentifrice.

Il lui jeta un coup d'œil.

— Je veux que mes invités aient tout ce qu'il leur faut.

— J'ai trouvé intéressant que tu anticipes de cette façon leur présence.

— Cela n'a rien de mystérieux. Rappelle-toi que mes parents sont missionnaires. J'ai toujours des objets de toilette d'avance pour ma famille, quand ils me rendent visite. Non que cela arrive très souvent, d'ailleurs. Comment aimes-tu ton café ?

— Je n'en bois pas souvent.

— Je dois avoir quelques sachets de thé que ma mère a laissés.

— Merci, mais je ferais mieux de partir pour l'hôpital. Je veux savoir comment Steve se porte.

— Très bien, d'après ce que l'infirmière m'a dit au téléphone. Nous nous en assurerons après le petit déjeuner.

Marcy se balançait d'un pied sur l'autre.

— Je préférerais partir maintenant.

— Tu es pressée ? demanda-t-il en faisant glisser des œufs brouillés sur les assiettes avant de les poser sur la table.

— Non, enfin oui, peut-être. Je n'en sais rien, Dylan. J'ai besoin de réfléchir.

— Moi aussi, vraisemblablement, répondit-il en s'asseyant sur une chaise.

Marcy lui adressa un faible sourire.

— Je n'avais pas l'intention…

— S'il te plaît, assieds-toi et mange.

Elle obéit en silence.

Une demi-heure plus tard, un taxi déposait Dylan et Marcy devant l'hôpital.

— Tu comptes m'accompagner à la consultation, cet après-midi ? demanda Dylan.

— Non. Je dois revoir les résultats des analyses, en particulier ceux de Steve. Je serai presque tout le temps dans le bureau. Je compte aussi étudier les dossiers des patients.

— Très bien. On se verra plus tard, alors.

Au moment de le quitter, Marcy se tourna vers lui.

— Je suis désolée si tu trouves que je te traite mal. Ce n'est pas mon intention, mais je suis désorientée. J'ai besoin de réfléchir à ce que je veux. Je te demande seulement de m'accorder un peu d'espace.

— Tu peux avoir tout l'espace que tu veux. Tout ce que je souhaite, c'est que tu sois heureuse.

— Merci, Dylan.

À certains égards, il devait lui aussi réfléchir à ce qu'il voulait vraiment. Il avait été seul pendant si longtemps qu'il était effrayé par l'importance que prenait pour lui cette nuit d'amour. En tout cas, il désirait que Marcy revienne dans son lit, c'était une certitude.

À cette idée, il s'immobilisa dans le couloir.

Son esprit se projetait-il vraiment aussi loin ?

Marcy et lui voulaient-ils les mêmes choses ? Il n'en était pas sûr. Terrorisée par le passé, elle poursuivait sa fuite en avant. Il avait été blessé, lorsqu'elle avait dit qu'elle ne souhaitait pas avoir d'autres enfants ni se remarier.

Mais, bien que déçu par l'attitude de Marcy, il ne pouvait s'empêcher de la plaindre. Elle avait subi une épreuve terrible comme peu de parents en subissaient.

À la fac, il avait connu une Marcy joyeuse. Ces dernières semaines, il avait parfois entrevu cette personne, avant qu'elle se cache sous une gravité qu'elle portait comme une armure. Il aurait voulu la lui arracher et la brûler définitivement. Alors, Marcy retrouverait son sourire d'autrefois.

Ce dont il avait besoin, c'était d'un plan.

Les deux jours suivants, il traita Marcy comme une collègue. Ils voyaient les patients dans la salle de chimiothérapie ou en consultation. Lucy était venue pour son traitement, ce qui avait permis à Dylan d'observer Marcy pendant qu'elle parlait avec la mère. Les deux femmes s'apportaient un soutien mutuel, même si Marcy l'ignorait.

Dylan s'était retenu de toucher Marcy comme il en avait

envie. Il lui souhaitait le bonjour et lui souriait, agissant comme si leur nuit d'amour n'était rien d'autre pour lui qu'un agréable souvenir. Peu à peu, Marcy se détendit et à deux reprises elle lança une conversation.

Le jeudi après-midi, Dylan passa par le bureau pour prendre quelques papiers. Marcy était en train de travailler. Elle se contenta de lui jeter un coup d'œil.

— Désolé de te déranger, mais j'ai pensé que tu voudrais être tenue au courant. J'ai parlé à Steve il y a quelques minutes, et il se porte comme un charme.

Le garçon était rentré chez lui deux jours auparavant.

— Je suis ravie de l'apprendre.

Il était clair qu'elle se réfugiait de nouveau dans son trou noir. Il fallait qu'il l'en sorte avant qu'elle oublie ce que c'était que d'échanger avec d'autres êtres humains.

Dylan fit une pause avant de repartir.

— J'oubliais ! Tu te rappelles que je n'avais pas pu t'inviter à manger une pizza, faute de moyens ? Ce n'est plus le cas aujourd'hui. Est-ce que tu accepterais de dîner avec moi ce soir ?

— Dylan…

— Ce n'est qu'un simple dîner, rien de plus. Je ne te tiendrai même pas la main, si tu n'en as pas envie.

— Je ne sais pas…

— Allez ! Tu peux partager une pizza avec moi !

— D'accord. J'aurai terminé à 18 heures.

— Parfait. Je passerai te prendre. À tout à l'heure, déclara Dylan en quittant la pièce.

Après s'être garé devant le restaurant, Dylan ouvrit la portière, et Marcy sortit de la voiture. Ils se trouvaient devant un bâtiment qui rappelait les années 1950, avec son panneau en néon indiquant le nom de l'établissement : « Atlanta Café ».

— J'adore ! s'écria Marcy. Ça correspond tout à fait à ta voiture.

Dylan arbora un large sourire.

— Tu as remarqué ?

— Le contraire serait étonnant, répliqua-t-elle en riant.

Soudain, la tension qui régnait entre eux s'était évaporée.

— Ça me plaît vraiment, dit Marcy.

— Tant mieux.

La petite lumière qui brillait dans les yeux de Dylan causa un envol de papillons dans le ventre de Marcy.

À l'intérieur du restaurant, des lampes à pétrole étaient posées sur les nappes blanches qui recouvraient les tables. Les sièges étaient en bois, et le tout revêtait une élégance simple.

Une femme d'un certain âge, la taille ceinte d'un tablier, les accueillit.

— Bonjour, Dylan.

— Maria, dit-il en l'embrassant. Cela fait trop longtemps qu'on ne s'est pas vus.

— J'imagine que tu dois être très occupé, à l'hôpital.

— En effet.

— Laissez-moi vous accompagner jusqu'à votre table.

Elle les installa dans un coin tranquille de la salle bondée.

— Si j'ai bien compris, remarqua Marcy en regardant autour d'elle, tu viens souvent ici.

Dylan étudiait le menu.

— Pas tant que ça.

— Pourtant, tu sembles connu.

— C'est parce que j'ai soigné la petite-fille de Maria, répondit-il en posant le menu sur la table.

— Comment va-t-elle, maintenant ?

— Très bien. Elle fait ses études à la fac et va bientôt se marier.

— C'est merveilleux !

Il ouvrit la bouche pour dire quelque chose, mais se contenta de reprendre le menu.

— J'ai envie d'une pizza, ce soir. Et toi ?

— J'en partagerai volontiers une avec toi.

Dylan commanda une pizza extra-large dès que le serveur s'approcha de leur table.

Un petit sourire aux lèvres, Marcy demanda :

— Tu es certain que ça suffira ?

Les yeux de Dylan pétillèrent de malice.

— Si ce n'est pas le cas, j'en commanderai une autre. J'ai envie de célébrer nos succès, ce soir. Steve est rentré chez lui, le traitement de Lucy semble efficace, Ryan va mieux, et je crois que nous aurons le gala de charité le plus réussi de tous les siècles. Et tout cela en grande partie grâce à toi.

Le compliment alla droit au cœur de Marcy.

— Je n'en suis pas si sûre. J'espère que tu as bien fait comprendre à Steve et à ses parents, ainsi qu'à ceux de Lucie, que le TM13 n'est pas une assurance de guérison. Ils devront encore lutter.

Plus d'une fois, elle avait cru que Toby aurait une rémission, pour voir ensuite ses espoirs s'effondrer.

— Je suis d'accord, mais nous avons fait un pas dans la bonne direction, le week-end dernier. Cela vaut la peine d'être fêté. La vie est trop courte, de toute façon, pour qu'on ne la célèbre pas chaque jour.

Marcy hocha la tête sans répondre. Ces derniers jours, Dylan lui avait manqué plus qu'elle ne voulait l'admettre. Avec lui, elle avait trouvé la joie. Pourquoi ne pas en profiter tant qu'elle le pouvait ?

Posant les coudes sur la table, il claqua des doigts.

— À quoi penses-tu, en ce moment ?

Leurs regards se croisèrent.

— Tu poses toujours la même question.

— Parce que ça m'intéresse toujours.

— Je me disais que tu avais raison.

Les sourcils de Dylan rejoignirent presque la racine de ses cheveux, au-dessus de son front.

— Ah bon ? Je ne pensais pas que tu pouvais être aussi positive.

— Tu me trouves négative à ce point ?

Il haussa les épaules.

— Plutôt, oui.

— À force de travailler en labo, on oublie d'être sociable.

Il tendit le bras pour effleurer sa main.

— Tu devrais sortir plus souvent. J'ai bien vu que tu n'as aucun mal à l'être avec les parents de nos jeunes patients.

— C'est en grande partie parce que j'étais avec toi.

— J'apprécie la nouvelle Marcy, qui ressemble davantage à l'ancienne Marcy.

— Ça n'a aucun sens, dit-elle en riant. Mais ce doit être un compliment, et je te remercie.

À cet instant, le serveur leur apporta leur pizza. Cessant de parler, ils commencèrent à manger en silence.

Marcy leva les yeux vers Dylan. C'était vraiment un homme extraordinaire dont elle admirait l'intelligence. Elle en avait assez de cacher ses sentiments ou de se comporter comme s'il n'y avait rien entre eux. Dans une semaine, elle quitterait Atlanta et elle voulait profiter de ces derniers jours… avec lui.

Il posa sa fourchette sur la table.

— Pourquoi ce regard ? J'ai quelque chose sur la figure ?

Il prit sa serviette et s'essuya la bouche.

— Je réfléchissais, répondit-elle en repoussant son assiette.

— Tu recommences, c'est ça ? Accouche ! À quoi penses-tu ?

Quelques jours auparavant, ils exploraient mutuellement leurs corps, et ce soir ils agissaient l'un envers l'autre comme des étrangers. Marcy avait conscience que c'était entièrement sa faute.

Était-ce vraiment ce qu'elle voulait ?

— Je suis prête à rentrer à la maison.

Dylan pâlit brusquement.

— Je suis désolé si tu ne passes pas un bon moment en ma compagnie.

— Je passe un très bon moment, au contraire, et je veux rentrer avec toi.

Se levant d'un bond, Dylan déposa deux billets sur la table

et lui tendit la main. Quelques minutes plus tard, ils étaient dans la voiture.

— Tu es sûre de toi ? s'enquit Dylan. Je ne tiens pas à revivre ce qui s'est passé l'autre jour.

— Je n'ai jamais été aussi sûre de moi. Je m'installerai chez toi pendant le reste de mon séjour à Atlanta.

— Soyons clairs. Il n'y aura pas de retour en arrière. Tu as encore le temps de réfléchir. Je te veux aussi longtemps et aussi souvent que je le peux.

Marcy savoura l'intensité de sa voix.

Dylan se réjouissait que Marcy ait changé d'avis, même s'il en ignorait la raison. Plus d'une fois, il avait souhaité discuter avec elle, mais il s'en était abstenu, craignant qu'elle ne fuie comme un lapin effrayé. Et pour l'instant, la dernière chose qu'il souhaitait, c'était la mettre mal à l'aise.

Il ne savait pas où tout cela les mènerait et combien de temps cela durerait, mais il prendrait ce qu'il pouvait avoir et il en chérirait chaque minute.

De toute façon, il n'était même pas certain lui-même de vouloir s'engager dans une relation à long terme. Jusqu'à ce qu'il le soit, il n'aurait pas été honnête de faire pression sur Marcy. Pour l'instant, ils profiteraient au mieux du temps qu'ils avaient.

Dès qu'ils entrèrent dans la maison, Marcy prit la main de Dylan et l'entraîna dans sa chambre, puis jusqu'à son lit. Il sourit. C'était l'ancienne Marcy, ardente, déterminée et heureuse.

— Assieds-toi, dit-elle.

À la fois étonné et intrigué, il fit ce qu'elle demandait.

Elle se plaça entre ses jambes, puis elle prit son visage entre ses deux mains et l'embrassa passionnément.

C'était ce qui lui avait manqué ces derniers jours… sa vie tout entière. Que Marcy vienne à lui, qu'elle soit l'agresseur, qu'elle lui dise et qu'elle lui montre ce dont elle avait besoin.

Glissant les mains sous sa robe, il remonta le long de ses

cuisses et prit ses fesses dans ses paumes. L'attirant contre lui, il dévora la bouche de Marcy. Elle émit des gémissements doux qui attisèrent son désir.

Il voulut l'entraîner sur le lit, mais elle lui échappa. Lentement, trop lentement, elle entreprit de déboutonner la chemise de Dylan avant de le déshabiller complètement. Ensuite elle fit passer sa robe de soie par-dessus sa tête et la laissa flotter en direction du sol.

Il se força à ne pas la toucher.

— C'est suffisant pour que tu saches que je te désire ? demanda-t-elle.

Dylan s'éclaircit la voix.

— Pas encore, mais tu es toute proche du but.

En souriant, elle s'approcha de lui.

— Viens là, dit-il d'une voix rauque.

La prenant par la main, il la fit tomber sur le lit.

Marcy pouffa, et ce fut le plus beau son qu'il avait jamais entendu. Elle entoura son cou de ses bras tandis que sa peau tiède et douce frôlait la sienne, juste avant que leurs deux corps se retrouvent.

9.

La vie était vraiment merveilleuse !

Depuis leur soirée au restaurant, Marcy vivait dans la maison de Dylan.

Allongée près de lui sur le dos, elle contemplait son corps magnifique aux premières lueurs de l'aube. Étendu sur le ventre, il dormait encore, un bras posé sur elle.

Elle aurait pu facilement s'y habituer. Mais depuis quand était-elle aussi dévergondée ? Depuis que Dylan était de retour dans sa vie.

Comme il se retournait, le drap glissa plus bas sur ses hanches. Du bout du doigt, il caressa la courbe d'un sein, suscitant en elle un frémissement de désir.

— Tu comptes rester au lit toute la journée ? demanda-t-il.

— Non. Il faut qu'on assiste à la répétition des gamins. Le gala de charité va arriver très vite, maintenant. Tout ce que je souhaite, c'est que le comité comprenne ce que nous faisons. J'ai le regret de te dire que tu devras prononcer quelques mots.

Marcy préférait se focaliser sur la réception plutôt que de penser qu'elle s'en irait le jour suivant. Par une sorte d'accord tacite, Dylan et elle n'avaient pas abordé le sujet, mais elle ne doutait pas qu'il en était tout aussi conscient qu'elle.

Dylan émit un grognement.

— Tu es un vrai tyran.

— Tu m'as demandé mon aide.

— Rappelle-moi de ne plus jamais commettre cette erreur.

Marcy n'avait jamais été aussi heureuse. Elle se réveillait auprès de Dylan, puis elle prenait son petit déjeuner dans une cuisine ensoleillée et en bonne compagnie. Elle ne se contentait plus d'une barre protéinée et d'une tasse de thé comme lorsqu'elle vivait avec Josh. De toute façon, ils mangeaient rarement ensemble car son mari lui préférait la télévision.

Pour une fois, elle se sentait à sa place et s'attachait tellement à sa nouvelle vie que ce serait une véritable souffrance que de la quitter.

Elle chérirait ces moments, lorsqu'elle rentrerait dans son appartement désert et sans vie, à Cincinnati. Mais elle devait se rappeler que ce bonheur était temporaire. Elle ne se faisait pas assez confiance pour s'engager dans une relation.

Elle avait déjà cru à l'amour, et son mariage avait été un échec. Qu'est-ce qui pouvait lui laisser penser que, cette fois, elle serait capable de rendre heureux Dylan ?

Le mercredi soir, Dylan était assis sur une chaise de la cuisine pendant que Marcy préparait le repas. Ce spectacle l'enchantait plus qu'il n'était raisonnable.

Elle avait réuni ses cheveux en queue-de-cheval, et son visage était rougi par son activité. Elle se déplaçait près de l'espace de travail, prenant des assiettes, s'arrêtant parfois pour remuer le contenu d'une casserole.

Se pouvait-il qu'elle veuille la même chose que lui ?

Cette idée l'électrisa, mais oserait-il lui poser la question ?

Et si elle le rejetait ? Peut-être valait-il mieux se taire…

Pourtant, il ne pouvait pas la laisser partir sans lui demander de rester. Pour elle, il tenterait sa chance !

Marcy posa un saladier sur la table. Profitant qu'elle passait près de lui, il lui prit la main et l'attira sur ses genoux. Elle mit les bras autour de son cou et l'embrassa.

— Marcy, je voudrais qu'on trouve le moyen de rester ensemble. Qu'on essaye de poursuivre ce qu'on a commencé.

Se levant aussitôt, elle baissa les yeux vers lui en secouant la tête.

— Nous avions décidé que cela ne durerait que jusqu'à mon départ. Nous savions que ce serait temporaire.

— Tu ne sens pas que les choses ont changé ? À quel point nous sommes bien ensemble ?

— Bien sûr que si, mais j'habite à Cincinnati, et toi ici. Je travaille là-bas, et toi ici. Je ne vois pas comment cela pourrait marcher. Je dois me focaliser sur mes recherches. Si le TM13 fonctionne, il faudra que je poursuive dans ce sens. Je n'aurai pas la possibilité de faire des allers et retours, ni même de passer du temps avec toi si tu viens me voir.

— J'aimerais que tu n'utilises pas ton travail comme excuse. Tu te caches derrière lui. Il y a quelque chose de spécial, entre nous. Quelque chose qui vaut la peine d'être approfondi. Et tu peux travailler n'importe où. Nous avons des laboratoires, à Atlanta.

Submergée par la panique, Marcy secoua frénétiquement la tête, souhaitant qu'il cesse de parler. Elle ne voyait plus Dylan qu'à travers un écran de larmes.

— Marcy…

Elle recula d'un pas.

— Je suis désolée, si je t'ai laissé croire que je pouvais te donner davantage. Tu mérites mieux que moi.

Leurs regards se croisèrent et se retinrent.

— Je suis persuadé que tu peux me donner tout ce dont j'ai besoin, et plus encore. Tu as beaucoup d'amour à offrir. Ton travail lui-même en est la preuve, mais il faut que tu te fasses confiance, que tu nous fasses confiance.

— Je ne prendrai pas le risque de te blesser ni de vivre avec la certitude douloureuse que je l'ai fait.

— Qui pourrait affirmer que nous ne parviendrons pas à trouver le bonheur ensemble ? Si nous le voulons vraiment, nous pouvons essayer. Je suis loin d'être parfait, mais je peux te promettre que je serai toujours à ton côté dans les bons et les mauvais jours.

— Tu te trompes ! On a joué au petit couple dans ta maison et je pensais que, comme moi, tu savais que cela ne durerait pas. Il y a sûrement une femme pour toi quelque part, mais ce n'est pas moi.

— Ça ne peut pas, ou ça ne sera pas ? demanda calmement Dylan.

Elle se tut un instant, la gorge serrée et les tempes bourdonnantes.

— Nous ne voulons pas les mêmes choses, dans la vie. Tu souhaites une famille, et je ne peux pas te la donner. J'ai toujours sur les épaules le fardeau que j'avais il y a une semaine. Ça n'a pas disparu. Je suis incapable de me faire confiance davantage qu'avant.

Dylan se leva.

— Si je comprends bien, tu es trop effrayée pour nous accorder une chance ? Ces dernières semaines, je t'ai vue changer et je crois que moi aussi j'ai changé. On a formé une bonne équipe pour les patients, pour organiser le gala, et aussi au lit. Si nous marchons main dans la main, nous ferons en sorte que ça fonctionne. La peur te fait repousser quelque chose de merveilleux. Et qu'est-ce que tu projettes ? Tu vas reprendre ta vie solitaire, te cacher dans ton labo, fuir tous ceux qui te veulent du bien ou souhaitent se rapprocher de toi ? Passer quelques semaines au lit avec le prochain homme avant de le plaquer ?

Marcy sursauta. L'idée d'être avec quelqu'un d'autre que Dylan la rendait malade. Il parvenait à lui renvoyer une image d'elle pathétique.

— Tu peux parler ! Tu ne vaux guère mieux que moi. Tu as été abandonné par tes parents, ainsi que par ta fiancée, et tu masques tes sentiments. Comment saurai-je si tu ne veux de moi que parce que tu as peur d'être seul ? Que je ne te sers pas simplement à combler un vide ? Tu ne m'as même pas dit ce que tu éprouvais pour moi. Pour autant que je le sache, tu ne me veux que pour le sexe.

Dylan s'écarta d'elle comme si elle l'avait giflé.

— J'ai dit que je voulais voir où cela nous mènerait.

Marcy le foudroya du regard.

— Ça ne signifie pas pour autant que tu m'aimes.

— Si je le disais, est-ce que ça changerait quelque chose ?

Elle secoua la tête.

— Alors pourquoi est-ce que je déposerais mon cœur à tes pieds pour que tu le piétines ? J'ai déjà eu ma part.

— Apparemment, je ne suis pas la seule à avoir peur.

— Je ne dévoile peut-être pas mes sentiments, mais je n'utilise pas mon travail pour expliquer mon retrait du monde. Tu restes cloîtrée dans ton labo, seule, vivant à moitié. Tu as trop d'amour à offrir, trop de vitalité, trop de capacité à profiter pleinement de la vie pour t'enterrer de cette façon. Je l'ai compris cette semaine. Je t'ai vue t'épanouir, depuis que tu es ici. Tu es différente, dans le bon sens du terme.

— Tu ne connais pas la douleur d'aimer et de perdre ce qu'on a aimé.

— Tu crois ça ? Je ne t'ai pas vue dans les bras d'un autre homme, à la fac ? Je sais ce que c'est que de passer mes Noëls et mes anniversaires loin de ma famille. Je connais la souffrance d'être la cinquième roue du carrosse, dans la vie des gens. Tout comme j'ai vécu l'amour et la perte.

Marcy cessa un instant de respirer. Elle avait l'impression qu'il venait de la poignarder en plein cœur.

— Je suis désolée, Dylan. Je n'ajouterai pas davantage de souffrance dans ta vie.

— Je ne suis pas ton ex-mari. Je ne peux pas te ramener Toby, mais je peux t'offrir une chance d'avoir tout ce dont tu rêvais.

Tout en parlant, Dylan tendit la main. Marcy la regarda, les larmes aux yeux, puis elle secoua de nouveau la tête.

L'un d'eux se devait d'être réaliste.

Dylan laissa retomber son bras le long de son torse, le visage comme sculpté dans la pierre. Incapable de le réconforter, elle se rendit dans la pièce qui était devenue leur chambre.

Dylan s'effondra sur une chaise.

Rien ne s'était passé comme il le souhaitait. Il aurait voulu que Marcy noue les bras autour de son cou, qu'elle l'embrasse et accepte de leur donner une chance.

Il avait cru qu'elle avait dépassé le cap de l'anxiété.

Apparemment, il s'était trompé, et ce soir elle venait de lui claquer fermement la porte au nez.

Il resta assis jusqu'à la tombée de la nuit, puis il se rendit dans sa chambre… où Marcy n'était pas. Il la trouva dans la chambre d'amis, étendue sur le lit, le dos tourné à la porte. Il se demanda si elle dormait ou faisait seulement semblant. De toute façon, elle paraissait aussi inabordable que le mur d'une forteresse.

Il regagna son grand lit froid et, tandis que le sommeil le fuyait, il se tortura le cerveau, cherchant le moyen de fissurer la carapace que Marcy avait forgée autour de son cœur.

Un léger bruit le réveilla. Se levant d'un bond, il sortit dans le couloir et jeta un coup d'œil dans la chambre d'amis… vide.

La porte de la cuisine donnant sur l'extérieur était entrouverte. Marcy entra. En le voyant, elle s'arrêta brusquement.

— Euh… Je ne voulais pas te réveiller, désolée.

— J'ai vu que tu avais fait tes valises.

— Il ne me manque que mon sac. C'est ce que je venais chercher, dit-elle en se détournant légèrement.

— Marcy ! Tu ne crois pas qu'on devrait parler ?

Elle finit par le regarder.

— Je crois qu'on s'est tout dit, hier soir.

Elle n'aurait pas pu lui faire davantage de mal.

— Très bien, dit-il en s'écartant pour la laisser passer.

Ni l'un ni l'autre ne parlèrent pendant qu'elle rassemblait le reste de ses affaires. La gorge serrée, Dylan comprit qu'elle le chassait définitivement de sa vie.

— Tu préfères être dans un petit appartement triste qu'ici avec moi, constata-t-il avec amertume.

— Pas pour longtemps. Je repars aujourd'hui pour Cincinnati, dit-elle en gagnant la porte de derrière.

— Quand as-tu décidé cela ? Le gala de charité a lieu dans dix jours et tu comptes le manquer ? Les gamins auront le cœur brisé, si tu n'es pas là.

— Tu leur diras que je devais rentrer chez moi.

Il eut l'impression qu'elle le poignardait. Une fois de plus, quelqu'un qu'il aimait l'abandonnait.

— Et ton essai ?

— J'ai tous les résultats dont j'avais besoin. Il me suffira d'appeler les infirmières pour avoir les autres, lança Marcy par-dessus son épaule.

— Marcy, ça ne peut pas se passer de cette façon !

— C'est mieux pour nous deux, répliqua-t-elle sans croiser son regard.

— Je sais que tu fuis.

— Je ne vais pas en discuter avec toi, Dylan. C'est ce que je veux.

La voix de Marcy exprimait un tel chagrin qu'il se demanda si c'était vraiment ce qu'elle voulait.

— Apparemment, dit-il sèchement.

Posant les mains sur ses hanches, elle se retourna vers lui.

— Ne fais pas comme si j'étais la seule à avoir des problèmes. Tu penses que je ne les affronte pas, mais tu ne vaux guère mieux que moi. Pourquoi n'as-tu pas dit clairement à ton père que tu ne travaillerais jamais avec lui ? Tu ne lui dois rien, il n'a jamais été là pour toi. Mais au lieu de cela tu lui laisses croire qu'il y a une chance pour que tu te conformes à sa volonté. Ce n'est juste ni pour lui ni pour toi.

Dylan recula d'un pas, comme si elle l'avait giflé.

— Waouh ! Je ne m'y attendais pas. Est-ce que tu te déchaînes contre moi parce que tu ne veux pas voir en toi ?

Marcy écarquilla les yeux.

— Je ferais mieux de partir.

— À ta guise. Je ne voudrais pas te retenir plus longtemps que nécessaire.

Un instant plus tard, Marcy s'éloignait au volant de sa voiture. Dylan la suivit des yeux jusqu'à ce qu'elle disparaisse au coin d'une rue.

10.

Dylan était profondément malheureux.

Bien plus qu'il ne l'avait été quand ses parents brillaient par leur absence ou quand Beau avait quitté le lycée du jour au lendemain. La perte de Marcy était plus douloureuse que tous ces événements réunis.

Il croyait sincèrement qu'elle avait été heureuse avec lui et même qu'à un moment elle avait envisagé de poursuivre leur relation plus longtemps qu'elle ne le disait.

Assis dans son jardin, à l'arrière de la maison, il but une gorgée de café tout en contemplant le ciel gris. La météo elle-même s'accordait à son humeur.

Ces derniers jours, il avait vaqué à ses occupations habituelles, une douleur sourde dans la poitrine.

Marcy avait vidé leur bureau commun avant qu'il arrive à l'hôpital. Il avait supposé qu'elle l'avait fait dans la nuit avant de revenir chez lui pour faire ses valises.

Pourtant, sa présence restait sensible où qu'il aille. L'hôpital la lui rappelait, son bureau était encore imprégné de son odeur, sa maison n'était plus un foyer depuis son départ.

Il s'était juré de ne plus jamais se retrouver dans cette situation. Rejeté. Mais il avait baissé la garde et maintenant il le payait cher.

Pourquoi refusait-elle de discuter ?

Lorsqu'il avait suggéré qu'ils pourraient avoir un avenir commun, il avait été surpris par la violence de sa réaction. Comment avait-il pu se tromper à ce point sur les sentiments qu'elle avait pour lui ?

La sonnerie de son téléphone retentit.

— Salut, mon pote, lança Beau. Lisa et moi, on a toujours l'intention de venir pour ton gala de charité.

Dylan tenta de manifester un peu d'enthousiasme.

— J'ai hâte de vous voir ! Vous êtes les bienvenus chez moi.

— C'est sympa, mais on va l'hôtel. On a projeté une seconde petite lune de miel, puisque les enfants ne sont pas avec nous, expliqua Beau.

— C'est amusant.

Dylan s'effondra sur une chaise. En réalité, rien ne lui paraissait amusant, ces temps-ci.

— J'ai appris par le comité que tu as prévu un programme spécial, cette année.

Dylan réprima un grognement. Marcy et lui avaient travaillé dur pour préparer cette soirée. Chaque jour, au moins, un patient lui demandait de ses nouvelles. Quand bien même l'aurait-il voulu, il n'aurait pas pu la chasser de son esprit.

— Tu vas être impressionné, affirma-t-il.

— J'espère qu'il ne s'agit pas d'un de tes discours à rallonge.

— Il faudra que je dise quelques mots, mais je te promets que ce sera bref.

— Dylan ? Tu vas bien, mon pote ?

— Ouais. Pourquoi ?

— On dirait que quelque chose te perturbe.

Il y avait de l'inquiétude, dans la voix de son ami, mais Dylan n'avait pas vraiment envie de lui raconter ce qui s'était passé avec Marcy. En même temps, Beau était son meilleur ami et il lui avait toujours donné de bons conseils.

— C'est à cause d'une femme.

Beau émit un sifflement.

— Ah ! ce genre de problème. Comment s'appelle-t-elle ?

— Marcy.

— Ce n'est pas le nom de cette fille dont tu étais fou amoureux, à la fac ?

— La seule et l'unique.

— Commence par le début, s'il te plaît.

Dylan rapporta à son ami ce que Marcy et lui avaient vécu ensemble.

— Je ne sais pas quoi faire, conclut-il. Et, comme si ça ne suffisait pas, ce gala est comme du sel sur la plaie.

— Lisa et moi, on se demandait quand tu sortirais plus de deux fois avec une femme. Je ne suis pas particulièrement de bon conseil, en amour, mais selon moi tu devrais te demander si tu l'aimes. Et, si c'est le cas, dis-le-lui. Elle pourrait te surprendre.

— Je lui ai fait comprendre que j'avais des sentiments pour elle.

— Ce n'est pas la même chose. Je sais que tu cherches à te protéger, mais parfois il vaut mieux ouvrir son cœur. Tente ta chance. Tu ne peux pas t'attendre à ce qu'elle le fasse, si toi-même tu n'essayes pas.

— J'ai vraiment l'air aussi mal ?

— De combien de temps as-tu eu besoin pour te remettre de ta rupture avec cette fiancée pourrie ? Le départ de Marcy semble te faire souffrir bien davantage que ton mariage annulé.

Dylan ne pouvait pas affirmer le contraire.

— Je te suggère de lui dire tout ce que tu ressens, et peut-être reviendra-t-elle.

— Je n'en suis pas si sûr. En matière de souffrance, elle a eu plus que son compte, et elle est morte de peur. Je ne sais pas si elle m'écoutera.

Quoi qu'il en soit, plus ils seraient séparés longtemps, plus il aurait du mal à la convaincre qu'ils étaient faits pour vivre ensemble.

— Je ne sais pas si j'ai une chance.

— Tu n'en sauras rien si tu ne fais rien. À toi de voir jusqu'à quel point tu la veux.

— Au début, je voulais lui donner le temps de réfléchir. Maintenant, elle ne répondra pas à mes appels.

— Je te suggère d'aller la voir avant qu'il soit trop tard.

— Avant de partir, elle a affirmé qu'elle refusait de discuter avec moi.

— C'était peut-être le cas à ce moment, mais qu'en est-il maintenant ? Elle peut avoir changé d'avis. Je te rappelle combien j'ai eu de mal à persuader Lisa que j'étais l'homme de sa vie. J'ai dû tenir bon jusqu'à ce qu'elle le réalise à son tour.

— D'accord, tu m'as convaincu. Après le gala, je pars pour Cincinnati.

— Ça me semble une bonne idée. On se verra ce soir-là et on pourra discuter.

— En tout cas, merci.

— C'est quand tu veux, mon pote. Tu étais là pour moi quand j'en avais besoin. Je ne fais que te rendre la pareille.

Marcy déposa délicatement le tube à essai sur son support. Elle s'en voulait horriblement d'avoir fait ce qu'elle souhaitait à tout prix éviter : blesser Dylan.

En quittant sa maison, elle n'arrivait même pas à soutenir son regard. Elle avait même résisté à l'envie de jeter un coup d'œil à son rétroviseur. Un peu plus tôt, dans la nuit, elle s'était rendue à l'hôpital pour prendre ses affaires, puis elle était retournée dans la maison et avait fait ses valises. Si Dylan ne s'était pas montré, elle aurait fui sans un bruit.

Elle tenta de respirer doucement pour apaiser sa peine. Parfois, il lui semblait étouffer, comme si elle se noyait.

Son retour à Cincinnati aurait dû la distraire.

Mais non ! Elle se sentait davantage chez elle à Atlanta que là où elle vivait. Plus d'une fois, elle avait voulu appeler Dylan pour lui dire qu'elle avait changé d'avis. Mais elle avait trop peur de ne pas être celle dont il avait besoin dans sa vie.

C'était mieux ainsi… du moins c'était ce qu'elle se répétait.

Mais son cœur était brisé. Elle ne s'était jamais sentie aussi malheureuse depuis la mort de Toby.

Les essais cliniques étaient une réussite. Elle allait pouvoir sauver des vies d'enfant avec ce nouveau traitement. Dès qu'elle aurait toutes les informations, elle écrirait un article et le soumettrait à la FDA, l'agence américaine des produits alimentaires et médicamenteux. Elle devait se concentrer sur cette tâche et oublier Dylan.

Elle apprendrait à vivre sans lui.

Elle était rentrée depuis moins d'une semaine, mais il lui semblait que cela faisait des années. Chaque journée traînait en longueur. Autrefois excitant, son travail l'ennuyait en comparaison de l'exaltation qu'elle avait éprouvée auprès de Dylan. Il lui manquait, tout comme lui manquaient les jeunes patients et leurs parents.

Chaque soir elle regagnait son appartement où elle retrouvait sa solitude. Elle ne se souciait même pas de préparer son dîner. Au début, elle avait essayé, mais ce n'était pas drôle, de cuisiner pour une seule personne.

Cet espace ressemblait à un vestiaire, il était dépourvu de toute personnalité, contrairement à la maison chaleureuse de Dylan. Le patio où elle contemplait avec lui le coucher du soleil lui manquait profondément, ainsi que l'herbe après la pluie ou la beauté des fleurs.

Elle avait essayé d'apprécier à nouveau sa routine quotidienne, mais plus rien n'était pareil, depuis qu'elle avait quitté Dylan. Ses collègues lui avaient fait un très bon accueil, et elle aurait voulu être contente de les retrouver, mais elle ne pensait qu'à ce qu'elle avait laissé derrière elle, à Atlanta.

Un soir, elle était assise sur son canapé, les yeux dans le vide et les lumières éteintes, quand son téléphone sonna. Elle décrocha, espérant entendre la voix de Dylan. Mais il avait cessé d'appeler quelques jours auparavant.

— Bonsoir, ma chérie. Je voulais juste avoir de tes nouvelles puisque ton séjour à Atlanta a dû prendre fin ces jours-ci.

— Bonsoir, maman. En fait, je suis revenue plus tôt que prévu.

La mère de Marcy soupira.

— Tu aurais dû me le dire. Comment vas-tu ?

— Très bien. J'ai obtenu d'excellents résultats.

— Je n'en attendais pas moins de toi. Mais tu n'as pas l'air de t'en réjouir vraiment…

— Bien sûr que si.

— Mais… ?

Marcy était très proche de sa mère, surtout depuis la mort de Toby et son divorce.

— Maman, tu te rappelles mon partenaire de labo, en licence ?

— Celui dont tu parlais tout le temps ? Dale, Darnell… quelque chose comme ça.

— Dylan.

— C'est ça. Je me suis souvent demandé si Josh était jaloux. Eh bien ?

— C'est le chef du service d'oncologie pédiatrique, à Atlanta.

— Vraiment ? Et comment est-il ?

— Toujours aussi sympa. Il est drôle, très intelligent. J'étais contente de renouer avec lui notre ancienne amitié.

— Mais il y a eu plus ?

Sa mère avait toujours su lire entre les lignes.

— Oui.

— Dieu merci ! Je commençais à craindre que tu ne veuilles plus jamais avoir affaire à un homme.

— À ce point ?

— Ma chérie, ce Dylan doit être très spécial pour que tu lui aies prêté la moindre attention. Depuis la mort de Toby, tu ne fais que travailler, comme si tu étais morte avec lui. Est-ce que tu restes en contact avec Dylan ?

— Non. Je lui ai dit que ça ne pouvait pas marcher.

— Oh ! chérie, donne-toi une chance d'être heureuse à nouveau. La vie est trop courte pour ne pas saisir la moindre occasion de trouver le bonheur. J'ai l'impression que tu tiens vraiment à cet homme, et il n'y a rien de mal à cela. Il est temps pour toi de revivre.

— Je ne peux pas, maman. Et si j'étais blessée de nouveau ? Si je lui faisais du mal ?

— Tu n'es pas un tout petit peu irrationnelle ? Malheur et bonheur font tous les deux partie de la vie.

— Je ne pourrais pas supporter une telle douleur pour la seconde fois.

— Et pourquoi cela devrait-il arriver ? Pense plutôt à tout ce que tu pourrais avoir.

Il y avait dans la voix de sa mère un désespoir qui surprit Marcy.

— Est-ce que tu as vraiment des sentiments pour ce Dylan ? continua-t-elle.

— Oui, mais j'ai peur de le décevoir comme j'ai déçu Josh.

— Tu n'as rien fait pour le décevoir. C'est lui qui était décevant. J'aurais dû te le dire depuis longtemps. Au lieu de te soutenir, il a déchargé sa peine sur toi. Il n'était pas l'homme que je croyais.

— Maman, je ne t'ai jamais entendue parler de cette façon.

— J'aurais dû le faire avant aujourd'hui. Peut-être n'aurais-tu pas gâché autant de temps. Tu penses que Dylan t'aime ?

— Oui, répliqua Marcy d'une voix tremblante.

— Alors ne laisse pas la peur t'empêcher de trouver le bonheur, déclara fermement sa mère.

— Il veut des enfants, je ne sais pas si je pourrais recommencer.

— Ma chérie, tu seras une mère merveilleuse.

— Mon travail est ici et le sien à Atlanta.

— Ce n'est pas un problème si tu veux être avec lui et s'il veut être avec toi. Vous trouverez une solution. La vraie question est de savoir si tu es heureuse sans lui.

Marcy n'eut même pas à réfléchir.

— Non. Je suis malheureuse comme les pierres. Je n'arrive même plus à aligner deux idées à la suite.

— En ce cas, il est clair que tu seras plus heureuse avec lui. Si je comprends bien, on t'offre le bonheur, et c'est à toi de décider si tu l'acceptes ou non.

— Je ne sais pas si je peux.

— Parle-lui, ma chérie.

— C'est peut-être trop tard. Il y a un gala de charité, samedi prochain. Nous avons élaboré le programme ensemble, et ensuite je l'ai laissé tomber. Il ne me pardonnera peut-être pas. Je l'ai vraiment malmené.

— Je te suggère de mettre ta plus belle robe dans ta valise et de prendre un avion pour Atlanta. Cesse de pinailler, contente-toi de le faire. Sinon, tu vas le regretter. Je vais raccrocher pour que tu aies le temps d'organiser ton voyage. J'ai hâte de rencontrer Dylan.

— Je t'aime, maman.

Sa mère avait raison. Il était temps pour elle de prendre sa vie en main. Il fallait qu'elle arrête de se complaire dans le passé.

Elle avait quelques coups de fil à passer avant de se mettre en quête de la fameuse robe. Restait à espérer que Dylan apprécie les surprises.

Dylan ajusta le col de son smoking. Il préférait s'habiller en T-shirt et en jean, mais il comprenait la nécessité de jouer son rôle de chef de service. Balayant du regard la grande salle de bal de l'hôtel haut de gamme, il vit que le comité avait installé l'estrade. Des petites lampes tamisées étaient posées sur les tables recouvertes de nappes noires et argent. Tout était fait pour que les invités passent un bon moment et sortent leur porte-monnaie.

Il se demandait toujours pourquoi la somme dépensée pour louer l'hôtel ne servait pas de donation, ce qui aurait évité tout ce bazar. Chaque année, il posait la même question, et le comité lui assurait qu'il fallait investir pour obtenir des dons.

Il avait suivi le conseil de Beau. Demain, il prendrait l'avion pour aller voir Marcy. Il tenterait sa chance parce qu'elle en valait la peine. Après une semaine sans elle, il savait sans aucun doute qu'il l'aimait. Son sac était bouclé et son billet réservé.

Tout ce qu'il avait à faire, c'était venir à bout de cette soirée. Ensuite, il tenterait de persuader Marcy qu'elle était son avenir.

La salle était déjà remplie. Des tables rondes entouraient la piste de danse. Beaucoup de gens étaient déjà assis, et l'orchestre se mit à jouer. Quelques couples gagnèrent aussitôt la piste.

Dylan jeta un coup d'œil à sa montre. Les enfants devaient chanter dans une heure. Jusque-là, son rôle consistait à se mêler aux invités et à susciter des donations.

Une main s'agita au-dessus de la foule. C'était celle de Beau, qui l'invitait à les rejoindre, son épouse et lui. Ils se levèrent pour l'accueillir. Beau le serra dans ses bras et lui tapota le dos. Dylan embrassa Lisa avec affection.

— J'ai appris que le grand homme était descendu de son piédestal. Tu es amoureux, dit-elle en souriant.

Dylan foudroya du regard son meilleur ami, puis il revint à Lisa.

— C'est vrai, mais la question est de savoir si elle l'est aussi.

— Jamais je n'aurais cru entendre ces mots tomber de votre bouche, docteur Nelson.

— Je n'étais pas sûr non plus de les prononcer un jour.

Ils s'assirent tous les trois autour de la table.

— Alors ? demanda Lisa. Qu'est-ce que tu vas faire ?

— Je pars demain matin pour Cincinnati. J'espère la ramener ou au moins que nous trouvions le moyen de nous voir.

— J'ai hâte de rencontrer la femme pour qui le grand Dylan Nelson ouvre enfin son cœur.

— J'étais borné à ce point ?

Beau et Lisa échangèrent un sourire.

Un serveur leur proposa une flûte de champagne, et Beau leva la sienne.

— Au succès de Dylan.

Après avoir trinqué avec ses amis, Dylan remarqua l'une de ses patientes à une table toute proche.

— Si vous voulez bien m'excuser… je dois parler à une patiente.

Se levant, il rejoignit la jeune Mindy, qu'il avait déjà saluée à son arrivée. Elle portait une robe de soirée trop grande pour son corps frêle et elle avait mis une perruque.

— Bonjour, Mindy. Je suis content de te voir. Comment te sens-tu ?

— Très bien, docteur Nelson.

— Suffisamment pour danser, même si ce n'est pas le bal de promo ?

Rayonnante de joie, l'adolescente prit la main que Dylan lui tendait, puis il la guida jusqu'à la piste où ils évoluèrent un moment avant qu'il la ramène à ses parents.

— Merci pour la danse, déclara Dylan en s'inclinant légèrement.

Les joues toutes roses, Mindy pouffa.

— Je dois te quitter, dit-il. J'ai un travail à accomplir.

Dylan se mit à circuler parmi les invités, leur exposant son programme de lutte contre le cancer et les invitant à faire un don. Cette démarche ne lui plaisait pas particulièrement, mais elle était essentielle.

Jetant un coup d'œil à sa montre, il constata que les jeunes n'allaient pas tarder à chanter. Les musiciens étaient prévenus qu'ils devaient cesser de jouer dès leur apparition. Dylan rejoignit Beau et Lisa à leur table. Soudain, on entendit une sorte de crépitement.

Robby.

Un autre gamin le rejoignit. Bientôt, la salle tout entière résonna de bruits sourds.

— Tu étais au courant ? demanda Lisa.

Dylan hocha la tête en souriant.

Robby martela la première phrase du rap :

« Le cancer et la chimio, c'est pas fun.
La plage et le soleil, c'est bien mieux pour un jeune. »
Un autre enchaîna :
« Je parle même pas du traitement,
C'est vraiment pas marrant. »

Il y eut quelques rires dans la salle. Les gens avaient tous interrompu ce qu'ils faisaient pour écouter.

« Les médecins et les infirmières,
Ils ont la manière !
Ce sont des anges du paradis,
Mais les darons, ils ont plus un radis. »

Cette fois, les invités s'esclaffèrent. Certains d'entre eux se mirent à taper sur les tables. Robby termina son rap sous des applaudissements nourris.

Dylan regarda autour de lui, notant que les larmes se mêlaient aux rires. Il se leva et circula parmi les tables pour prendre le micro.

— Vous venez d'entendre quelques-uns de nos jeunes patients. Ils sont talentueux, n'est-ce pas ? Voilà comment ils s'occupent à l'hôpital pour faire passer le temps plus vite. J'aimerais vous en présenter quelques-uns. Ce sont tous des jeunes gens et des jeunes filles courageux.

Sortant une télécommande de sa poche, il appuya sur un bouton, et le visage de Robby apparut sur un écran.

— Voici Robby Neels. Il a seize ans, il aime les voitures rapides et le rap, comme vous avez pu le constater. Il vient de Peachtree City.

Une autre photographie remplaça la précédente.

— John Paul Walsh est un très bon élève. Il adore dresser les chiens et rêve de devenir astrophysicien.

Des exclamations fusèrent dans la salle.

— Il habite à Winder, en Géorgie, continua Dylan.

Lorsqu'il eut terminé de présenter tous les jeunes, les applaudissements retentirent de nouveau.

— Si vous voulez savoir pourquoi vous êtes ici ce soir, ces jeunes filles et ces jeunes garçons sont la réponse. Vous n'êtes pas venus pour moi ni pour le service d'oncologie, ni même pour l'hôpital. Il s'agit d'eux et de sauver leur vie ou de la rendre meilleure. Mon équipe et moi, nous vous remercions d'avoir accepté notre invitation. Nous espérons que vous passez un bon moment et que ce soir vous battrez le record des donations.

Dylan allait descendre de l'estrade, quand un éclair bleu cobalt attira son attention.

Marcy.

Elle le rejoignit sur l'estrade.

— Qu'est-ce que tu fais là ?

— Tu ne m'as pas invitée au gala ? dit-elle avec un sourire.

— Si, murmura-t-il.

— Je suis censée t'aider, non ?

Il hocha la tête.

— Passe-moi le micro. Nous en parlerons plus tard, mais pour l'instant j'ai quelques annonces à faire.

Dylan regarda la foule et rougit. Marcy lui prit le micro des mains et se tourna vers les convives.

— Bonjour. Je suis le Dr Marcy Montgomery. Je suis chercheuse et j'ai travaillé dans le service du Dr Nelson.

Dylan voulut s'en aller discrètement.

— Ne partez pas, docteur Nelson.

Il s'immobilisa.

— Combien d'entre vous ont remarqué que le Dr Nelson n'a pas besoin de consulter des notes pour présenter ses patients ? C'est parce qu'il les connaît. Il prend le temps de parler avec chacun d'entre eux, de jouer avec eux à des jeux vidéo, bien qu'il soit assez nul…

Deux gamins se mirent à rire sous cape.

— Il se souvient de tout ce qui les concerne, continua Marcy. Ce n'est pas un médecin comme les autres, et je crois qu'il mérite des applaudissements.

Les enfants et les parents se levèrent, tandis que la salle ovationnait Dylan, qui baissa la tête, très gêné et très rouge.

— Maintenant que tu m'as mis la honte, chuchota-t-il, tu as terminé ?

Marcy lui adressa un sourire suave.

— Pas du tout. Mesdames et messieurs, je vous demande de m'accorder encore une minute. Je vous ai dit que j'étais chercheuse et que je travaillais dans le domaine de l'oncologie.

Elle était sublime, dans cette robe bleue qui soulignait ses courbes. Ses cheveux étaient réunis en un chignon élégant sur le haut de sa tête, des perles ornaient ses oreilles. Dylan l'avait toujours trouvée belle, mais ce soir elle était resplendissante.

Il la vit prendre une profonde inspiration.

— Je suis aussi la maman d'un enfant qui est mort du cancer. Il s'appelait Toby. Je travaille dur pour trouver un traitement et je vous promets que chaque dollar que vous donnerez sera utilisé dans ce but. Maintenant, j'espère que vous passez une bonne soirée.

C'était Marcy dans toute sa gloire ! Elle avait partagé son deuil avec le public, alors qu'elle le cachait depuis des années. Sachant combien cela avait dû être difficile, il s'approcha d'elle.

Levant les yeux vers lui, elle lui adressa un sourire tremblant.

— Dylan, avez-vous autre chose à dire ?

Il secoua la tête. Il y eut quelques rires dans l'assemblée, mais le ricanement de Beau les domina tous.

— En ce cas, dit Marcy, laissons l'orchestre se remettre à jouer.

Dylan lui offrit la main pour l'aider à descendre de l'estrade. Lorsqu'elle glissa ses doigts contre les siens, il sentit son cœur s'emballer.

— Je suis si content que tu sois là !

Il ne put en dire davantage, car les enfants se groupèrent autour d'eux.

— Vous avez tous été formidables, déclara Marcy en les serrant dans ses bras.

Dylan aurait voulu avoir Marcy pour lui tout seul, mais apparemment ce ne serait pas pour tout de suite.

Lorsque enfin la foule commença à se dissiper, il lui prit la main.

— Il faut qu'on trouve un endroit pour parler.

Voyant qu'elle fixait quelque chose, derrière lui, Dylan se retourna et il pressa plus fort la main de Marcy. Il ignorait combien de chocs il allait devoir supporter ce soir, mais celui-ci était certainement le plus important.

Ses parents venaient vers lui.

— Maman. Papa.

Sa mère se précipita vers lui pour le prendre dans ses bras.

— Je suis tellement fière de toi !

Lorsqu'elle le lâcha, son père s'approcha à son tour et lui tendit la main.

— Fils.

Mais, quand Dylan prit la main tendue, son père l'attira contre lui pour l'embrasser.

— Vous ne m'avez pas prévenu de votre arrivée, s'étonna Dylan.

— Nous avons reçu une invitation spéciale à ce gala de charité et nous ne pouvions pas la refuser, expliqua sa mère. On nous a dit que nous verrions à quel point notre fils est extraordinaire.

Dylan fronça les sourcils. Il allait demander qui était ce « on » mystérieux, mais Marcy le devança.

— Tu ne me présentes pas à tes parents ?

Il s'écarta, trop troublé pour s'exécuter.

— Je suis ravie de faire votre connaissance, dit Marcy.

La mère de Dylan l'embrassa avant de se tourner vers son fils.

— Tes patients étaient extraordinaires, ce soir ! lança-t-elle.

— Merci, maman. Ce sont les vedettes de la réception. Je ne comprends toujours pas pourquoi vous êtes là.

— Je suis fier de toi, fils, dit son père. Tu aurais pu davantage te vanter de ton programme et de l'importance de ton action dans cet hôpital.

Dylan n'avait jamais appris à se mettre en avant. Tout comme son père, il se dévouait totalement à son travail. Il avait juste besoin que ses parents le comprennent.

— Papa, je sais que tu voudrais que je te rejoigne, mais ma place est ici. Je suis oncologue, et même sacrément bon dans ma partie.

— Depuis combien de temps le sais-tu ? demanda son père.

— Longtemps. J'aurais dû te le dire depuis des années. J'ai eu tort de te laisser croire que je pourrais travailler avec toi. Je suis désolé.

— Je crois que je le savais, au plus profond de mon cœur. Tu as trop souvent évité de me répondre, quand je te posais la question.

— Je ne voulais pas te blesser.

— À la façon dont tu as parlé de tes patients, j'ai compris.

De mon côté j'aurais dû t'accorder davantage d'attention. Bien sûr, j'aurais aimé que nous collaborions, mais je comprends ta passion pour la mission que tu t'es choisie.

— Merci, papa, répliqua Dylan, la gorge serrée. Ce que je peux faire, c'est vous rendre visite deux fois par an pour vous aider. Moi aussi, je crois profondément dans ce que vous faites.

Marcy réprima ses larmes. Ce qui se passait entre Dylan et son père la remplissait de bonheur. Peut-être avait-elle contribué à la guérison de Dylan comme il l'avait fait pour elle.

Lorsqu'elle avait appelé ses parents, elle avait pensé que ce serait peut-être un coup d'épée dans l'eau. Ils pouvaient très bien refuser l'invitation. En ce cas, elle n'en aurait jamais parlé à Dylan. Mais le résultat dépassait de loin ses espérances.

— Maman, papa, dit-il, je suis vraiment heureux de vous voir, mais j'ai besoin de parler une minute à Marcy. Si vous voulez bien nous excuser…

Ses parents lui lancèrent un regard perplexe, tandis qu'il prenait Marcy par la main et l'entraînait vers la sortie. Elle ne put s'empêcher de sourire lorsqu'il tenta en vain de pousser quelques portes fermées à clé. Il marmonna une bordée de jurons tout en pressant le pas.

— Pourquoi tant de hâte ?

Enfin, Dylan trouva une porte ouverte. Laissant échapper un soupir de soulagement, il l'attira à l'intérieur de la pièce et referma derrière eux. D'un mouvement vif, il prit Marcy dans ses bras et l'embrassa.

Lorsqu'il la laissa respirer, elle plaisanta :

— Qu'est-ce que tu fais ? Tu ne devrais pas être dans la salle, en train de papoter ?

Les yeux sombres de Dylan exprimaient un désir ardent.

— Tout ce dont j'ai besoin, c'est de t'embrasser.

De nouveau, il s'empara de la bouche de Marcy qui noua les bras autour de son cou en se cambrant contre lui.

Entre deux baisers, il demanda :

— Comment se fait-il que tu sois ici ? Je ne… je ne t'attendais pas.

— Pour la seconde fois, je te rappelle que tu m'as invitée. Je n'ai pas souvent l'occasion de me rendre à un gala.

Il s'écarta d'elle un instant.

— C'est pour ça que tu es là ?

— Non. J'ai pensé que tu aurais besoin de moi.

— Tu as tout à fait raison. Tu rentres à la maison avec moi, ce soir ?

— Tu ne crois pas qu'on devrait discuter avant que j'accepte ?

— C'est ce qu'on est en train de faire, répliqua-t-il en l'embrassant de nouveau.

— Je veux dire… à propos de l'avenir.

— Parce qu'il y a un avenir ?

— Je l'espère.

— En ce cas, ma maison est le meilleur endroit pour en parler. Nous ne serons pas dérangés… à moins que tu n'aies retenu une chambre d'hôtel.

— Je comptais que tu me proposerais la chambre d'amis.

— Tu peux même t'installer dans la mienne, qui est bien plus grande.

— Retournons dans la salle, on va remarquer ton absence.

S'écartant de Dylan, Marcy ajusta sa robe quelque peu froissée.

— J'ai des amis que je voudrais te présenter, déclara Dylan en tirant à son tour sur sa veste de smoking pour se rendre présentable.

Il lui prit la main et l'entraîna hors de la pièce.

— C'est toi qui as fait venir mes parents, n'est-ce pas ?

— Il se peut que je leur aie envoyé une invitation. J'espère que tu n'es pas fâché.

— Non. Plutôt surpris.

— J'ai pensé qu'ils devaient te voir avec tes patients, pour qu'ils comprennent à quel point tu es investi dans ton job.

— Comment les as-tu trouvés ?

— J'ai passé quelques coups de fil, ensuite c'était facile.

— À qui, si je peux te le demander ?

— J'ai d'abord appelé le président du comité. Il m'a fourni le nom du plus gros donateur, dont le prénom est Beau, et qui vit à Birmingham.

— J'aurais pu m'en douter.

— Lui et moi, nous ne nous sommes jamais rencontrés mais nous nous sommes parlé un bon nombre de fois.

— Il n'a rien trahi, la dernière fois que je l'ai eu au téléphone.

— Tu as un excellent ami qui a beaucoup d'affection pour toi.

— Exact, mais je n'ai pas envie de parler de lui maintenant. Je préfère te le présenter avant de danser avec toi.

Sur ces mots, Dylan ouvrit la porte de la salle de bal.

— J'en serai ravie.

Dylan la conduisit jusqu'à une table occupée par un homme aux cheveux sombres et au grand sourire auprès de qui était assise une femme blonde vêtue d'une robe dorée.

— J'aimerais te présenter officiellement Beau et Lisa Johnson. Beau et Lisa, voici Marcy Montgomery.

Le couple se leva pour embrasser Marcy.

Dylan tira une chaise pour elle à côté de Lisa, puis il s'assit à son tour.

— Si j'ai bien compris, Beau, Marcy et toi, vous vous connaissez déjà en quelque sorte.

— Je suis contente de mettre un visage sur une voix, dit Marcy.

— Moi de même. Vous lui avez tout raconté, je suppose ?

— Oui. Pas tout, mais presque.

Ils passèrent la demi-heure suivante à bavarder. Si peu sociable quelques semaines auparavant, Marcy espéra qu'elle venait de se faire de nouveaux amis.

Enfin, Dylan se leva et lui tendit la main.

— Tu veux bien m'accorder cette danse, Marcy ?

Le cœur battant, elle lui sourit.

— Très volontiers.

Passant un bras autour de sa taille, Dylan la guida jusqu'à la piste.

— J'avais absolument besoin de te prendre dans mes bras, dit-il. Qu'est-ce que Beau a voulu dire, à propos de ce que tu ne m'aurais pas encore révélé ?

— Il a proposé de payer les billets d'avion de tes parents et leur chambre d'hôtel. Il était persuadé que leur présence était très importante, ce soir.

— Il faudra que je le rembourse.

— Je ne ferais pas ça, à ta place. Il a considéré cette dépense comme une donation pour une bonne cause.

Dylan pressa légèrement la main de Marcy.

— Tu sais que tu es extraordinaire ?

— Je n'en sais rien, mais je suis contente que tu le penses.

— Grâce à toi, j'ai eu mon lot de surprises, ce soir.

— Je n'étais pas certaine que tu apprécierais mes initiatives.

— Tu doutais que je puisse être content de te voir ?

— Je n'ai pas été très agréable avec toi, quand je suis partie. Je comptais sur la présence de tes parents pour faciliter nos retrouvailles.

— J'avais besoin de ce face-à-face avec eux. Mon père a mieux pris les choses que je ne m'y attendais.

— J'ai trouvé très gentil de ta part cette proposition de lui apporter ton aide chaque fois que tu le pourrais. Cela vous fera beaucoup de bien à tous les deux.

— Je le crois aussi.

Dylan se pencha vers Marcy.

— Dans combien de temps penses-tu que nous pourrons nous échapper ?

Elle regarda autour d'elle.

— La moitié des invités sont partis.

— Et on a nos propres affaires à régler, murmura-t-il à son oreille.

— On peut s'en aller.

Il l'entraîna jusqu'à la table de Beau et Lisa.

— Je vous adore, tous les deux, mais il est temps pour

nous de nous éclipser. Rendez-vous chez moi pour le brunch à 11 heures, demain matin, si vous êtes d'accord. Sinon, je serai à la maison toute la journée.

Beau arbora un large sourire.

— Pourquoi tant de hâte ?

Prenant le bras de Marcy, Dylan répondit :

— Nous avons quelques affaires en cours à régler.

Réfrénant son envie de rouler à toute allure, Dylan conduisit lentement. Une fois garé dans son allée, il coupa le contact et se tourna vers Marcy.

— Est-ce que je t'ai dit combien tu es ravissante, ce soir ?

— Il me semble que oui, mais c'est toujours agréable à entendre.

Dylan lui prit la main.

— Tu m'as manqué.

— Toi aussi.

— J'ai cru comprendre que ta présence à la réception avait une signification particulière.

— C'est vrai.

— Tant mieux. Allons-y, alors, et parlons.

Quelques minutes plus tard, ils entraient dans la maison.

— Tu veux une tasse de thé ? demanda Dylan.

— Non, merci. En revanche, si tu veux bien me prêter un de tes sweats et un bas de jogging, j'aimerais bien qu'on s'installe dehors.

— Ça peut se faire.

Il gagna l'arrière de la maison, suivi de Marcy. Elle s'arrêta devant la porte de sa chambre pendant qu'il allait chercher ce qu'elle avait demandé.

— J'ai besoin que tu m'aides, pour la fermeture Éclair.

Dylan faillit avaler de travers. Sans un mot, il lui tendit les vêtements et abaissa le zip, appréciant la douceur de la peau sous la robe.

Lorsqu'il eut terminé, il déclara d'une voix rauque :

— Tu devrais aller dans la chambre d'amis, ou bien nous n'aurons jamais cette conversation.

Elle se hâta d'obéir, non sans lui lancer un coup d'œil par-dessus son épaule.

Dylan l'attendait dans le patio avec une couverture lorsqu'elle le rejoignit.

— Tu es certaine de ne pas avoir froid ?

— Tout à fait.

Déployant la couverture, il la posa sur ses épaules et s'assit auprès d'elle.

— Tu veux commencer, ou c'est moi ?

— Je préfère commencer. Tout d'abord, je suis désolée pour la façon dont je me suis comportée quand je suis partie. J'ai été horrible avec toi. Ma seule excuse, c'était que j'étais terrorisée.

— D'accord, mais je n'ai pas été exemplaire non plus.

— Laisse-moi finir. Pendant très longtemps, j'ai eu peur, au point que cette peur effaçait toutes les autres émotions. J'avais peur de ce que tu me faisais ressentir ou de ce que tu attendais de moi, ou de l'avenir… La liste est longue. Tu avais raison. J'avais cessé de vivre et je m'étais enfermée dans un laboratoire. Avec toi, j'ai retrouvé ma liberté, mais j'ignorais quoi en faire. Tu me poussais à vouloir des choses auxquelles j'avais depuis longtemps cessé de rêver. Mais le fait est que c'est grâce à toi que je me suis mise à revivre, et je t'en serai éternellement reconnaissante.

Prenant sa main, Dylan la pressa légèrement.

— Mais ce que je veux vraiment te dire, continua Marcy, c'est que je t'aime. D'une certaine façon, je crois que je t'ai aimé dès notre première rencontre.

Dylan attira Marcy sur ses genoux et, lorsqu'il l'embrassa, elle se pelotonna contre lui.

— Je craignais de ne jamais entendre ces mots, avoua-t-il au bout d'un moment. Je t'aime, Marcy. Je le sais depuis la fac. J'ai aimé la jeune fille que tu étais tout comme j'aime la femme que tu es devenue. Et ce soir tu m'as offert un cadeau magnifique. Tu as montré à mes parents qui j'étais réellement, et c'est très important. Il n'y a pas beaucoup de gens qui auraient fait cela pour moi.

Marcy déposa un baiser sur son cou.

— Donc, tu comptes rester à Atlanta et travailler avec des enfants cancéreux ?

— Ça dépend.

Elle se redressa vivement.

— Ça dépend de quoi ?

— De toi. Je ne vivrai nulle part sans toi.

Il la sentit frissonner contre lui.

— Tu ferais ça pour moi ?

— Et bien davantage. Ne sois pas si surprise, Marcy. Je t'ai déjà dit que je t'aime et je n'ai pas changé d'avis. Je veux passer ma vie avec toi et j'espère, vu ce que tu m'as dit, que toi aussi. S'il me faut déménager pour être avec toi, je le ferai.

— Tu abandonnerais tout pour moi ?

Lui prenant la main, il la porta à ses lèvres.

— Mon cœur, je ferais n'importe quoi pour être avec toi. Sans toi, j'étais malheureux comme les pierres. C'était comme si le soleil m'avait abandonné.

Les yeux de Marcy se mouillèrent de larmes.

— Je suis une vraie plaie.

— Et j'aime tout de toi.

— Dylan…

Leurs bouches se joignirent. Sentant les lèvres de Marcy trembler sous les siennes, Dylan fut submergé par la tendresse.

Lorsqu'ils s'écartèrent l'un de l'autre, elle prit son visage entre ses mains.

— Il est temps que j'arrête de me cacher derrière le passé et que j'aille de l'avant. J'ai beaucoup réfléchi à ce que tu m'as dit à deux reprises, que je devrais songer à aider les parents des patients. Parce que, en tant que mère et médecin, mon point de vue est unique.

— C'est ce que je pense.

— Quand j'ai passé ces coups de fil à tes parents, je discutais en même temps avec l'administration de l'hôpital. Ils m'ont proposé un programme qui pourrait vraiment marcher. Il y a peut-être une place pour moi à l'hôpital pour enfants d'Atlanta.

Dylan serra Marcy dans ses bras.

— Ce serait génial ! Tu es parfaite pour ce poste, mais… et tes recherches ?

— Je pourrai toujours les continuer, ou du moins les diriger.

— Pour une femme qui a travaillé en labo pendant des années, tu fais sauter les murs de ta prison.

Marcy sourit.

— Parce que tu m'as donné la clé.

— Quelle clé ?

— Ton amour.

— Mon cœur, j'espère que je ne te décevrai pas.

— Sûrement pas. Tu es mon chevalier en armure.

— N'importe quel chevalier peut tomber de cheval.

— Pas toi.

Marcy se leva et, lui attrapant la main, elle l'entraîna vers la maison.

— Je commence à être fatiguée. Nous terminerons plus tard cette discussion.

— Le principal a été dit.

Dylan prit Marcy dans ses bras, fou de désir.

— Et maintenant, je veux te montrer combien je t'aime.

Quand Dylan se réveilla, le lendemain matin, le corps chaud et parfumé de Marcy était blotti contre le sien. L'espace d'un instant, il crut qu'il était en train de rêver.

Une main douce caressa ses cheveux.

— Je me demandais si tu allais finir par te réveiller. J'ai réfléchi.

— Ah bon ? rétorqua-t-il avec un sourire.

— J'aimerais avoir un bébé.

Dylan écarquilla les yeux.

— Tu n'es pas obligée de faire ça pour moi, Marcy ! Aussi longtemps qu'on restera ensemble, on sera heureux.

— J'en veux même plusieurs. Tu feras un père merveilleux. Avec toi, je peux être une bonne mère.

Pendant un instant, Dylan cessa de respirer. Il ne s'attendait pas à cela, ayant accepté l'idée de ne jamais avoir d'enfants.

— Tu as été une bonne mère, avec Toby.

— Maintenant, je le sais et je fais tout pour ne plus me sentir coupable. Je ne te promets pas de ne pas te rendre fou, quelquefois, mais je ferai des efforts.

— On se battra ensemble, ma chérie. On affrontera le bon comme le mauvais. Mais, avant que je ne supporte pas d'attendre une minute de plus pour te faire ce bébé, je voudrais te poser une question.

— Une question ?

Tendant la main vers son pantalon qui gisait sur le sol, Dylan fouilla dans une poche et en sortit un petit sac de velours.

— Qu'est-ce que c'est ? demanda Marcy.

— Quelque chose pour toi, répliqua-t-il en plongeant un doigt dans le sac pour en sortir une bague avec un diamant étincelant. Je l'ai achetée parce que je comptais aller te voir à Cincinnati, aujourd'hui.

— Quoi ?

— Marcy, est-ce que tu veux bien m'épouser ?

Elle se jeta dans ses bras.

— Oui, oui, oui.

— En ce cas, puis-je passer ce solitaire à ton doigt pour qu'il ne soit pas perdu pendant que je te ferai l'amour ?

Elle lui tendit la main gauche, et Dylan glissa la bague à son annulaire.

— Je l'adore ! lança-t-elle. Il va falloir que je remercie tes parents.

— Pour quoi ?

— Pour avoir fait un homme comme toi.

— Je trouve que c'est moi que tu devrais remercier.

— Ça peut se faire.

Nouant les bras autour du cou de Dylan, Marcy l'embrassa.

Épilogue

Ce samedi matin, Marcy appréciait la chaleur du soleil qui filtrait à travers la vitre.

Elle prit l'enveloppe posée sur le lit et l'ouvrit.

— C'est Mindy. Elle adore la fac et elle a un petit ami. Je croyais qu'elle ne regarderait jamais un autre mâle, après avoir dansé avec toi.

Dylan s'adossa confortablement aux oreillers.

— Tu nous as vus ? Tu étais déjà au bal ? Tu ne me l'as jamais dit.

Marcy eut un sourire espiègle.

— Je t'observais depuis une porte de service.

— Petite sournoise !

— Grâce à toi, elle a vécu la soirée de sa vie. Et ce petit salut, à la fin ! Elle rayonnait.

— Tu rayonnerais, si je m'inclinais devant toi ?

— Tu me fais rayonner tout le temps, répliqua Marcy en souriant.

L'un des deux bébés étendus entre eux se mit à pleurnicher.

— C'est l'heure de la tétée, dit Marcy en posant une main sur le nourrisson pour le calmer une minute.

— Tu sais que, quand j'étais d'accord pour avoir des enfants, cela ne voulait pas dire que tu devais tous les faire à la fois.

— Tu voulais des enfants, et j'ai fait ce qu'il fallait, répliqua Marcy avec une certaine fierté.

Dylan se pencha vers elle pour déposer un baiser rapide sur ses lèvres.

— À propos, j'ai eu un message de Robby. Il a un petit contrat avec un éditeur de musique.

— Il a du talent ! Tu as vu Steve, récemment ?

— C'est vrai, j'ai oublié de t'en parler. Il est venu pour sa visite bisannuelle. Il va très bien, c'en est incroyable. Bientôt il sera trop âgé pour un service pédiatrique. Il avait quatre ans, quand j'ai commencé à le soigner. Je l'ai vu grandir.

Dylan caressa une petite joue rose.

— Maintenant, je veille sur ma propre progéniture.

Il y avait tant d'amour, dans les yeux de son mari, que Marcy en eut la gorge serrée.

Liz, leur petite fille, piailla de nouveau. Ils l'avaient appelée Élisabeth Margaret. Élisabeth, comme la mère de Dylan, et Margaret, comme celle de Marcy.

— C'était la semaine des retrouvailles, cette semaine, remarqua Dylan. Tu te souviens de Lucy Baker ?

— Bien sûr.

— Elle est en rémission. Le TM13 lui a sauvé la vie.

— J'en suis heureuse. Dieu merci, le traitement a été approuvé, et il est largement utilisé dans d'autres hôpitaux.

— Tout cela à cause de ma merveilleuse femme !

— Qui va maintenant travailler à mi-temps et former un groupe de soutien pour les parents d'enfants cancéreux.

— Eh ! à quelle heure Beau et Lisa sont censés venir ?

Dylan sortit du lit et souleva sa fille avant de déposer un baiser tendre sur son front.

— À dix heures et demie.

Il installa le bébé dans le creux de son bras, puis il le berça doucement.

— En ce cas, on ferait bien de se bouger.

— On va bouger pas mal dans quelques minutes. Inutile de se presser.

Dylan s'assit sur le bord du lit, près de Marcy.

— Il y a un problème ?

— Pas du tout. Je suis juste heureuse.

Elle tapota le petit ventre de son fils qui n'allait pas tarder à se réveiller. Il avait pour nom Johnson Toby Nelson, mais ils l'appelaient John. Le premier prénom lui venait de Beau et le second… quand Dylan le lui avait proposé, Marcy avait pleuré sur son épaule. Qu'avait-elle fait pour mériter un tel homme ? Ou cette vie ?

— Tu n'as pas l'air heureuse, pourtant.

— Je le suis. Je suis même au comble du bonheur.

— Même si nous devons déménager ? s'enquit Dylan, les yeux pétillants de malice.

Marcy avait dû admettre qu'ils avaient besoin d'une maison plus grande, mais elle était tombée amoureuse de celle qu'ils habitaient tout comme elle était tombée amoureuse de Dylan.

— Quand nous y serons, continua Dylan, c'est moi qui jardinerai. Et si nous la vendons un jour, dans bien des années, le nouveau propriétaire appréciera les fleurs que ton mari aura plantées pour toi.

— Ça semble sympa.

Pourtant le jardin actuel allait lui manquer.

John se mit à pleurer.

— Je crois que c'est la fin de notre tranquillité, dit-elle en prenant le précieux bébé dans ses bras. Merci, Dylan.

Il posa sur elle un regard perplexe.

— De quoi ?

— Pour m'avoir sauvée de moi-même. Je t'aime.

— Chérie, c'est toi qui m'as sauvé.

Sur ces mots, Dylan embrassa longuement Marcy.

Vous avez aimé *À force de l'aimer* ?
Retrouvez en numérique les médecins
de l'hôpital pour enfants d'Atlanta :

1. *Pour le cœur d'un urgentiste*
2. *À force de l'aimer*

Deux romans de Susan Carlisle.

BLANCHE

L'espoir de Willow, de Sue MacKay - N°1678

Depuis l'accident qui lui a coûté une jambe, Willow garde son cœur à l'abri de la souffrance et des hommes pour se concentrer sur son métier d'assistante vétérinaire. Jusqu'à son arrivée à la clinique Ville et Campagne, sur la Gold Coast australienne. En effet, le Dr Carter Adams, son nouveau patron, la fait soudain se sentir non pas différente mais *spéciale*. Désirée. Au point que Willow, tentée de lui faire confiance, accepte de prendre avec lui le risque d'aimer…

Un pédiatre au grand cœur, d'Annie Claydon

Dès son premier jour au London and Surrey Hospital, où elle a été embauchée comme musicothérapeute, Rebekah tombe sous le charme du Dr John Thornton, chef du service de pédiatrie. Entre eux, l'entente est immédiate, le désir troublant. Et pourtant Rebekah garde ses distances avec son confrère. Car elle ne le sait que trop bien : il pourrait lui briser le cœur, si elle se laissait séduire…

Le plus séduisant des médecins, de Louisa George - N°1679

Le but de Daniella ? Regagner la confiance de son père. Maintenant qu'il l'a embauchée comme kinésithérapeute dans l'équipe de rugby qu'il dirige, elle compte lui prouver qu'elle est une excellente praticienne. Sauf que lorsqu'elle fait la connaissance de Zac Price, le médecin de l'équipe, elle se sent troublée : il est si brillant et séduisant… Comment va-t-elle réussir à rester professionnelle si Zac la fascine à ce point ?

Une passion orageuse, de Charlotte Hawkes

Pourquoi le colonel Fitzwilliam est-il si cruel envers elle ? se demande Gabriella. Depuis que le destin les a réunis en Afghanistan le temps d'une mission médicale, Fitz n'est plus le même. L'amant attentionné qu'elle a connu se montre désormais terriblement agressif. Pis, il l'accuse de l'avoir suivi jusqu'ici pour lui passer la corde au cou ! Bouleversée, Gabriella s'efforce d'ignorer les élans de son cœur pour cet homme inaccessible…

HARLEQUIN

Leur mission : sauver des vies.
Leur destin : trouver l'amour.

HARLEQUIN
www.harlequin.fr

BLANCHE

Réunis par leur fille, de Jennifer Taylor - N°1680

Callum est de retour à Beesdale… Lorsque Beatrix voit débarquer son ex-mari dans le petit village où ils ont été si heureux autrefois, son sang ne fait qu'un tour. Comment Callum ose-t-il lui faire face, après l'avoir abandonnée un an plus tôt, pour partir en mission humanitaire à l'autre bout du monde ? La croit-il capable de lui pardonner sa désertion, alors que jamais il ne lui a donné signe de vie ? Pas même lorsqu'elle lui a annoncé qu'elle attendait une petite fille…

Son droit au bonheur, de Janice Lynn

« Mon premier choix serait d'être votre amant, mais je me contenterai de votre amitié. » Ce soir, Stone Parker – son nouveau collègue au Memphis Memorial Hospital – a le mérite d'être franc. Si franc que Carly, troublée, regrette d'avoir accepté son invitation à dîner. Car, à moins de s'enfuir, comment résister au charme de cette soirée parfaite ? Il le faudra pourtant, car Carly n'a pas de place pour un homme dans sa vie…

HARLEQUIN

Leur mission : sauver des vies.
Leur destin : trouver l'amour.

HARLEQUIN
www.harlequin.fr